BASTEI
LÜBBE

Über die Autorin:

Marlene Faro, geboren in Wien, arbeitete jahrelang als Journalistin für verschiedene Zeitschriften, u. a. Cosmopolitan, Stern und Geo. Sie hat mehrere Romane veröffentlicht, darunter den Bestseller »Frauen, die Prosecco trinken«.

MARLENE FARO

Frauen die den Bauch einziehen

BASTEI LÜBBE

BASTEI LÜBBE TASCHENBUCH
Band 15 146

1. Auflage: Mai 2004

Vollständige Taschenbuchausgabe

Bastei Lübbe Taschenbücher ist ein Imprint
der Verlagsgruppe Lübbe

Originalausgabe

Einbandgestaltung: Gisela Kullowatz
Titelbild: Mautitius – Images, age
Satz: hanseatenSatz-bremen, Bremen
Druck und Verarbeitung: Ebner & Spiegel, Ulm
Printed in Germany
ISBN 3-404-15146-1

Sie finden uns im Internet unter
www.luebbe.de

Der Preis dieses Bandes versteht sich einschließlich
der gesetzlichen Mehrwertsteuer.

Für Oskar und Peter,
die meinen PC
das Fürchten lehren

I. Basilikum

Das Baby quengelt an meiner Schulter, aber nur ganz leise. Ich drücke meine Nase in seinen warmen, speckigen, kleinen Nacken. Hmmmm, wie süß Laura duftet ... Die Morgensonne scheint bereits durch das dreiteilige Sprossenfenster über der Spüle, es wird wohl wieder ein heißer Frühsommertag. Rainer, mein Mann, der aussieht wie der junge Heiner Lauterbach, als er noch Haare auf dem Kopf hatte, kommt in unsere Wohnküche. Er ist ganz in Gedanken versunken, heute ist ein wichtiger Tag für ihn. Rainer ist Anwalt, eine Ökoladenkette hat ihn mit ihrer Vertretung beauftragt, an diesem Vormittag soll eine entscheidende Gesetzesvorlage über Bioeier verabschiedet werden. Rainer nestelt unbeholfen an der Krawatte, die ich ihm vorige Woche von einem Einkaufsbummel mitgebracht habe, normalerweise trägt er einen Pullover über dunkelblauen Jeans. Endlich blickt er auf, ein Lächeln breitet sich über seinem kantigen und doch so liebenswerten Gesicht aus – und er nimmt uns in die Arme, das Baby und mich. Ich lehne meinen Kopf an seine Schulter und seufze ganz leise vor Glück, als ein Scheppern ertönt. Laura hebt ihr Köpfchen, aber das Scheppern will nicht aufhören, ich mache einen Schritt nach vorne ...

... und erwache. Halb sieben, du liebe Scheiße, Montagmorgen um halb sieben, draußen ist es grau und wolkenverhangen, jedenfalls verirrt sich kein einziger Sonnenstrahl in mein Schlafzimmer, wie das doch in den Werbespots für Müsli und Deospray immer der Fall ist. Ich setze mich im Bett auf und lasse meine verspannten Schultern kreisen.

Schon seit Wochen verfolgt mich dieser dämliche Traum, er lässt mein Alltagsdasein noch viel trostloser erscheinen, als es sowieso schon ist. Frau von 34 Jahren, schulterlanges rotbraunes Haar (Henna aus dem Tunesienurlaub!), leidlich sportlich, mäßig ehrgeizig, träumt seit neuestem heftig von Reihenhäuschen, zwei bis drei Kindern sowie nettem Mann ohne lebensgefährliche Schrullen. Wo bist DU? Bitte melde dich! Antwort mit Bild erwünscht.

Ich seufze, diesmal wirklich und laut und von keinem neuerlichen Weckerscheppern unterbrochen. Statt in einem Reihenhäuschen mit Kräutergarten lebe ich in einer Zweizimmerwohnung am Rand von Peekenburg, einer Kleinstadt mitten in der Heide, wo es doch angeblich so romantisch zugeht, zumindest in den Schwarz-Weiß-Filmen aus den fünfziger Jahren, die am Samstagnachmittag im Fernsehen laufen. Statt einer Familie füttere ich Kinki, meinen Chinchilla, statt des jungen Heiner Lauterbach verfolgt mich bloß Alfred Kühnlein mit mehr oder weniger heimlichen Blicken. Alfred Kühnlein ist der Leiter der Stadtbibliothek von Peekenburg, in der ich für die Abteilung »Frau und Gesundheit« zuständig bin. Er sieht aus wie Stefan Raab mit sechzig. Sex mit Alfred Kühnlein, meinem Chef, stelle ich mir ungefähr so erotisch wie ein Darmröntgen vor.

*

Auf dem Weg zur Arbeit kaufe ich noch rasch vier Stücke Butterstreuselkuchen für die lieben Kolleginnen, meine gute Tat für den heutigen Tag, dann stapfe ich die Stufen zur Stadtbibliothek hoch, die sich im gleichen Betonklotz wie unser Rathaus befindet.

Als ich aus dem Aufzug trete, empfängt mich sofort der Duft von frisch gebrühtem Kaffee, dankbar lächle ich Wilma an. Wilma ist die Ressortleiterin für »Literatur«, sozusagen, jahrelang hat sie die Empfehlungen des »Literarischen Quartetts« brav befolgt und den neuesten hoch gelobten Schmöker bestellt. Seitdem sich Marcel Reich-Ranicki und Frau Löffler verkracht haben und das »Literarische Quartett« nur mehr eine wehmütige Erinnerung ist wie »Forellenhof« oder »Alf«, hängt Wilma ein klein wenig in der Luft. Sie hält sich jetzt an den Klatsch aus der »Bunten«, der neueste Roman von Martin Walser prangt stets im Regal.

»Hallo, Annalena«, sagt Wilma, »du siehst aber ganz schön müde aus, ehrlich.«

Vor irgendwelchen anderen Tussis würde ich jetzt lässig eine heiße Liebesnacht andeuten und meine Schultern ein wenig straffen, aber vor Wilma kann man sich schon mal hängen lassen.

Außerdem tut es ihr nur gut, wenn sie merkt, dass auch unsereins so seine Probleme mit sich herumschleppt. Wilma ist vom Schicksal – oder besser gesagt von den elterlichen Genen – ein wenig stiefmütterlich behandelt worden. Offenbar war das Geld für eine Zahnspange nicht vorhanden, sodass sich Wilmas Oberlippe über schief hervorstehende Vorderzähne stülpt. Außerdem spannt ihr Acrylpullover über einem Speckring rund um die Hüften, für den sie ganz entschieden selbst verantwortlich ist. Aber Wilma scheint zu Hause keinen Spiegel zu besitzen, sie wirkt immer so ausgeglichen und fröhlich, also, ich an ihrer Stelle wäre ziemlich bedrückt.

»Ach, geht so«, höre ich mich seufzen. »Ist die Walze schon da?«

»Walze« ist der Spitzname für unseren Chef, den grässlichen Alfred Kühnlein, der sich doch allen Ernstes erdreistet, mir bei Besprechungen ständig auf den Busen zu glotzen. Wahrscheinlich würde sich Wilma ja auf der Stelle ihren erbsgrünen Acrylpullover vom Leib reißen, wenn ihr der Chef höchstpersönlich schöne Augen machte, aber unsereins hat eben noch gewisse Ansprüche.

Wilma gießt Kaffee in die Henkelbecher mit Namenszug – ein Weihnachtsgeschenk von ihr an die lieben Kollegen – und angelt sich ein Stück Butterstreusel, ich begnüge mich mit schwarzem Kaffee ohne Zucker, schließlich hat man eine Taille zu verteidigen.

»Nöö, noch nicht«, bröselt Wilma mit vollem Mund. »Du weißt doch, am Montag hat er immer Hexenschuss vom Joggen am Wochenende. Was hast du so gemacht, auch ein bisschen Sport getrieben?«

Tja, ich gerate ins Grübeln.

Am Samstagvormittag zum Supermarkt gelatscht und zu den paar Bauernständen, die zwischen unseren schlammgelben Neubauten für einen Hauch von Country-Life-Stimmung sorgen. Drei Kräutertöpfchen erstanden, Oregano, Basilikum und Rosmarin. Alles nach Hause geschleppt. Fernsehen geglotzt, Chips aus der Familienpackung gefuttert, mit aufgeblähtem Bauch dreißig Situps absolviert. Die Beine enthaart und die Zehennägel carmenrot lackiert. Der Sonntag ist ähnlich verlaufen. Am Nachmittag wollte ich mich wenigstens auf einen Cappuccino in unser einziges Café im Viertel setzen, aber dann bin ich doch lieber mit hoch erhobenem Kopf daran vorbeigeschlendert. Wer gibt schon gerne zu, dass er alleine ist, das geht nicht einmal die Kellner was an.

»Ooch«, sage ich zu Wilma, die sich die letzten Krümel von den Lippen leckt. »Ich war bei Freunden eingeladen, da ist es ziemlich spät geworden, ich bin ganz schön verkatert aufgewacht. Und gestern habe ich dann eine Radtour gemacht, anschließend war ich noch auf einen Frizzante in diesem neuen Bistro an der Glockenstraße, also die Nudeln sind echt lecker da.«

Wilma nickt beeindruckt. Wie gut, dass ich immer den

neuesten »Stadtboten« lese, der alle vierzehn Tage an meiner Türklinke baumelt und sämtliche Lokaleröffnungen detailliert beschreibt, zusammen mit den Sonderangeboten vom Supermarkt um die Ecke für Bier im Sechserpack und Erdnüsse im praktischen 10.000-Kalorien-Eimerchen.

»Toll, wozu du dich immer aufraffst, Leni! Ich bin bloß so mit Bodo rumgehangen, Fernsehen und Lasagne vom Pizzaservice, na, du weißt schon.«

Ich nicke ebenfalls, mit wissendem Blick. Dumme Pute. Das Getue mit Bodo könnte sie sich und mir ersparen. Wer weiß, ob dieser Bodo überhaupt existiert, bei Wilmas Vorderzähnen muss doch jeder noch so waghalsige Typ vor Lippenkontakt einfach zurückschrecken. Aber bitte, wenn sie mir ihr allwöchentliches Märchen aufbinden will, warum nicht? Sie soll nur nicht glauben, dass ich darauf hereinfalle.

Dann begebe ich mich samt Henkelbecher an meinen Schreibtisch. Er ist vielleicht nicht ganz das, was man sich unter dem Arbeitsplatz einer Stadtbibliotheksressortleiterin für »Frau und Gesundheit« vorstellen würde. Ein Tisch mit Kunststoffplatte aus den frühen achtziger Jahren, der in eine Nische zwischen die Regale von »Frau und Gesundheit« und »Kind-Erziehung-Ernährung« geklemmt ist, zum Glück lässt sich rechts von mir ein Klappfenster öffnen. Wilmas Ressortleiterinnenschreibtisch »Literatur« hingegen befindet sich in der schummrigen Ecke gleich neben den Toiletten, die nur von einer uringelben Metalllampe mit Schwenkarm beleuchtet wird.

Ich setze meinen Henkelbecher mit dem Kaffeerest zwischen rutschenden Papierstapeln ab und angle nach dem Wochenkalender, der von einem Plastikdöschen für Büroklammern und einem schrumpeligen Kaktus mit »For you«-Sticker umrahmt wird. Gähnende Leere. Habe ich denn wirklich gar nichts vor? Nichts zu erledigen? Keine Seminare und keine Besprechungen? In den amerikanischen Vorabendserien stöhnen die Heldinnen doch immer vor lauter Stress, auch wenn sie nur in einer Pommesbude aushelfen. Am Freitag beginnt der Sommerschlussverkauf, aber das mag ich nicht in meinen Wochenkalender eintragen, der so nackt und bloß auf meinem Schreibtisch herumsteht, für neugierige Blicke stets einsehbar. Kühnlein hat natürlich alle Termine in seinem Computer eingetragen und ein Passwort besitzt er auch, leider haben wir es bisher noch nicht herausfinden können. »Wichser« habe ich vorgeschlagen, aber das war kein Erfolg. Wilma hat es mit »Handke« probiert, das ist nämlich der Lieblingsautor unseres Chefs, logo, aber auch der Langeweiler aus Österreich hat sich als Niete erwiesen. Ich starre auf meinen leeren Wochenkalender, dann trage ich im Mittwoch-Feld sorgfältig »Gucci-Outlet« ein. Soll Wilma doch erbsgrün vor Neid werden, wenn sie das heimlich liest.

Langsam wird es rundum geschäftig, es ist fünf vor neun, um neun Uhr öffnet unsere Stadtbibliothek ihre Pforten, oder besser gesagt ihre Doppelglastür. Olli kommt geschäftig über den Gang gewuselt, unser einziger schwuler männlicher Kollege. Angeblich sind ja schwule Männer der Frauen bester Freund, aber mir ist diese Behauptung immer ein Rätsel gewesen. Warum soll ich mich ausgerechnet mit einem Mann befreunden, dem wahrscheinlich kotzübel wird bei dem Gedanken, seine Gurke in eine Frau stecken zu müssen? Und vom angeblich exquisiten Geschmack der schwulen Männer ist an Olli auch nicht das Geringste zu bemerken. Olli hüllt sich konsequent in Pullover mit neckischen Aufschriften wie »Sweetheart« oder »Champion«, deren Polyesteranteil deutlich zu erschnuppern ist. Wir nicken aneinander vorbei, dann beuge ich mich wieder über meinen Terminplaner, man ist schließlich eine viel beschäftigte Karrierefrau. Ich will gerade den letzten Schluck kalten Kaffee nehmen (der ja bekanntlich schöner macht), als mich eine Duftwolke aus diversen Zitrusfrüchten streift. Antonella, meine zweitbeste Freundin, steht neben mir und blickt mich ziemlich vorwurfsvoll an.

»Wie geht's, wie war das Wochenende? Meines war eine einzige Katastrophe! Warum hast du mich nicht angerufen, ich habe mir mindestens eineinhalb Kilo angefuttert vor lauter Langeweile.«

Antonella rollt die Augen und bläst die Wangen auf, es tut ihrer Schönheit keinen Abbruch. Meine zweitbeste Freundin hält sich uneinsichtig für hässlich, dabei hat sie die tollsten grün funkelnden Augen und den tollsten Busen von ganz Peekenburg. Leider versteckt sie ihre Vorzüge hinter Nickelbrille und Holzfällerhemden, die ihr das Aussehen einer schwangeren Biobäuerin verleihen. Und die Peekenburger Männer sind natürlich zu blind und zu blöde, um zu merken, welches Juwel tagtäglich an ihnen vorüberradelt.

»Ich habe schon wieder von Heiner Lauterbach geträumt«, sage ich zu Antonella, dem einzigen Lebewesen in diesem Kerker, dem man solche Dinge anvertrauen kann. Antonella ist gebührend schockiert.

»Annalena, das ist doch nicht dein Ernst? Was hast du alles gegessen am Wochenende?« Und sie befühlt meine Stirn wie eine Mutter, deren Kind mit roten Pusteln von der Schule nach Hause gekommen ist.

»Chips mit Zwiebelgeschmack«, antworte ich wahrheitsgetreu, »zwei Familienpackungen. Außerdem ein Baguette mit Kräuterbutter, drei Diätjoghurt mit Pfirsichgeschmack und einen alten Osterhasen von Milka.«

Antonella sieht mich jetzt ehrlich besorgt an.

»Und warum hast du nicht angerufen, bitte schön? Wir hätten ins Kino gehen können oder in diese Ausstellung über Mode aus den dreißiger Jahren. Das hätte dich bestimmt aufgeheitert.« Ich blicke an Antonella vorbei und beginne eine Kette aus Büroklammern zu basteln. Barbara Becker fädelt doch jetzt auch Muscheln auf. Ethnoschmuck ist DER Renner, vielleicht könnte ich meine Modelle ja ebenfalls an New Yorker Edelboutiquen verkaufen, als »Annalena-Design from Peekenburg, Germany«. Außerdem möchte ich Antonella nicht antworten, wenigstens nicht ehrlich, dazu mag ich sie zu gerne. Die Wahrheit ist nämlich: Kino und Ausstellungen können mir gestohlen bleiben, überhaupt alle ach so lustigen Unternehmungen mit ach so lustigen Freundinnen. Ich will ein Reihenhäuschen und zwei Kinder und einen Mann, basta. Wenn schon nicht in der Realität, dann wenigstens im

Traum, und beim Träumen möchte ich bitte nicht gestört werden.

Antonella blickt auf mein störrisches Gesicht, schüttelt den Kopf und will gerade zu einem ihrer aufmunternden Monologe ansetzen, da werde ich von Frau Südbaum-Bechstein gerettet. Unsere Bibliothek ist also bereits geöffnet, die ersten Besucher schlendern die Regale entlang. Die Südbaum-Bechstein ist normalerweise meine gefürchtetste Kundin, mindestens einmal die Woche sucht sie mich heim und nervt mich jedes Mal mit dem gleichen Lamento. Seitdem Rosamunde Pilcher lieber ihre Tantiemen genießt, statt jedes Jahr einen Wälzer über Liebesleid in England und Schottland zu produzieren, befindet sich die Südbaum-Bechstein auf Entzug wie ein Drogenjunkie vom Hauptbahnhof. Ich habe versucht, sie auf Amelie Fried umzupolen, aber die Südbaum-Bechstein braucht einfach ihre Dosis Cornwall. Vor wenigen Wochen ist mir dann ein Geniestreich geglückt, und ich habe so etwas wie einen Funken Interesse für ein neues Thema bei ihr wecken können.

»Hormone!«, habe ich bedeutungsvoll geflüstert und mich dabei vertraulich nach vorne gebeugt. »Hormone können wahre Wunder bewirken, ich hätte da den allerneuesten Ratgeber, bereits auf Platz sieben der Bestsellerliste, es gibt schon jede Menge Vormerkungen dafür, aber ich habe ihn extra für Sie reserviert.«

Die Südbaum-Bechstein ist damit abgezogen, obwohl: Meiner Meinung nach ist es bei ihr sowieso zu spät, für eine Hormonkur und für alles andere. Der Mann ist weg, und im letzten Jahr hat sie mindestens zwanzig Kilo zugenommen, die Südbaum-Bechstein kann sich eigentlich nur mehr vor den Zug werfen wie Anna Karenina. Aber der Hormontrick hat funktioniert, ich versorge sie seither regelmäßig mit aufbauender Literatur zum Thema »alterslose Schönheit«. Iris Berben haben meine Damen in den besten Jahren verschlungen, ihr Buch »Älter werde ich später« ist schon ganz abgegriffen, wir werden ein neues Exemplar bestellen müssen.

Antonella verlässt achselzuckend und ein wenig gekränkt meinen Ressortleiterinnenschreibtisch, die Südbaum-Bechstein steht vor mir wie eine Rückfallstäterin vor dem Richter, klein und zusammengesunken, was bei ihrem Übergewicht schon wieder eine Leistung ist.

»Haben Sie vielleicht irgendetwas Erbauliches?«, fleht sie mich an. »Das Wochenende war fürchterlich. Nur Sex und Gewalt im Fernsehen und dieses schreckliche Formel-1-Rennen. Mir ist so was von die Decke auf den Kopf gefallen.«

Du lieber Himmel! Was haben all diese erwachsenen Menschen bloß für Probleme mit ihrer Wochenendgestaltung? Ich hingegen ... ich sehe die Südbaum-Bechstein an und seufze: »Haben Sie schon einmal Madame Bovary gelesen?«

So vergeht der Vormittag. Wilma blättert in Verlagsprospekten, Olli macht sich wichtig. Unser Chef hat sich krankgemeldet, angeblich hat er eine Zerrung, ich möchte gar nicht wissen, wo. Die Frage nach seinem Stellvertreter ist in unserem kleinen Team bislang nicht geklärt worden, wozu auch. Aber Olli hält sich offenbar aus biologischen Gründen für auserkoren, Männer regieren eben die Welt.

Ich schlendere zu Antonella hinüber, die in leitender Funktion das Ressort »Kind-Erziehung-Ernährung« betreut. Sie unterhält sich gerade intensiv mit einer jungen Mutter, die ihr Baby in einem bunt gewebten Tuch auf dem Rücken trägt. Vielen Dank! Mutterglück macht mir heute Migräne, ich höre dann meine biologische Uhr ticken wie einen Zeitzünder, der sich nicht mehr entschärfen lässt. Also schlendere ich weiter, unentschlossen und missmutig. Heute ist nicht mein Tag. Höchstwahrscheinlich ist Peekenburg auch nicht die richtige Stadt für mich. Ob ich mich überhaupt auf dem richtigen Kontinent befinde? Erst kürzlich ist eine Reportage über Argentinien im Fernsehen gelaufen, das Land soll ja in großen wirtschaftlichen Schwierigkeiten stecken, aber die Männer scheinen entschieden attraktiver als unsere Heideschnösel zu sein. Ich könnte auf eine reiche Hazienda heiraten und mich neben meinem eigenen Nachwuchs, Manolito und Isabel, um die Kinder der armen Gauchos kümmern. Ich würde ...

»Hey, Annalena, aufwachen!«

Olli hat mich ziemlich unsanft angerempelt, er ist so um die Ecke geschossen, dass ich mir jetzt meinen Ellbogen reiben muss. Aber eine Entschuldigung kommt Polyester-Olli natürlich gar nicht erst in den Sinn, stattdessen blafft er mich auch noch an.

»Hast du nichts zu tun? Ich weiß nicht, wo mir der Kopf

steht. Wenn Kühnlein nicht da ist, dann bleibt alles an mir hängen.«

Ich mustere Olli von oben herab, obwohl wir ziemlich gleich groß sind. Alles, was meiner Meinung nach an ihm hängen geblieben ist, sind fettige Krümel von einem Fischbrötchen, die sich in seinem rattenfarbenen Polyesterpullover verhakt haben.

»Dann will ich nicht weiter stören«, hauche ich süffisant und ziehe mich in meine Nische zurück. »Gucci-Outlet« am Mittwoch erinnert mich der Wochenkalender. Also, mein Leben ist doch wirklich interessant.

*

Montags schließt unsere Bibliothek zwar erst um sieben Uhr, aber ich mache heute schon früher Schluss. Dafür übernehme ich am Freitag vier Stunden für Wilma, die dann in die Ferien abdampft. Ich an ihrer Stelle würde ja vor der Praxis eines Prominentenzahnarztes campen und ihn um eine Spezialkieferkorrektur anflehen, aber Wilma scheint andere Pläne zu haben. So what! Ich winke in die Runde und verlasse aufatmend meinen Arbeitsplatz, nicht ohne vorher noch rasch den Kaffeebecher in die Spüle zu stellen.

Rathaus und Stadtbibliothek von Peekenburg befinden sich an einem Ende unserer Fußgängerzone, am anderen Ende lockt das größte Shoppingcenter der Stadt. Dazwischen liegt ein halber Kilometer Klinkerpflaster, verziert mit Blumentrögen und Bänken aus graugrünem Kunststoff, gesäumt von Boutiquen und Cafés. Eine Flaniermeile wie in München oder Hamburg, hat unser Kreisblatt allen Ernstes einmal getitelt. Vermutlich hält der Redakteur auch Flensburg für so vibrierend wie Manhattan.

Ich stehe auf den Stufen zum Rathaus und blicke über die Fußgängerzone. Gerade eben war ich doch voller Vorfreude und Elan, und jetzt? Fünf Stunden noch bis zur Tagesschau, mindestens sieben Stunden bis zum Zähneputzen. Die Welt liegt vor mir, sozusagen, ich brauche sie nur zu pflücken.

Unentschlossen schlendere ich los, beginne mir einen Weg zwischen Kindern mit Eistüten und Frauchen mit tückischen Hundeleinen zu bahnen. Am Nachmittag hat sich die Sonne durch die Wolkendecke gekämpft, Peekenburg wirkt beinahe südländisch. Meine Schritte werden ein klein wenig beschwingter, ich ziehe den Bauch ein und riskiere einen Blick in eine spiegelnde Schaufensterscheibe. Gar nicht mal so übel, also, wenn ich Millionär wäre, in eine wie mich würde ich mich verlieben!

Diesen aufmunternden Gedankengang sollte ich unbedingt Marion mitteilen, meiner allerbesten Freundin seit Kindheitstagen. Marion kennt mich mit Haarkrönchen aus Zöpfen, ich weiß um ihre Schielbrille. Aber wir haben unsere Geheimnisse tief im Busen vergraben. Nach der Schulzeit sind wir dann ziemlich unterschiedliche Wege gegangen. Mich hat es als Aupair-Mädchen bis ins ferne London verschlagen, wo mir ein verkrachter angeblicher Starfotograf zum emotionalen Verhängnis wurde, Marion hat sich in eine heftige Kurzehe in Saarbrücken gestürzt. Irgendwann sind wir uns in Peekenburg wieder über den Weg gelaufen. Ich hatte gerade durch Beziehungen einer mitleidigen Großtante eine Stelle als Bibliotheksazubi ergattert, Marion hat sich zur Parfümerieverkäuferin ausbilden lassen. Wir haben uns einen Abend lang unser Leid geklagt und sind seither wieder unzertrennlich. Wer von uns beiden als Nächste heiratet, muss eine Magnumflasche Champagner berappen.

Ich betrete das Erdgeschoss von Peekenburgs größtem Einkaufscenter, und sofort umfängt mich wohl temperierte Kühle. Es glitzert und funkelt, über allem schwebt der Duft von hundert Parfümpröbchen. Eine Frau sprüht sich gerade »Joop« aufs Handgelenk, zwei Mädchen benebeln sich kichernd aus einem giftgrünen Flakon.

»Darf ich Ihnen den neuesten Duft von ›Escada‹ vorstellen?«, fragt mich eine toupierte Blondine mit eingefrorenem Lächeln, aber ich schüttle nur den Kopf. Vielen Dank, sonst laufen mir noch die Kater nach.

Endlich erblicke ich Marion, sie steht hinter einem gläsernen Tresen und verreibt anmutig einen Klacks weißer Creme auf dem Handrücken einer Kundin. »Es gibt keine hässlichen Frauen, nur faule« – diesen Ausspruch von Helena Rubinstein hat sich Marion zu Beginn ihrer Ausbildung sogar übers Bett gehängt. Und sie selbst ist das beste Beispiel für seinen Wahrheitsgehalt, meine Freundin aus Kindheitstagen ist mit den Jahren immer attraktiver geworden. Kontaktlinsen statt Schielbrille, makellose Haut, seidig gepflegtes Haar und Fingernägel wie schimmernde

Muscheln. Die plumpen Peekenburgerinnen stehen bei ihr Schlange, kaufen Tiegel und Tuben und glauben, dass sie damit auch schon den Kampf um immer währende Schönheit gewonnen haben. Dann gehen sie nach Hause und gönnen sich ein Brötchen mit Camembert, Salami und Mayo.

»Der Feuchtigkeitsgehalt Ihrer Haut steigt sofort um achtzig Prozent«, höre ich Marion säuseln. Die Kundin, die in einem Raubkatzenmusteroverall steckt und auf Highheels schwankt, nickt offensichtlich beeindruckt.

Marion erblickt mich, und wir wechseln ein sekundenschnelles verschwörerisches Lächeln, dann wendet Marion wieder ihre konzentrierte Aufmerksamkeit Tigerlilly zu.

»Ach, ich glaube, ich riskier's«, sagt Tigerlilly mit einem koketten Seufzer.

Marion strahlt sie an, als ob sie den Jackpot beim Glücksrad gewonnen hätte. »Sie werden sehen, schon in wenigen Tagen hat sich Ihre Hautstruktur deutlich verbessert.«

»Wie viel macht das?«, fragt Tigerlilly.

»Neunundachtzig Euro neunzig«, flötet Marion ohne rot zu werden. Durch Tigerlilly geht ein kleines Beben, aber jetzt kann sie nicht mehr zurück, Marion hat ihr soeben die Kreditkarte entrissen. Tigerlilly muss unterschreiben, dann bekommt sie noch ein Pröbchen in die Tüte gepackt.

»Viel Erfolg beim Cremen und einen schönen Abend«, strahlt Marion. Tigerlilly wankt davon.

»Pffhhhh«, macht Marion diskret in meine Richtung.

Ich pflanze mich ebenfalls vor den gläsernen Tresen hin.

»Hätten Sie vielleicht einen Ratschlag für mich?«, näsle ich. »Meine Epidermis fühlt sich in letzter Zeit so erschöpft an, irgendwie so ...«

»So schlaff und labbrig, meinen Sie wohl«, ergänzt Marion mit einem zuckersüßen Lächeln. Nun ja, ganz so direkt hätte ich es vielleicht nicht ausgedrückt. Aber Marion ist meine allerbeste Freundin, gleich nach meiner besten Freundin Antonella, ich will großzügig sein.

»Wie lange musst du hier noch rumstehen?«, frage ich beiläufig, dabei ist die Antwort sonnenklar, Peekenburgs eleganteste Parfümerie schließt erst um sieben. »Wir könnten uns noch einen Salat und ein Weinchen spendieren, was meinst du?«

Marion nickt mir heftig zu, dann wendet sie sich an die Frau, die soeben ein wenig zögernd stehen geblieben ist.

»Kann ich Ihnen vielleicht helfen?«, strahlt Marion. »Unsere neue Tagespflege wurde speziell für ...«

Ich mache mich aus dem Staub, laufe noch ein wenig ziellos umher, befingere Twinsets im Sonderangebot und probiere eine belgische Minipraline. Schließlich entdecke ich einen leeren Tisch bei »Paolo«, unserem Lieblingsitaliener. Paolo, den ein missgelauntes Schicksal vor Jahren aus dem sonnigen Kalabrien ins neblige Peekenburg verschlagen hat, brutzelt die besten Kalbsschnitzelchen al limone und serviert die schaumigste Zabaione der ganzen Stadt. Also, nichts wie hin, bevor ihn ein verliebtes Pärchen wegschnappt. Geschafft – ich lasse mich in einen Korbsessel fallen und seufze erst einmal ausgiebig. Dann recke ich mit letzter Kraft einen Zeigefinger in die Höhe, Paolo hinter seiner Theke versteht mich auf Anhieb. Nur eine Minute später steht ein gekühlter Prosecco vor mir, Tropfen perlen am Glas hinab, ganz so, wie ich es gerne mag. Ich nehme einen tiefen Schluck, die Welt ist ja gar nicht so übel, mit 34 kann einem noch so viel passieren, Gutes natürlich, mit neuem Optimismus sehe ich den Passanten nach, die vorüberbummeln.

Ein Mann in neonfarbenen Shorts bohrt angestrengt in der Nase, offenbar ist er auf eine Mine gestoßen, voller Interesse betrachtet er sein Fundstück. Ich nehme einen weiteren Schluck Prosecco und senke meinen Blick lieber auf Wadenhöhe. Frotteesocken, logo, behaarte Schenkel, ein Furunkel, jede Menge Cellulitis in wabbeligen Kniekehlen, Krampfadern und Besenreiser unter wild gemusterten Minis. Wohin kann man bloß noch schauen? Entnervt schließe ich die Augen.

»Leni, wach auf. Oder träumst du schon wieder von Heiner Lauterbach?«

Marion ist endlich eingetrudelt. Ein wenig leiser hätte sie ja schon sein können, aber am Ende eines langen Arbeitstages ist Marion meist ziemlich überdreht, vielleicht machen sie die vielen Parfümdämpfe ja ein wenig high.

»Ganz sicher nicht«, zische ich zurück. »Aber kannst du mir vielleicht verraten, wo man überhaupt noch hinblicken kann, ohne sich einen Augenkatarrh zu holen? Wann gibt es endlich eine Ästhetikpolizei, bitte schön? Statt Parksünder zu verfolgen, sollten die lieber Männer in krumpeligen Shorts über madenweißen Waden verhaften!«

Marion nippt an ihrem Prosecco, der ihr unaufgefordert serviert worden ist. Wir sind hier schon ein wenig bekannt, Marion und ich.

»Ach, Lenilein«, seufzt Marion. »Wir sind hier in Peekenburg und nicht in Florenz. Sei doch bitte nicht so negativ.«

Ich starre in meinen Prosecco, das erscheint mir noch am ungefährlichsten, in ästhetischer Hinsicht.

»Und, was hast du so am Wochenende getrieben?«, frage ich scheinheilig. Marions positives Getue geht mir heute ziemlich auf den Wecker, aber meine Frage macht ihrem Frohsinn erwartungsgemäß ein Ende. Marion verfällt richtiggehend in ihrem Korbsessel.

»Ich war meine Oma besuchen, das habe ich dir doch schon am Freitag gesagt«, blafft Marion missmutig. »Sie ist jetzt in diesem Seniorenheim, vor dem ihr so gegraut hat. Uns war ja allen nicht wohl bei der Sache, aber andererseits, wer hätte schon genug Platz zu Hause gehabt? Und weißt du, was das Allergrößte ist? Du glaubst es einfach nicht, also ...«

Marion beugt sich in meine Richtung und schaut mich durchdringend an. Womöglich hat sie gar eine Million geerbt! Oder ein kleines Wasserschlösschen, von dem bisher niemand etwas wusste. Nun, ich als ihre beste Freundin werde wohl ...

»Sie hat einen Verehrer, einen richtigen Verehrer! Man glaubt es einfach nicht! Einen pensionierten Studienrat, angeblich küsst er ihr die Hand und liest ihr am Abend immer Gedichte vor. Was sonst noch so vorgeht, darüber hat sie sich ausgeschwiegen. Aber sie sieht zehn Jahre jünger aus, einfach unglaublich. Kannst du dir das vorstellen?!«

Marions Stimme schraubt sich merklich in die Höhe, ringsum wenden sich uns die Köpfe zu.

»Meine Oma hat mehr Sex als ich«, jammert Marion.

Wir sind jetzt eindeutig die Sensation des Lokals. Vielleicht sollte ich ja von Tisch zu Tisch gehen und ein wenig sammeln. Aber ich beuge mich lieber zu Marion und zische ihr besänftigend ins Ohr: »Ich bitte dich, reiß dich zusammen, ja? Alle starren uns an.«

Marion nickt und schnieft, auf ihren Wangen sind rote Flecken. Ich flöße ihr den restlichen Prosecco ein und bestelle gleich Nachschub.

»Vielleicht haben wir im Alter auch endlich Sex«, spende ich tröstende Worte, aber Marion starrt mich nur erbittert an und fragt: »Und bis dahin?«

»Tja, mein liebes Kind, nicht nörgeln, sondern positiv denken. Lerne Finnisch, erforsche deine Ahnen, mache täglich Gesichtsgymnastik.«

Marion gibt Geräusche von sich, als ob sie gleich wieder losheulen würde, ich muss zu ernsthafteren Argumenten greifen.

»Denk doch an dein tolles Horoskop für diesen Monat«, versuche ich meine allerbeste Freundin aufzurichten.

»Du warst doch ganz begeistert. Höhenflug im Job, Vibrationen in der Liebe ...«

»Ach, hör doch auf«, schnaubt Marion. Irgendwie ist sie heute besonders reizbar. Ab wann drohten uns eigentlich die Wechseljahre? Ich muss mal bei Iris Berben nachschauen.

»Vibrationen der Liebe!« Marion ist nicht zu besänftigen. »Mein Jahreshoroskop hat mir sogar die ganz große Liebe versprochen, hundertprozentig, es würde richtig knallen, und was ist passiert, frage ich dich?«

»Aber wir haben doch erst Juni, du lieber Himmel.«

Ich merke, wie ich langsam selber gereizt werde. Liebe, Liebe, immer nur Liebe. Haben wir Frauen denn gar nichts anderes im Kopf?

*

Spät nach Mitternacht liege ich noch immer schlaflos in meinem Bett. Ich reiße die Augen auf und starre in die Dunkelheit. Heute Nacht mag ich nicht von Heiner-Rainer träumen, um keinen Preis.

Der Vorhang bewegt sich sachte vor dem offenen Schlafzimmerfenster. Kinki schläft in seinem Käfig, ermattet von der sommerlichen Hitze und einer Extraportion Pistazienkerne. Draußen schlendern Spätheimkehrer nach Hause, ich kann ihr Lachen hören und das Geklapper von hohen Absätzen. Auf dem angrenzenden Dach gurren die Tauben unermüdlich, es raschelt und flattert, dann kehrt endlich Stille ein. Ich muss plötzlich an Marions Oma denken. Marion braucht sich gar nicht so aufzuregen. Was soll ich denn da sagen? Sogar die Tauben auf meinem Dach haben mehr Sex als ich.

*

Alfred Kühnlein, die Walze, steht vor meinem Ressortleiterinnenschreibtisch. Wenn ich geradeaus blicke, dann schaue ich auf eine Stelle von Alfred Kühnlein, die ich mir lieber nicht unbedeckt vorstellen mag.

»Liebe Frau Jacobi«, schmeichelt Herr Kühnlein, ein Speicheltropfen landet auf meinem Wochenkalender, aber Kühnlein hört und sieht nichts, denn er hält gerade eine Rede, sozusagen.

»Liebe Frau Jacobi, Sie wissen sicherlich, wie sehr ich Ihre Arbeit zu schätzen weiß. Nur durch Ihr tatkräftiges Engagement hat der Themenbereich Frau und Gesundheit, der ja gesellschaftspolitisch heutzutage von größter Bedeutung ist, auch in unserer Stadtbibliothek jenes Ansehen erlangt, das ihm zusteht. Nun, wie Sie wissen, planen wir für das nächste Jahr unsere große Ausstellung zum zweihundertjährigen Stadtjubiläum. In drei Wochen soll eine Sitzung im Büro des Bürgermeisters stattfinden, um die Vorbereitungen zu koordinieren. Ich werde dort selbstverständlich auch die Vorschläge meiner Mitarbeiter und Mitarbeiterinnen gerne vortragen. Also, wenn Sie zündende Ideen vorbringen wollen, so habe ich jederzeit ein offenes Ohr für Sie. Lassen Sie es mich nur rechtzeitig wissen. Der Stress ist derzeit einfach lebensgefährlich.«

Und Alfred Kühnlein massiert sich die Brust, als ob sein erster Herzinfarkt unmittelbar bevorstünde.

Ich nicke höflich.

»Selbstverständlich, gerne. Ich habe mir natürlich schon Gedanken gemacht ...«

Alfred Kühnlein nickt mir – oder besser gesagt meinem Busen – huldvoll zu und trollt sich in Richtung Stadtbibliotheks-Chefbüro. Ich bleibe zurück und schaue zum Fenster hinaus. Ende Juni, der Himmel über Peekenburg ist blau und nur von vereinzelten weißen Schäfchenwolken geziert. Menschen flanieren durch die Fußgängerzone, schlecken Eis und flirten, ich kann ihre Stimmen bis in meine Nische im dritten Stockwerk hören. Entschlossen kippe ich das Fenster zu und sperre den Sommer aus.

Gestern Abend habe ich ein hellblaues Kuvert in meiner spärlichen Post gefunden, zwischen der Telefonrechnung und einem Sonderangebotsprospekt des neuen Drogeriemarktes. Voll böser Ahnungen habe ich das hellblaue Kuvert geöffnet und all meine Befürchtungen bestätigt gefunden:

Liebe Annalena!
Hoffentlich geht es dir gut, wir haben uns ja schon so lange nicht mehr gesehen. Weißt du, dass seit unserem Abitur schon fünfzehn Jahre vergangen sind? Ich finde, es ist höchste Zeit, dass wir uns endlich wieder einmal treffen. Bis auf zwei habe ich alle aus unserer Klasse auftreiben können. Weißt du vielleicht, was aus Katrin

und Margret geworden ist? Wenn ja, dann lass es mich bitte wissen.
Ihr seid jedenfalls alle zu einem Gartenfest bei mir zu Hause eingeladen, ganz zwanglos, am Samstag, dem 12. Juni, ab 17 Uhr. Das ist das letzte Wochenende vor den großen Ferien. Ich habe mir gedacht, dieser Termin ist ideal, denn die meisten von uns haben ja mittlerweile einen Mann und Kinder, darauf muss man Rücksicht nehmen. Ich habe auch noch ein paar gute Freunde dazu gebeten, damit sich nicht alles nur um die alten Zeiten dreht.
Also, bis bald!
Auf dein Kommen freut sich
Sieglinde (Klassensprecherin a. D.)

Auch das noch! Am liebsten hätte ich den Brief gleich zerknüllt und im Klo weggespült. Aber nun liegt er hier vor mir, auf meinem Schreibtisch, so erfreulich wie ein Erpresserschreiben, das aus ausgeschnittenen Zeitungsüberschriften zusammengeklebt worden ist: Bringen Sie einen Mann und Kinder mit! Erscheinen Sie pünktlich zur Übergabe! Keine faulen Tricks! Bei Nichterscheinen drohen schreckliche Konsequenzen!

Ob ich noch rasch Urlaub beantragen und einen Last-Minute-Flug nach Ibiza buchen soll? Und Sieglinde eine schicke Karte schreiben, à la: Hi Mädels, ich wäre ja so gerne gekommen, aber leider war unser Segeltörn schon lange geplant. Morgen steuern wir in Richtung Costa Smeralda, dort haben die Eltern von Fabrizio (das ist mein Mann, mein zweiter, mit dem ersten bin ich aber immer noch freundschaftlich verbunden) ein kleines Landhaus. Ich denke an euch und umarme alle herzlichst. Ciao, eure Annalena.

Aber dann fällt mir mein Kontostand ein. Derzeit ist nicht einmal ein Last-Minute-Flug nach Wuppertal möglich. Ich muss einen anderen Notausgang aus dieser Falle finden, unbedingt. Sollte ich vielleicht die schleimigen Blicke von Alfred Kühnlein endlich zur Kenntnis nehmen? Wenn Alfred Kühnlein mir zuliebe in den kommenden zwei Wochen noch rasch dreißig Kilo abspecken und sein Urlaubsgeld bis auf den letzten Euro in ein schwarzes Hugo-Boss-Outfit investieren würde, könnte ich ihn dann als geheimnisvollen Geliebten ausgeben?

Aber auch diese Notlösung ist untauglich, ich muss es mir unter Kopfschmerzen eingestehen. Selbst als popeliger leitender Bibliothekar der Stadtbücherei ist man in Peekenburg so etwas wie eine bekannte Persönlichkeit. Ich würde mich nur vollkommen lächerlich machen, Alfred Kühnlein kann ich abhaken. Eigentlich bleibt mir nur noch übrig, ins Wasser zu gehen, wie die gefallenen Mädchen im 19. Jahrhundert. Aber die waren wenigstens schwanger!!

»Annalena, man hört dich bis zum Waschraum seufzen. Was ist denn bloß los?« Wilma steht hinter mir, ich habe sie gar nicht kommen hören.

»Ach, nichts«, antworte ich wenig wahrheitsgetreu und lasse verstohlen das hellblaue Kuvert unter einem Verlagsprospekt verschwinden. »Unser Chef will, dass ich ihm Vorschläge zum zweihundertjährigen Stadtjubiläum unterbreite, du weißt schon, für die Konferenz beim Bürgermeister. Aber mir fällt einfach nichts ein.«

»Das sieht ihm wieder mal ähnlich«, ereifert sich Wilma. »Wir sollen unsere Köpfe rauchen lassen, damit er sich dann mit fremden Federn schmücken kann. Genauso machen diese Typen doch alle Karriere. Und wir blöden Weiber lassen uns ausbeuten, aber das muss einmal ein Ende haben, ich finde schon lange, dass ...«

»Nanu, Wilma, seit wann verbreitest DU denn feministische Kampfparolen?« Antonella zwängt sich in meine Nische herein, langsam wird es eng.

»Seitdem ich mit der Helmstedt vom Verwaltungsbüro gesprochen habe, ihr wisst schon, diese Blondine mit den unmöglichen Ohrklipsen, aber eigentlich ist sie ganz nett. Und wisst ihr, was die mir erzählt hat? Olli kriegt fast fünfzig Euro mehr als ich, das muss man sich mal vorstellen. Ich schufte hier seit über fünf Jahren, und dann kommt so ein junger Schnösel daher und kassiert schon nach einem Jahr mehr als ich. Einfach so, bloß weil er ein Mann ist. Oder was soll der sonst für eine Qualifikation besitzen?«

Wilma hat sich richtig in Rage geredet, ich klopfe ihr beruhigend auf den Rücken, Antonella holt eine Flasche kaltes Mineralwasser mit Limonengeschmack.

»Reg dich ab«, versucht Antonella zu beschwichtigen. »In der Gastronomie geht es noch viel schlimmer zu. Eine Freundin hat mir erzählt, dass in dem Hotel, in dem sie arbeitet, die Männer fast ein Drittel mehr verdienen, auch wenn sie alle die gleiche Ausbildung haben. Der Direktor hat gesagt, wem das nicht passt, der kann ja woanders hingehen. Immerhin trage er das Risiko, dass die weiblichen Angestellten immer im unpassendsten Moment schwanger werden.«

»Na und, soll mich das vielleicht trösten?«, giftet Wilma zurück. »Muss ich wirklich hinnehmen, dass dieser dämliche Olli mehr kriegt als ich, nur weil der garantiert nicht schwanger wird?«

Wir nehmen alle drei einen tiefen Schluck Mineralwasser mit Limonengeschmack und starren uns an. Wilma schneidet empörte Grimassen, Antonella zwirbelt ihre Locken, und ich beginne schon wieder Büroklammern aufzufädeln. Alice Schwarzer hätte ihre Freude an uns.

*

Schon wieder Freitag.

Ich sitze an meinem Ressortleiterinnenschreibtisch und blättere in einem esoterischen Verlagsprospekt, der meiner Stimmung nicht gerade gut tut: Gestalten Sie Ihr Leben nach Ihren Vorstellungen? Ist Ihr Tagesablauf von Sinn erfüllt? Unser Trainingsprogramm, von Professor Dr. Herwig Brockmann entwickelt, hilft Ihnen, positive Energien zu bündeln und negative Stömungen auszublenden. Für Lesungen des Autors wenden Sie sich bitte an unsere Pressestelle.

Ob ich Professor Dr. Herwig Brockmann zu einer Lesung einladen sollte? Unschlüssig starre ich auf das Schwarz-Weiß-Foto, das beinahe eine ganze Seite im Verlagsprogramm ausfüllt. Schütteres Haar, bauschig aufgeföhnt, funkelnde Jacketkronen, eine Lesebrille, die auf einer spitzen Nase balanciert. Würde ich so einen Mann küssen wollen?

Iigittttt!!

Damit ist die Frage nach einer Lesung von Professor Brockmann in Peekenburg entschieden, ich greife nach dem nächsten knallbunten Folder.

Laufen Sie sich frei. Atmen Sie Ihre Sorgen einfach weg. Fitnessexperte Wim van den Euyten, Berater der internationalen Marathonelite, hat seine Erfahrungen aus jahrelanger Praxis in einem sensationellen Trainingsprogramm zusammengefasst. Sie haben es in der Hand, Ihrem Leben eine dramatische Wende zu geben. Nie wieder Depressionen und Muskelverspannungen. Nie wieder der tägliche Kampf mit der Waage. Werden Sie ein neuer Mensch, noch heute. Für Vorträge steht Wim van den Euyten gerne zur Verfügung. Kontaktieren Sie unseren Verlag.

Ich starre auf das Foto eines Mannes, der offenbar gerade auf einer Klippe verschnauft und sich die Locken vom Wind zerzausen lässt. Wenn mir Wim van den Euyten beim Joggen im Wald begegnen sollte, wie würde ich dann reagieren?

A: Zu humpeln beginnen und mir den Knöchel reiben?

B: Meine letzten Kräfte mobilisieren und davonsprinten, weil der Mann so aussieht, als ob er gleich die Hose herunterlassen könnte?

C: Den Typ nicht einmal wahrnehmen?

Ich entscheide mich nach kurzer Überlegung für C und

lege den knallbunten Folder zur Seite. So treffen wir Karrierefrauen eben unsere Entscheidungen: knapp, sachlich, kompetent und unbestechlich.

Schon wieder Freitagnachmittag, der Uhrzeiger rückt unbarmherzig weiter. Dynamische Menschen verabreden sich jetzt gerade für einen Fünf-Uhr-Cocktail oder wenigstens fürs Kino. Pärchen eilen nach Hause, um endlich in die Kiste zu hüpfen. Anschließend brutzeln sie sich ein kleines Hühnchenfilet mit Gemüse, der Körper braucht Proteine. Dann lassen sie die Wanne voll laufen, der Champagner ist schon kalt gestellt ...

Das Klingeln des Telefons reißt mich aus meinen trüben Vorwochenendgedanken.

»Stadtbücherei Peekenburg, Abteilung Frau und Gesundheit, Jacobi, ja bitte?«

»Ich bin's, Marion. Ich mache gerade eine kurze Pause. Meine Füße sind am Freitag immer um zwei Nummern größer, mindestens, wie Pfannkuchen. Dabei haben wir heute erst um acht Feierabend, wie soll ich bis dahin bloß durchhalten! Du sitzt wenigstens in deinem gemütlichen Büro, Lenilein, du hast es wirklich gut, weißt du das eigentlich?«

Ja, ja, mir geht es wirklich prächtig. Weiblicher Single, Mitte dreißig, also praktisch reif fürs Damenstift, leidet nicht bloß allmonatlich am prämenstruellen Syndrom, sondern freitags auch immer an der Präwochenendphobie. Super, einfach wunderbar, die Welt ist schön.

»Ja, mir geht es wirklich gut. Heute Abend treffe ich noch Robbie Williams. George Clooney habe ich abgesagt, der ist so ein Langeweiler. Morgen bin ich dann mit ...«

»Ach, Annalena, hör doch auf mit deinem Zynismus. So verflüchtigt sich jede positive Aura, die ist aber wichtig heutzutage, glaub mir, im Ernst. Schau dir doch die ganzen Girlies an, wie gut die immer drauf sind.«

»Mit siebzehn war ich auch gut drauf«, gifte ich Marion an. »Sogar mit neunundzwanzig war ich noch ziemlich gut unterwegs, was heißt mit neunundzwanzig, voriges Jahr noch war die ganze Welt rosarot. Also beschwer dich bitte nicht, ja? Aber du kannst dich ja gerne mit Sieglinde kurzschließen, die ist sicher furchtbar positiv drauf, sie hat übrigens ein Klassentreffen organisiert, für Mitte Juni, extra abgestimmt auf Schulferien und Ehemänner, super.«

»Ach so, jetzt ist alles klar.« Marion klingt plötzlich wieder wie meine allerbeste Freundin. »Ich hab doch auch so eine Einladung gekriegt, Lenilein. Dieses Treffen ist wirklich die Pest. Weißt du was, vielleicht sollten wir eine Agentur aufmachen, extra für solche Anlässe. Verleih von attraktiven Ehemännern beziehungsweise Lebensabschnittspartnern, mit 1a-Tischmanieren, auf Wunsch werden auch süße kleine Kinderchen in rosa Kleidchen mit Puffärmeln oder in blauweißen Matrosenanzügen zur Verfügung gestellt. Na, was meinst du? Das könnte doch ein Knüller werden, ich meine das ganz im Ernst.«

Allerdings, Marions Blitzidee hat etwas für sich. Wenigstens muss ich ein klein bisschen lächeln. Leider geht gerade Alfred Kühnlein an meinem Schreibtisch vorbei und missversteht meine tapfere Miene. Unser Chef zwinkert mir doch allen Ernstes zu, dann verschwindet er pfeifend um die Ecke von »Kind-Erziehung-Ernährung«.

Ich ringe nach Luft, aber Marion kommt mir zuvor.

»Lenilein, ich muss jetzt wieder aufhören, meine nervige Kollegin hat schon zweimal ihre Betondauerwelle durch den Vorhang gesteckt. Was ist, sehen wir uns am Wochenende?«

»Gerne«, antworte ich ehrlich, »furchtbar gerne. Wir könnten bummeln und uns dann ein paar Nudeln gönnen, in der Glockenstraße soll es ein neues Bistro geben, das habe ich im ›Stadtboten‹ gelesen.«

»Super Idee, Leni«, freut sich Marion, »abgemacht«

Dann legen wir auf. Das Wochenende hätte schlimmer beginnen können.

*

Wann hat bloß die Unsitte begonnen, in der Wäsche spazieren zu gehen? Unter Häkeltops blitzen neckisch die BH-Träger hervor, Nabelpiercings werden stolz präsentiert, Frauen flanieren in hautengen Stretchhosen, die jede Delle nachzeichnen. Über Männer mag ich mich gar nicht mehr äußern. Wild gemusterte Hemden, vermutlich in einem »Aldi«-Laden auf Honolulu erstanden, verschwitzte Leibchen, Trommelbäuche über ausgeleierten Shorts.

Ich stehe an einer Ecke der Fußgängerzone und lasse die Parade des Schreckens an mir vorüberziehen. Natürlich bin ich wieder einmal viel zu früh am ausgemachten Treffpunkt, eine alte Angewohnheit von mir. Schon seit zwanzig Minuten laufe ich ziellos vor den Boutiquen auf und ab. Vor einer Viertelstunde hat mich dann ein Typ angequatscht, mit Schnauzbart und Schirmmütze. Ich habe sein gebrochenes Deutsch kaum verstanden, war aber zu einem freundlichen Lächeln bereit. Vielleicht wollte der Herr aus Anatolien ja bloß den Weg zum Uhrturm erklärt bekommen. Aber mitnichten.

»Du fickifacki?«, hat er mich gefragt, allen Ernstes. Ich habe durch ihn hindurchgeblickt und bin weitergeschlendert, mit hochgerecktem Kinn. Mistkerl. Trotzdem: Positiv denken, ermahne ich mich selbst, eine Eroberung hättest du heute also schon gemacht, altes Haus!

»'tschuldige, Leni. Wartest du schon lange?«

Marion kommt angehechelt, wir umarmen uns und küssen uns auf die Wangen. Meine allerbeste Freundin duftet betörend, kein Wunder bei ihrem Job als Parfümerieverkäuferin. Dann mustern wir uns gegenseitig, beifällig jedes Detail registrierend.

Marion trägt einen sommerlich duftigen Chiffonrock, blasslila bis zum Knie, darüber einen seidigen dunkellila Pulli. Ihre Füße mit den sorgfältig manikürten und brombeerfarben lackierten Zehennägeln stecken in Riemchensandalen mit halbhohem Absatz. Ihr dunkelblondes Haar hat sie zu einer straffen Banane zusammengedreht, in ihren Ohrläppchen schimmern kleine weiße Perlen.

»Marion, du Wohltat für meine Augen«, seufze ich aus tiefstem Herzen. »Was für eine Verschwendung, dass wir beide nicht gerade durch Monte Carlo stöckeln. Sieh dir doch bloß mal die Typen an, die hier herumhängen. Wir könnten genauso gut im Bananenröckchen umherlaufen, wahrscheinlich würde ihnen das sogar noch viel besser gefallen.«

Marion riskiert einen Rundumblick, seufzt und setzt sich ihre Sonnenbrille auf. Dann haken wir uns unter und beginnen zu flanieren, einfach so, als ob wir in Cannes über die Croisette schlendern würden.

Zehn Minuten später ist alle positive Energie an die Peekenburger Männerwelt sinnlos verpufft. »Was hältst du von einem Eiskaffee?«, schlägt Marion vor. »Außerdem brauche ich dringend ein Pflaster für meine linke Ferse, die neuen Sandalen scheuern so.«

Wir erkämpfen uns zwei freie Plätze im Vorgarten der Eisdiele beim Rathaus und schmökern ein wenig über der Karte. Am Nebentisch wird gerade eine gläserne Kinderbadewanne serviert, voll gestopft mit rosa Eis, Pfirsichspalten, bunten Streuseln und Schlagsahne. Ein Papierschirmchen krönt das Ungetüm, über das sich, logo, eine fettleibige Peekenburgerin hermacht.

»Einfach peinlich.«

Marion schüttelt sich bei diesem Anblick.

»Nicht so peinlich wie Slipeinlagenwerbung im Kinovorprogramm«, gebe ich zu bedenken.

Marion denkt ernsthaft nach.

»Oder wie Männer, die am Flughafen kleine Köfferchen auf Rädern hinter sich herziehen.«

»Iiiiiihhhh!«

»Prego, Signorine.«

Ein gut gebauter junger Italiener hat sich an unseren Tisch herangepirscht und strahlt uns nun erwartungsvoll unter langen, seidigen Wimpern an. »Was darf ich Ihnen bringen?«

Marion und ich wechseln einen pfeilschnellen Blick, dann sehen wir sittsam auf die Karte und geben unsere Entscheidung bekannt: »Zweimal Eiskaffee und zweimal Campari Soda, per favore.«

Der junge Kellner entschwindet, wir blicken seinem perfekten Hinterteil nach.

»Was hältst du von ein paar Tagen Venedig?«, lasse ich beiläufig anklingen. »Wir sollten wieder einmal etwas für unseren Kulturhorizont tun, meinst du nicht?«

»Venedig, wie langweilig«, ätzt Marion. »Wenn schon, denn schon. Dann bitte gleich nach Rimini. Da gibt es doch so ein Lied von Gianna Nannini, dort wollte ich schon immer mal hin.«

Der gut gebaute junge Italiener erscheint aufs Neue und serviert uns Campari Soda und Eiskaffee. Offenbar hat er unser kleines Geplänkel über Rimini mitgekriegt, jedenfalls werden wir mit einem betörenden Lächeln beschenkt. Wer weiß, vielleicht ein Großneffe von Marcello Mastroianni oder ein Cousin von Eros Ramazzotti, hier bei uns in Peekenburg!

»Marion, wir leben einfach im falschen Land«, seufze ich.

»Allmählich steckst du mich mit deiner Theorie an«, seufzt Marion zurück. »Aber es muss doch auch hier bei uns irgendwo einen knackigen Typ geben, oder besser noch zwei. Es MUSS sie einfach geben!«

Wir mustern das Publikum in der Eisdiele rundum, wir starren angestrengt über die Fußgängerzone. Aber der letzte attraktive Peekenburger ist entweder längst beerdigt oder ausgewandert.

»Cheers!«

Marion lässt ihren Campari Soda gegen mein Glas klingen.

»Glaub mir, Lenilein, das Glück wartet auf uns, irgendwo da draußen. Wer weiß, vielleicht in Rimini!«

Wir leeren zügig unsere Campari-Gläser, ein älteres Ehepaar beobachtet uns kopfschüttelnd. Dann sitzen wir da, zufrieden und zuversichtlich, und blicken voll milder Nachsicht den Spaziergängern nach. Ein Mann biegt gerade um die Ecke des Rathauses, sein Nacken ist braun gebrannt, er trägt ein dunkelblaues T-Shirt zu verwaschenen Jeans, die auf schmalen Hüften sitzen. Dann ist er auch schon wieder verschwunden, ich blinzle ein wenig gegen die Nachmittagssonne. Ob ich etwa gar halluziniere? Campari am frühen Nachmittag, ts, ts. Vielleicht hat das ältere Ehepaar am Nebentisch mit seinem Kopfschütteln ja doch Recht.

*

In unserer Kinderbuchecke geht es hoch her. Eine Grundschulklasse ist zu Besuch, die Jungs drängen sich um die Computerspiele, die Mädchen interessieren sich wenigstens noch für Gedrucktes. Die Lehrerin lässt sich von Antonella die neueste Literatur für trendige Problemkinder zeigen: Hilfe, meine Mami bekommt ein Baby. Mein Papi wohnt nicht mehr bei uns. Ich mag nicht in die Schule gehen. Jakob hat Angst. Lotti hat Husten. Kevin macht Pipi ins Bett.

Immer öfter beschleicht mich das Gefühl, dass sich unsere Kinder- und Jugendbuchecke klammheimlich ausweitet wie der Schleim in einem Horrorfilm. Die Regale mit Reiseliteratur sind schon fast völlig zugemüllt mit Bilderbüchern, als Nächstes sind wohl meine Gesundheitsfächer an der Reihe. Bienchen und Bärchen und Lämmchen gehen auf große Reise, Felix schreibt uns schon wieder einen Brief. Bei Gelegenheit werde ich mit Antonella ein ernstes Wörtchen reden müssen.

Auf dem Weg zu meinem Schreibtisch rennt mich wieder einmal Olli um, der wie üblich in Eile ist. Nun ja, immerhin dirigiert dieser Mann auch die internationale Literaturszene.

»Unglaublich«, keucht Olli und verströmt Wolken von Polyesterdampf. Ich weiche einen Schritt zurück, aber Olli folgt mir unerbittlich.

»Unglaublich, es ist mir wirklich gelungen, wer hätte das gedacht, also es ist einfach ...«

»Beruhige dich, Oliver«, versuche ich Polyester-Olli zu besänftigen, der großen Wert darauf legt, »korrekt« angesprochen zu werden. »Was ist denn passiert?«

»Was passiert ist? Sie kommt! Sie kommt wirklich! Es ist mir gelungen! Vielleicht bekommen wir sogar den großen

Rathaussaal, unsere Räume sind ja ganz sicher zu klein für den Ansturm, den es geben wird. Ich muss den Bürgermeister kontaktieren, noch heute, jetzt glei...«

»Wer kommt?«, frage ich unerbittlich in Ollis Redeschwall hinein. Dieses kleine Detail möchte ich noch wissen, bevor Olli an einem Herzanfall verendet.

»Sie! Elise Hockenheim! Höchstpersönlich!«

Olli sackt auf einem roten Kinderstühlchen zusammen und wischt sich über die Stirn.

Elise Hockenheim, DIE Elise Hockenheim?

Deswegen bekommt unser guter Olli Wallungen? Obwohl, andererseits, die Hockenheim hat sich wahrlich einen Namen gemacht, Ehre, wem Ehre gebührt. Nachdem sie jahrzehntelang am Kurfürstendamm in seichten Komödien aufgetreten ist, hat sie vor einigen Jahren eine neue Marktlücke entdeckt. Die dreimal geliftete Hockenheim schreibt Bücher zum Thema: Danke, Himmel, endlich fünfzig, was für ein Glück! Fünfzig plus zu sein wird in diesen Werken als ein unendlich begehrenswerter Zustand geschildert, die Hockenheim verfügt mittlerweile über eine ähnlich eingeschworene Fangemeinde wie ein Fußballklub aus dem Ruhrpott. Meiner höchstpersönlichen Meinung nach sollte sie ja besser Bücher zum Thema »Endlich fünfundsechzig, was für ein Glück!« schreiben, aber wer hört schon auf mich. Also, die Hockenheim kommt zur Lesung nach Peekenburg, diese Neuigkeit lässt allerdings sogar die geplanten Feiern zum zweihundertjährigen Stadtjubiläum alt aussehen. Unser Chef wird es sich sicherlich nicht nehmen lassen, die große Diva und Bestsellerautorin höchstpersönlich zu begrüßen. Oder ob am Ende sogar der Herr Bürgermeister ...?

»Wann kommt sie denn?«, frage ich Olli, der völlig überwältigt von seinem Erfolg als Literaturagent noch immer auf dem roten Kinderstühlchen hockt.

»Anfang Dezember«, krächzt Olli. »Sie macht eine große Lesereise vor Weihnachten. Hamburg, Berlin, München, nur allererste Adressen, stell dir mal vor.«

Und was will sie dann in unserem Kuhdorf, würde ich gerne fragen, aber ich verkneife es mir angesichts von Ollis Begeisterung. Ich habe eben ein gutes Herz.

Eine Horde Kinder rennt an uns vorbei zum Ausgang, die Lehrerin hetzt hinterdrein. Antonella stapft heran, sie sieht ziemlich mitgenommen aus.

»Die Hockenheim kommt«, verkünde ich aufgeräumt. Olli blickt mich wütend an, die Hockenheim ist ganz eindeutig SEINE Neuigkeit.

»Ist das nicht die, die für Binden gegen Blasenschwäche wirbt?«, fragt Antonella skeptisch. Offenbar ist ihr die Bedeutung von Elise Hockenheim nicht ganz klar. Olli kann vor Empörung nur röcheln, ich eile ihm zu Hilfe.

»Nein, du verwechselst da etwas«, stelle ich richtig. »Die Hockenheim wirbt für eine Retinolcreme, die angeblich Falten in vierzehn Tagen verschwinden lässt. In jeder Frauenzeitschrift lacht sie dich an, so eine Hennarote mit Zähnen wie ein Nussknacker.«

»Ach, die.«

Antonella ist wirklich ein Banause, offenbar tut ihr der

ständige Umgang mit Bienchen und Bärchen und Lämmchen nicht gut. Beinahe fühle ich Mitleid mit Olli.

»Eine Lesung mit der Hockenheim in Peekenburg ist einfach sensationell«, kläre ich Antonella auf. »Dieser Abend wird DAS Ereignis von unserem Kulturherbst. Das sollen sie uns in Bayreuth oder Salzburg erst einmal nachmachen.«

Antonella wirkt wenig überzeugt.

»Tja, wenn ihr meint«, sagt sie und schlurft davon.

Olli tippt sich gegen die Stirn, aber ich blicke ihn nur strafend an. Polyester-Olli, wir zwei sind keine Verbündeten.

*

Hinter dem Hochhausdach gegenüber geht die Sonne unter, zerfließt langsam wie ein oranges Eidotter. Als Kind habe ich mir das Spiegelei zum Spinat immer bis zum Ende aufgehoben. Denn das Allerbeste kommt erst am Schluss, so war ich mir damals sicher. Und heute?

Über den ausklappbaren Esstisch vor meiner Küchennische habe ich eine blauweiß karierte Decke gebreitet, wie in den Magazinen für schickes Wohnen. Darauf habe ich alle meine guten Vorsätze sorgfältig arrangiert: ein dehnbares Gymnastikband von »Tchibo«. Die allerneueste Bauch-Po-Beine-fit-in-vierzehnTagen-Anleitung aus der »Freundin«. Magnesiumtabletten gegen Wadenkrämpfe und Muskelkater. Ein Taschenbuch »Italienisch kochen für Singles«. Einen Französischkurs für Fortgeschrittene zum Auffrischen und Wiederholen, inklusive zwei Doppel-CDs zum Mitsprechen.

Lauter lobenswerte Vorsätze, aber das Happy End lässt auf sich warten. Seit zwei Wochen staubt mein Arrangement nun schon still vor sich hin. Seit zwei Wochen sitze ich allabendlich trübsinnig davor und futtere abwechselnd gesalzene Pistazienkerne und Milka-Mandel im Großformat. Kinki und ich haben bereits bedenklich an Gewicht zugelegt. Bei einem Chinchilla mag das ja ganz putzig aussehen, aber bei einer Bibliothekarin in mittleren Jahren?

Heute Abend habe ich meinen guten Vorsätzen jedenfalls den Rücken zugewandt und blättere lieber in einem Stapel Prospekte, die ich mir im Reisebüro gleich neben »Tchibo« geholt habe. Der Sommer steht in voller Pracht, allmählich werden sogar die Tage wieder kürzer, nur ich weiß noch immer nicht, wo ich meinen Urlaub verbringen soll.

Die mittleren beiden Septemberwochen gilt es zu füllen, mit Spiel und Spaß und Sport und guter Laune. Wie all die Pärchen eben drauf sind, die mich aus den »Tui«- und »Neckermann«- und »Touropa«-Prospekten anlachen. Entweder sie laufen Hand in Hand an einem Sandstrand entlang, oder sie sitzen vor einer schneeweißen Taverne und blicken aufs azurblaue Meer hinaus. Ob das wirklich glückliche Pärchen sind? Wahrscheinlich posieren sie ja bloß für einen Haufen Geld und sind in Wirklichkeit gefrustete Singles ohne Sexleben.

Wie ich. Wie Annalena Jacobi, deren letzte Affäre genau ein Jahr und dreieinhalb Monate zurückliegt. Eine Affäre zum Vergessen übrigens. Wir (die Affäre und ich) haben uns in der Warteschlange vor dem Paketschalter im Postamt kennen gelernt. Ich habe mir einen Versandhaus-Badeanzug abgeholt, der dann sowieso nur gezwickt hat. Außerdem hat er (der Badeanzug mit Push-up-Körbchen) mich ständig an Werner erinnert, meine Affäre. Werner, ein Biologe ohne Job, hat bereits nach der ersten Nacht schmutzige Wäsche bei mir vergessen und seifige Borstenhaare in meiner Duschtasse hinterlassen. Nach einem halben Jahr habe ich ihn entsorgt und den Badeanzug Frau Jovanka geschenkt, die im Erdgeschoss wohnt und das Treppenhaus putzt. Frau Jovanka hat den Badeanzug ihrer Nichte nach Split geschickt ... aber ich merke schon, ich gerate wieder ins Grübeln und Sinnieren. Dabei ist die Fragestellung doch ganz einfach: Wo soll ich meinen Urlaub verbringen? Ich starre auf die Doppelseite vor mir:

»Ibiza, die Insel für Sport und Fun rund um die Uhr. In unserer Clubanlage sind Sie nie alleine. Ob im Pool oder an der Bar, unser junges Team erwartet Sie.« Dazu ein Foto von einer Gruppe sehniger, braun gebrannter Menschen mit schneeweißen Zähnen, Durchschnittsalter vermutlich 19 bis 21. Was soll ich dort? So viel Magnesiumtabletten kann ich gar nicht mehr zu mir nehmen, um an der Poolbar nicht Wadenkrämpfe zu kriegen.

Also blättere ich weiter.

»Mit dem Postschiff nach Hammerfest. Ein Urlaub für Menschen, die schon alles kennen. An der norwegischen

Küste entlang zum Polarkreis. Zehn Tage für Euro 3.998 zum absoluten Spartarif. Einzelkabinen mit Aufpreis.« Dazu ein Foto von einem wettergegerbten Pärchen, das sich an der Reling festklammert und einen Eisberg anstrahlt. Zehn Tage mit lauter fremden Menschen an Bord, auf engstem Raum! Ob die Einzelkabinen auch ein Einzelklo besitzen? Oder muss man jeden Morgen zur Mannschaftsdusche wandern, das Kosmetiktäschchen verschämt unter den Arm geklemmt? Fröstelnd blättere ich weiter.

Du lieber Himmel, gibt es denn kein halbwegs brauchbares Angebot für Frauen wie mich? Zum Beispiel: Zwei Wochen Provence mit liebenswertem Junggesellen, der still Händchen hält, ausnahmsweise auch mal Weißwein statt Bier trinkt und den Kellnerinnen nicht auf den Hintern glotzt. Ist das wirklich zu viel verlangt? Ist das wirklich ...

Das Telefon klingelt, wenig animiert schlurfe ich zum Sofa und angle nach dem Hörer: »Jacobi.«

»Lenilein, Gott sei Dank bist du zu Hause, also stell dir mal vor, was ...«

Marion, ich reagiere beinahe erfreut. Ihre Erleichterung, dass ich am Abend zu Hause anzutreffen bin, wärmt mein Herz. Allerdings könnte ich ja auch gerade beim Berliner Filmpreis über den roten Teppich schreiten oder mit einem feurigen Animateur zwischen den Laken ...

»Leni, du wirst es nicht glauben. Seit Monaten, ach, was heißt seit Monaten, seit Jahren warte ich darauf, dass ich endlich auch auf eine von diesen superschicken Schulungen darf. Du weißt schon, ich habe dir doch davon erzählt. Da werden die Einkäuferinnen ausgebildet, die für das Sortiment von mindestens einem Dutzend Filialen zuständig sind, das bringt echt Kohle, sag ich dir, und außerdem musst du nicht mehr jeder einzelnen Kundin um den Bart gehen, sondern bist nur mehr für Marketing im großen Stil verantwortlich. Also, wo war ich stehen geblieben? Ach ja, also ich soll zur nächsten Schulung mit nach Baden-Baden, was sagst du, für eine ganze Woche im September! Die Schulung findet im teuersten Hotel statt, mit Marmorbecken und Wellnessbereich, alles nur vom Allerfeinsten, ich habe schon den Prospekt gesehen. Jeden Vormittag und Nachmittag gibt es je drei Stunden Seminar, dazwischen soll nämlich die Möglichkeit zu Kontakten und Gesprächen bestehen. Klingt doch toll, oder? Wie in diesen amerikanischen Serien, ganz lässig. Ich muss mir natürlich noch ein paar Sachen kaufen, du weißt schon, so für die Karrierefrau. Na, was sagst du?«

»Nett«, sage ich pflichtschuldigst. Aber dann reiße ich mich zusammen. Marion ist meine allerbeste Freundin, und sie kann nun wirklich nichts dafür, dass ich noch immer nicht weiß, wo und mit wem ich meine zwei Urlaubswochen totschlagen soll. Also starte ich einen zweiten Versuch.

»Das klingt wirklich super, ganz ehrlich. Baden-Baden, sitzen da nicht alle diese alten Millionäre?«

»Eben«, kichert Marion. »Alte Millionäre mit knackigen jungen Chauffeuren. Wenn das kein Revier ist. Ach, so schade, Lenilein, dass du nicht mitkommen kannst. Stell dir mal vor, was wir für einen Spaß hätten.«

»Mmhhhm.«

Spaß? Also, ich weiß nicht so recht. Ob ich überhaupt noch irgendwann einmal Spaß haben werde? Vielleicht im Altersheim, so wie Marions Oma, ich könnte mir einen Pfleger ...

Aber Marion unterbricht mein Grübeln.

»Was machst du denn eigentlich noch im Sommer? Hast du dich schon entschieden? Du willst doch nicht wirklich zum Polarkreis?«

Marion klingt so tough, als ob sie bereits eine Intensivmanagementkur im heißesten Whirlpool von Baden-Baden absolviert hätte.

»Nöö, ich bin noch am Überlegen. Die Prospekte turnen mich aber nicht wirklich an. Vielleicht bleibe ich ja zu Hause und mache es mir gemütlich.«

»Gemütlich? Zu Hause? Bist du von allen guten Geistern verlassen? Da hat ja meine Oma mehr Spaß am Leben als du, Lenimaus. Aber was mir gerade einfällt, du, ich habe DIE Idee! Du kommst einfach mit! Vielleicht kann ich sogar auf ein Doppelzimmer umbuchen, das wird dann nicht einmal so teuer für dich. Wenn ich meine Seminare habe, liegst du schon am Pool, und am Abend machen wir die Szene unsicher und reißen zwei herzkranke Millionäre ohne Erben auf. Na, was sagst du? LENI! LENILEIN!«

»Also, ich weiß nicht so recht ...«

Baden-Baden im September? Mit lauter Kosmetik-Tussis? Andererseits war es mit Marion immer lustig. Wenn ich da an unser Wochenende damals am Chiemsee denke, als ...

»Ach, komm schon, Leni, lass dich nicht so hängen. Du fährst mit, abgemacht? Ich sage dir noch die genauen Daten durch, ja? Das wird sicher ein Knüller. Jetzt freue ich mich noch viel mehr. Was glaubst du, was ich da an Cremeproben abstauben werde, wir Großeinkäuferinnen müssen doch über alles informiert sein. Und dann dieser Whirlpool und der Wellnessbereich. Du und ich, wir werden um zehn Jahre verjüngt zurückkommen, glaub mir. Vielleicht schreibst du dann ja sogar selbst ein Buch, das machst du doch mit links. Im Vergleich zu uns ist die Hockenheim doch eine ägyptische Mumie.«

Allmählich freunde ich mich mit dem Gedanken an. Wellness in Baden-Baden statt zu Hause Chips zu futtern und von einem Liebesurlaub in der Provence zu träumen. Gar nicht mal SO übel. Ich verabschiede mich mit neuem Optimismus von Marion und federe dynamisch zu meinem Tisch mit den guten Vorsätzen zurück. Was empfiehlt die »Freundin« gegen Speck um Bauch und Po?

»Legen Sie sich mit angewinkelten Beinen flach auf den Boden und verschränken Sie die Hände hinter dem Nacken. Das Ein- und Ausatmen nicht vergessen. Ziehen Sie das rechte Bein langsam Richtung linke Schulter. Dann heben Sie Ihren Oberkörper an und zählen bis ...«

*

Am nächsten Vormittag stehe ich vor dem Regal mit Gesundheitsratgebern und ordne wieder einmal alles neu. Unserer Kundschaft ist das Alphabet ungefähr so vertraut wie einem Neandertaler das Zähneputzen. Bücher werden einfach herausgerissen, achtlos durchgeblättert und dann wieder irgendwo hineingestopft. »A« wie Allergie landet dann neben »M« wie Migräne, und so weiter und so fort. Ich schlichte und atme dazu vorsichtig ein und aus, meine Bauchdecke zieht ein wenig. Aua, Antonella hat mir von hinten unsanft auf die Schulter geklopft, ich krümme mich zusammen.

»Um Himmels willen, Annalena, was ist denn bloß los? Hast du Schmerzen?«

»Ach, nichts weiter.« Tapfer beiße ich die Zähne zusammen. »Ich habe gestern Abend nur ein klein wenig geturnt, ein paar Übungen für eine straffe Bauchdecke und so, na, du weißt schon. Jetzt habe ich Muskelkater.«

»Jaja, in unserem Alter sollte man eben nichts mehr übertreiben.«

Vielen Dank, liebe Antonella, es geht eben nichts über mitfühlende Worte, vor allem in unserem fortgeschrittenen Alter.

»Hast du schon gehört?« Antonella beugt sich näher zu meinem Ohr. »Olli ist vom Chef zusammengefaltet worden. Offenbar hat er sich in letzter Zeit ein paar Eigenmächtigkeiten zu viel herausgenommen. Dass er selber hier irgendwann einmal im Chefsessel sitzen will, ist ja allgemein bekannt. Aber jetzt wird er wahrscheinlich nicht einmal mehr Kühnleins Stellvertreter. Da hat er sich echt verrechnet.«

Polyester-Olli als Chef? Da ist mir ja Alfred Kühnlein noch lieber als diese grausige Vorstellung, es schüttelt mich richtiggehend. Wilma hat sich zu uns gesellt, sie futtert Schokokekse aus einer Großpackung, die sie uns bereitwillig unter die Nase hält. Antonella klaubt sich gleich eine Hand voll heraus, aber ich schüttle dankend den Kopf. Wer sich einen Millionär in Baden-Baden angeln will, der muss zuerst ein Mindestmaß an Selbstdisziplin beweisen. Dafür gibt es dann nach der Hochzeit Wachteln auf goldenen Tellern und Champagner aus Bleikristallkelchen.

»Und, wie war's eigentlich im Urlaub? Ich habe dich noch gar nicht danach gefragt.«

Antonella beäugt Wilma, die ja wahrhaftig ein wenig braun im Gesicht ist, und irgendwie erscheint auch der Speckring um ihre Hüften schmäler. Wilma ist offenbar am Zenit ihrer Attraktivität angelangt.

»Super«, bröselt Wilma mit vollem Mund. »Bodo und ich sind den Rhein entlanggeradelt, bis nach Kölle. Unterwegs haben wir in so süßen kleinen Orten Rast gemacht, Wein getrunken und ... na, ihr wisst schon«. Wilma kichert versonnen in sich hinein. Antonella und ich wechseln ein kurzes Augenrollen.

Bodo! Bodo, das Phantom!

Wann stellt Wilma ihn uns eigentlich mal vor? Bisher hat mich meine mitfühlende Art ja daran gehindert, Wilma in diese peinliche Verlegenheit zu bringen, aber ihre ständigen Provokationen erfordern einfach ...

»Wann lernen wir Bodo eigentlich mal kennen?«, kommt mir Antonella zuvor, mit einem reizend-diabolischen Lächeln.

Wilma wirkt kein bisschen erschrocken.

»Ich bringe ihn gerne mal mit. Ihr wisst ja, Bodo ist in der EDV-Branche, da überschneiden sich unsere Arbeitszeiten oft. Aber ich schleppe ihn einfach mal her, versprochen. Ihr müsst ihn unbedingt kennen lernen, er ist ja sooo süß.«

Damit entschwindet Wilma samt ihrer Schokokekstüte, und Antonella und ich wechseln ein Achselzucken. Cool, diese Wilma. Aber jetzt hat sie wahrhaftig ein Problem am Hals. Wo will sie bloß einen echten Bodo auftreiben?

*

Ich stehe in unserer Wohnküche und bereite einen Nudelteig vor. Selbstverständlich mache ich die Tagliatelle selber, dazu ein Pesto aus frischem Basilikum, Parmesan, Olivenöl, Knoblauch und fein gehackten Pinienkernen. Ab und an werfe ich einen Blick ins Wohnzimmer. Die Abende sind jetzt schon manchmal kühl, obwohl es doch erst Spätsommer ist. Rainer, mein Mann, der aussieht wie der junge Heiner Lauterbach, als er noch Haare auf dem Kopf hatte, sitzt auf dem blauweiß karierten Sofa und hält Laura, unsere Tochter, auf dem Schoß. Er lächelt mir zu, und ich lächle zurück. Bald ist das Abendessen fertig, Liebster, ich muss nur noch – da wirft Laura ihren Blechhasen zum

Aufziehen auf den blanken Dielenboden, es scheppert gehörig, ich mache einen Schritt nach vorne ...

... und erwache. Scheißwecker. Ich angle nach dem eiterpickelgelben Blechungeheuer und ziele damit auf die gegenüberliegende Wand. Halb sieben, du lieber Himmel. Heute findet doch beim Bürgermeister die Sitzung für die Vorbereitungen zum zweihundertjährigen Jubiläum von Peekenburg statt, und ich bin mit dabei. Alfred Kühnlein, unser Chef, hat sich großmütig bereit erklärt, mich mitzunehmen, als seine »Assistentin«, sozusagen. Seitdem Kühnlein ein Seminar für Management im Bibliothekswesen absolviert hat, nervt er uns ständig mit Vorschlägen »zur Verbesserung des Teamgeistes«. Wir sind doch alle ein Team und sitzen alle in einem Boot, lässt Kühnlein mich gerne wissen und tätschelt an mir herum. Und zwar an Stellen, die zwar nicht unbedingt für eine Klage wegen sexueller Belästigung vor Gericht ausreichen würden, die ich aber dennoch als tätschelfreie Zone gewahrt wissen möchte. Meine Oberarme zum Beispiel, nur millimeterscharf verfehlen Kühnleins Wurstfinger jedes Mal meinen Busen.

Ich kämpfe mich also aus dem Bett und riskiere einen trübsinnigen Blick in meinen Kleiderschrank. Was zieht man zu einer Sitzung im Büro des Bürgermeisters bloß an? Hose und Bluse? Bluse und Rock? Oder mein graues »Business-Kostüm« vom »Otto«-Versand? Und dürfen die Zehen nackt bleiben? Immerhin sind sie frisch lackiert, trendy in Korallenrot. Ob ich mich in meinen einzigen Wonderbra zwängen soll? Oder lieber flachbusig unserem Stadtoberhaupt entgegentreten? Fragen über Fragen, schon am frühen Morgen. Bin ich etwa Hillary Clinton?

Ich schlurfe ins Badezimmer und drehe die Dusche auf.

*

Wilma beäugt mich skeptisch-neidisch. »Schick siehst du aus, Leni.«

Ich nehme die Huldigung insgeheim dankbar entgegen und zupfe ein wenig an meinem grauen Rock. Der Bund kneift in der Taille, ich werde mich heute auf Kaffee ohne Milch und Zucker beschränken müssen. Meine nackten Beine stecken in flachen schwarzen Ballerinas, die das Korallenrot meiner Zehennägel züchtig bedecken. Obenherum habe ich mich für ein schlichtes weißes T-Shirt entschieden (ohne Wonderbra, simple Baumwollspitzenkörbchen). Die frisch gewaschenen Haare kringeln sich um meine Schultern, wie üblich habe ich nur Mascara und einen Hauch Lipgloss aufgetragen. Dazu kleine Kreolen, eine knallbunte Swatch und einen Hauch von meinem Lieblingsparfüm, »Sun« von Jil Sander. Fertig ist die Karrierefrau, ich könnte glatt für die »Vogue« posieren. Nun ja, für die »Vogue« von Moldavien vielleicht.

Olli stakst vorbei und würdigt mich keines Blickes. Wilma schneidet Grimassen hinter seinem Rücken, ich weise sie mit einem nachsichtigen Kopfschütteln zurecht.

»Und, wirst du dich zu Wort melden?«, fragt Wilma, sie

scheint fast aufgeregter als ich. »Unser Bürgermeister soll ja ein ziemlicher Charmeur sein, angeblich läuft gerade was mit einer aus der Buchhaltung. Also nimm dich lieber in Acht, Leni.«

»Vielen Dank für den Tipp«, sage ich sarkastisch. »Aber soviel ich weiß, wird das ein Arbeitsgespräch und kein Treffen vom Swingerclub. Was soll ich außerdem mit so einem alten Knacker?«

Wilma wirkt ein wenig beleidigt. »Nun ja, nichts für ungut. Und wie sieht dein Konzept aus, bitte schön?«

»Welches Konzept, bitte schön?«, frage ich zurück. Wilma ist heute wirklich eine Nervensäge. »Was soll einem zu so einer Ödnis wie der Zweihundertjahrfeier von Peekenburg schon einfallen? Freibier und Würstchen für alle?«

Hinter dem Regal ertönt ein fassungsloses Schnaufen. Offenbar Polyester-Olli, der gelauscht hat und seiner Empörung über meine Flapsigkeit Ausdruck verleihen möchte. Polyester-Olli hätte sicherlich jede Menge Vorschläge zu unterbreiten, vom selbst verfassten Gedicht bis hin zur mehrstündigen Lesung von Elise Hockenheim.

Die Tür zum Chefzimmer geht auf und Alfred Kühnlein höchstpersönlich kommt herausgefedert, in dunklem Jackett über einer Karohose, wie bei einem schottischen Golfturnier, eingehüllt in ein atemberaubend abscheuliches Rasierwasser. »Nun, Frau Jacobi, sind wir so weit?«

Kühnlein hält eine schweinslederne Mappe unter den Arm geklemmt, ich greife nach meiner Umhängetasche. So stolzieren wir in die Aufzugskabine, schön hierarchisch, vorneweg der Chef und hinterdrein seine Assistentin. Olli blickt uns bleich vor Neid nach, Wilma winkt ganz aufgekratzt. Kühnlein drückt auf den Knopf für »E« wie Erdgeschoss, die Kabinentür surrt zu, und Kühnlein starrt auf meinen Busen. Karriere habe ich mir irgendwie sexier vorgestellt.

*

»Und, wie war's?«, fragt Marion.

Wir sitzen bei »Paolo« und vertilgen Pasta satt, dazu haben wir beide schon je zwei Prosecco gekippt. Ich nestle diskret am Reißverschluss meines grauen Businesskostümrocks. Das Tiramisu in der Kühlvitrine sieht aber auch zu appetitlich aus ...

»Denk doch endlich mal an etwas anderes als ans Essen«, ermahnt mich Marion, völlig zu Recht. Folgsam tupfe ich meine Lippen mit der Papierserviette ab, bevor ich ihre Frage beantworte.

»Total belanglos«, sage ich schulterzuckend. »Da stellt man sich immer weiß Gott was vor unter solchen Sitzungen und Konferenzen, dabei kochen die auch nur mit Wasser. Die meiste Zeit wird Kaffee getrunken und mit Papier geraschelt.«

»Und der Bürgermeister?« Marion ist offenbar nicht gewillt, sich so schnell abspeisen zu lassen.

Ich muss schon wieder mit den Schultern zucken. »Tote Hose. Du kennst ihn ja vom Sehen. Kühnlein ist dagegen fast erotisch.«

Marion zermanscht kopfschüttelnd ihren Nudelrest, sie will sich ihre Illusionen über bedeutsame Konferenzen einfach nicht rauben lassen. »Und, was hast du so von dir gegeben?«

»Ach, die meiste Zeit habe ich bloß vor mich hin gekritzelt. Dann habe ich blöderweise nur einmal kurz aufgeschaut, und schon hat es mich erwischt. Kühnlein hat sofort das Wort an mich weitergegeben, und ich habe irgendetwas von einer Ausstellung in der Stadtbibliothek über bedeutende Bürger von Peekenburg gemurmelt. Der Bürgermeister war ganz enthusiastisch, das musst du dir mal vorstellen, wegen so einem Schwachsinn. Offenbar habe ich jetzt die Koordination und Vorbereitung auf dem Hals, ich blicke da noch nicht ganz durch.«

»Wahrscheinlich glaubt er, dass er vorkommen wird in deiner Ausstellung. Geheimrat Goethe auf Urlaub in Peekenburg, Gottfried Simmel, unser bedeutender Heidedichter, dann dieser Vizemeister im Eisschnelllauf, wie heißt er bloß, na und dann unser Bürgermeister, ein großer Sohn dieser Stadt. Das hast du toll hingekriegt, Lenilein, wenn du nicht aufpasst, wirst du noch Stadträtin für Kultur, Sport und Frauenangelegenheiten.«

»Keine dummen Scherze, bitte«, ermahne ich Marion.

Wir beschließen, uns nach Bester-Freundinnen-Art einen Teller Tiramisu zu teilen. Was soll's. Kein Liebhaber wartet zu Hause, den wir mit einem flachen Bauch beglücken wollen. Kein Strandurlaub ist gebucht, der einen knackigen Po erfordert. Essen ist der Sex des Alters, wo habe ich das bloß gelesen?

»Jetzt schau doch nicht so säuerlich drein, Leni«, ermahnt mich Marion schon wieder, auch diesmal völlig zu Recht. »Wenn man sein Kinn so hängen lässt, dann bilden sich bloß Falten, wie oft habe ich dir das schon ge... ach du liebes bisschen, sieh jetzt bloß nicht zum Eingang, sonst ...«

Natürlich starre ich noch in derselben Sekunde zum Eingang, Diskretion gehört nicht gerade zu meinen hervorstechendsten Eigenschaften. Ach, du liebes bisschen, eine Frau im schweinchenrosa Blazer zwängt sich gerade zwischen den Tischen hindurch, soeben hat sie mit ihren Einkaufstüten beinahe einen jungen Mann zu Boden gestreckt. Carmen, wer sonst.

Vor einigen Jahren – nun ja, man könnte fast von Jahrzehnten sprechen – haben Carmen, Marion und ich dieselbe Schule besucht, Carmen war in der Parallelklasse. Ihren rassigen Vornamen trägt sie übrigens völlig zu Recht. Schon als Teenager habe ich Carmen für ihren Mut bewundert, sich auch im Hochsommer niemals die Beine zu rasieren und mit behaarten Schienbeinen wie ein Profifußballer durch Peekenburg zu stapfen. Diesem Hang zur Natürlichkeit ist Carmen offenbar treu geblieben, fassungslos starrt die epilierte Marion auf Carmens Gorillawaden, die in lackschwarzen Riemchensandalen enden. Jetzt hat sie uns auch noch entdeckt, dieser Abend wird ein Fiasko, in meinem Bauch rumort es ziemlich bedenklich. Vielleicht hätte ich doch kein Tiramisu auf Penne all'arrabbiata folgen lassen sollen.

»Hallö-ö-öchen, das gibt's doch gar nicht!«, tiriliert Carmen, »so ein Zufall!«

Sie lässt ihre Tüten einfach auf den Boden plumpsen, ein Kellner schlägt beinahe ein Rad darüber, und fällt nacheinander Marion und mir um den Hals. Küsschen links und Küsschen rechts, Marion wischt sich verstohlen mit einer Papierserviette über die Wangen. Carmen angelt nach einem Sessel vom Nebentisch, natürlich ohne zu fragen, und macht es sich gemütlich.

»Also, wie lange haben wir uns eigentlich schon nicht mehr gesehen? Das muss ja eine Ewigkeit her sein. Ihr müsst mir unbedingt alles erzählen, haarklein.«

Lieber ringe ich mich zu einem flotten Dreier mit Alfred Kühnlein und dem Bürgermeister durch. Carmen ist die größte Klatschbase unserer Stadt, was heißt unserer Stadt, von hier bis an die Ostsee im Norden und an die Alpen im Süden. Die Frauke Ludowig von Peekenburg, »Bunte« und »Bild« in einer Person. Carmen bringt mit ihren Gerüchten jede noch so stabile Beziehung ins Wanken und macht aus jedem Job einen Schleudersitz, ihr sollte man am besten nicht einmal die eigene Blutgruppe anvertrauen. Selbst aus einer simplen Information wie »A positiv« liest Carmen unglaublichste Details über Charakter, verflossene Liebhaber und Kontostand heraus.

»Danke, uns geht es bestens«, versucht Marion ein Ablenkungsmanöver. Aber alles umsonst.

»Na, seid ihr immer noch solo?«, trompetet Carmen. Man kann ihre Quietschstimme quer durchs Lokal hören, ich könnte ihr den dürren Hals umdrehen.

»Wie kommst du denn darauf?«, zische ich zurück. »Ich

habe zwar unlängst eine Verlobung gelöst, er war einfach zu besitzergreifend, du weißt ja, wie das so ist mit diesen Typen um die vierzig, Porsche und Villa und Urlaub auf Mauritius, aber dafür glauben sie auch, dass du ihnen mit Haut und Haar gehörst, nun ja, dafür ist mein Neuester ein paar Jahre jünger, ganz süß, normalerweise hab ich mit diesem jungen Gemüse ja nichts am Hut, aber mal sehen ...«

Ich verstumme und winke lässig nach dem Kellner, Marion sieht mich voll ehrlichem Respekt an. »Un espresso, per favore«, lasse ich den jungen Kellner wissen. Marion bestellt ein Soda Zitrone, Carmen will noch in die Karte gucken.

»Das klingt ja echt aufregend, Annalena«, bestätigt mir Carmen mit weit aufgerissenen Augen. »Komisch, dass ich davon noch gar nichts gehört habe, dabei ist unsere Stadt doch ziemlich klein. Aber von deiner Verlobung habe ich keinen Mucks mitbekommen, also ...«

»Und, wie geht es dir so?«, unterbricht Marion das Verhör, ich lächle ihr dankbar zu.

»Schrecklich, einfach schrecklich.«

Carmen bläht ihre Wangen auf und rollt mit den Augen, wahrscheinlich stehen sogar ihre Wadenhaare kerzengerade in die Höhe, aber ich mag lieber nicht unter den Tisch blicken. »Gerade vorhin habe ich Sieglinde getroffen, sie ist vor der Bank beinahe in mich hineingerannt, na ja, Sieglinde war ja immer schon mit ihren Gedanken ein wenig in den Wolken. Seid ihr übrigens auch zum Klassentreffen eingeladen? Toll, nicht wahr? Ich weiß ja schon seit Weihnachten davon. Und gerade jetzt lädt sich die arme Sieglinde die viele Arbeit auf, ihre Ehe ist nämlich ...« Carmen beugt sich vertraulich vor und spuckt dabei in meinen Espresso, aber ich sehe großzügig darüber hinweg. Auch Marion neigt ihr Ohr, so sitzen wir da wie zwei gebeugte alte Damen in der Kirchenbank und lauschen dem geschwätzigen Pfarrer, äh, natürlich Carmen.

»... ganz schön in der Krise. Die Arme wollte mir ja weismachen, dass alles in bester Ordnung ist, aber da habe ich andere Informationen. Angeblich ist ihr Mann bereits ausgezogen und kommt nur mehr zum Wäschewechseln nach Hause. Schrecklich! Die Ärmste! In diesem Alter! Da hat sie die Kinder aus dem Gröbsten heraus und alles geschaukelt, und jetzt wird sie einfach abserviert. Und er kann natürlich behaupten, dass sie ja noch jung genug ist, um sich einen Job zu suchen, nur damit er ihr keinen Unterhalt zu zahlen braucht. Aber wer sucht denn noch eine Frau in unserem Alter, bitte schön? Sieglinde kann putzen gehen, wenn ihr mich fragt, obwohl Sieglinde das zum Glück ja nicht nötig hat bei ihrem Erbe. Na, vielleicht verkauft sie demnächst Brötchen, irgendeine Beschäftigung braucht jeder Mensch.«

Carmen schweigt erschöpft und stärkt sich mit einem Schluck aus meiner Espressotasse, dann blickt sie erwartungsvoll in die Runde. Marion und ich morsen einander stumme Botschaften zu, wie sie nur allerbeste Freundinnen verstehen: Super Nachricht – endlich hat es auch die doofe Sieglinde erwischt – aber sich vor Carmen nur ja keinen Triumph anmerken lassen – Betroffenheit heucheln – Achtung, Feind hört mit.

»Die Ärmste, also das macht mich wirklich betroffen«, sage ich mit meiner allerwärmsten Stimme. »Sieglinde war doch immer so glücklich. Der Mann, die Kinder, das Haus, der Golden Retriever. Haben die nicht sogar eine Ferienwohnung auf Mallorca?«

»Auf Gran Canaria.«

Carmen kennt wirklich jedes Detail aus Sieglindes Lebenslauf. Ob sie auch über mich so flächendeckend Bescheid weiß? Ich starre unbehaglich zu Marion hinüber, Marion starrt voller Unbehagen zurück. Dann beugt sie sich über den Tisch. »Annalena, du weißt ja, wir müssen jetzt wirklich gehen, wenn wir pünktlich sein wollen.«

Marion winkt nach dem Kellner, ich bin ein wenig verdutzt. Pünktlich, wo, wie, warum? Aber dann dämmert es mir, natürlich, eine Ausrede, um Gorilla-Carmen zu entkommen. Ich nicke heftig.

»Ach, ihr müsst schon weg? Das ist aber schade.« Carmen steht die Enttäuschung ins Gesicht geschrieben. Unseren Aufbruch empfindet sie sicherlich nicht als fair. Da hat sie uns mit so schönen Neuigkeiten versorgt, und jetzt machen wir uns auf und davon, ohne auch nur die allerkleinste Gegenleistung anzubieten.

»Ja, wir müssen leider.«

Ich erhebe mich.

»Ein Abendessen, nur im kleinsten Kreis. Aber wir sehen uns ja wieder, spätestens beim Klassentreffen. War nett mit dir, Carmen. Liebe Grüße an alle.«

Ich beuge mich huldvoll über Carmen und hauche ein Küsschen hinter ihr Ohr, Marion macht es mir nach. Dann streben wir zum Ausgang, mit eingezogenem Bauch und geradem Kinn, Carmens Blicke bohren sich wie Pfeile in meinen Rücken. Ob sie mir die Verlobung abnimmt? Wohl kaum. Ach was, auch egal.

»Pfffhhhh.«

Draußen um die Ecke deutet Marion einen kleinen Nervenzusammenbruch an, ich tätschle sie beruhigend, beinahe so gekonnt wie Alfred Kühnlein. Marion holt tief Luft.

»Was sagst du zu Sieglinde? Jaja, die glücklichen Ehefrauen. Manchmal denke ich mir fast, dass wir zwei es besser getroffen haben, ganz ehrlich, Lenilein.«

Also, ich weiß nicht so recht. Wenn ich an mein Reihenhäuschen und an Heiner-Rainer denke, dann ist das Glück ja doch möglich. Wenigstens zwischen Mitternacht und Morgendämmerung, bevor der blöde Wecker scheppert.

*

Wir sitzen um den runden Tisch im Chefzimmer herum und rühren angestrengt-lässig in unseren Kaffeetassen. Kühnlein hat sich den Platz mit dem Rücken zum Fenster ausgesucht, sodass wir anderen alle gegen das Licht blinzeln müssen. Taktisch einfach genial, so ein Managementseminar macht sich wirklich bezahlt. Jetzt muss uns Kühnlein nur noch enthüllen, weshalb wir hier eigentlich versammelt sind. Doch hoffentlich nicht, um den »Teamgeist« zu fördern! Ich muss gerade an eine Fernsehreportage denken, die vor einiger Zeit spätabends im Dritten Programm gelaufen ist. Hochrangige Manager haben wie Kleinkinder auf Turnmatten miteinander gerangelt, anschließend mussten sie sich mit verbundenen Augen gegenseitig ertasten. Ein angeblich international renommierter Trainer hat dazu erklärt, dass sich die Entscheidungseffizienz eines jeden Unternehmens nach solchen Körperkontaktseminaren um bis zu zweihundert Prozent steigern lasse. Also nicht mit mir! Bevor ich mit verbundenen Augen Polyester-Olli oder Kühnlein ertaste, spüle ich lieber bei »Paolo« die Weingläser. Bevor ich ...

»... erfreulich, dass wir neben all unseren Verpflichtungen endlich die Zeit gefunden haben, miteinander an einem Tisch zu sitzen«, brabbelt Kühnlein gerade. »Wie wir alle wissen, steht ein arbeitsintensives Jahr bevor. Die Zweihundertjahrfeier unserer Stadt, der Bücherherbst mit Lesungen und Podiumsdiskussionen, der tägliche Umgang mit den Besuchern. Erfreulicherweise konnten wir unsere Kapazitäten erheblich steigern, ich persönlich habe dem Herrn Bürgermeister erst kürzlich ...«

Ich erhebe meinen Blick ganz knapp über Kühnleins schütteren Scheitel, so als ob ich ergriffen lauschen würde, und starre zum Fenster hinaus. Blauer Himmel und die Kirchturmspitze von Peekenburg, ein weißer Kondensstreifen ist gerade am Verblassen. In einem Flieger müsste man jetzt sitzen, nach Hongkong oder nach San Francisco. Natürlich in der Businessclass, wo die Männer stets braun gebrannt sind und elegante Zigarillos rauchen, während sie mit der »Financial Times« rascheln. Ich riskiere einen Blick zu meinem Nachbarn mit der teuren Uhr am sehnigen Handgelenk, er blickt mich an, und ein erfreutes Lächeln breitet sich auf seinem Gesicht aus, ich ...

»... an Frau Jacobi!«

Alle starren mich an, ich starre zurück. Du lieber Himmel, sind wir hier in der Schule, oder wo oder was? Eine unselige Chemiestunde fällt mir plötzlich ein, als ich mit völlig leerem Kopf vor der Tafel stand, während der Professor mich wie ein ekeliges Insekt betrachtete. Jacobi, setzen.

Antonella kommt mir zu Hilfe, die Gute.

»Frau Jacobi hat uns schon eingehend über die geplante Ausstellung informiert, wir alle fanden das Projekt ungemein interessant. Natürlich kann sie auf unsere Unterstützung zählen.«

Ich lächle strahlend und nicke dankbar meine lieben Kollegen an, ein kleiner Vorschuss für ihre Unterstützung sozusagen. Nur Polyester-Olli lächelt nicht zurück, vielleicht sollten wir ihn ja doch einmal in ein Seminar für Körperkontakt und Teamgeist schicken. Olli holt tief Luft, offenbar hat er eine kleine Rede vorbereitet, aber Kühnlein kommt ihm zuvor.

»Nun, da mich meine Verpflichtungen in den kommenden Monaten sicherlich sehr beanspruchen werden, sollte endlich die Frage nach meiner Stellvertretung geklärt werden. Frau Jacobi, ich darf hier an dieser Stelle aussprechen, dass Ihr Auftreten bei der Konferenz des Bürgermeisters großen Eindruck hinterlassen hat. Ich denke, dass Sie in meiner Abwesenheit die richtige Person sind, um mich würdig zu vertreten. Gibt es irgendwelche Einwände gegen meinen Vorschlag? Wenn nicht, dann wird Frau Jacobi in Zukunft also meine Funktionen übernehmen, sofern ich anderweitig unabkömmlich bin.«

Kühnlein lehnt sich in seinem Chefsessel zurück wie ein zufriedener Mafiapate, der soeben seinen Lieblingssohn zum Nachfolger gekürt hat. Antonella und Wilma betrachten mich ratlos-ehrfürchtig. Nur Olli begnügt sich nicht mit Starren, er gibt ein Röcheln von sich, als ob sich ein Polyesterfaden in seiner Kehle verfangen hätte.

»Also, ich möchte sehr wohl ...«, krächzt Olli, aber Kühnlein bringt ihn mit einem Handwedeln zum Schweigen.

»Wir wollen doch keine unliebsamen Diskussionen beginnen, nicht wahr, Herr Kollege? Über Loyalität zum Beispiel. Mir ist da nämlich so einiges zu Ohren gekommen. Wie Sie versucht haben, sich überall als unersetzlich darzustellen, ha! Aber zum Glück bin ich nicht nachtragend. Deshalb freut es mich ganz besonders, dass wir hier und jetzt in so harmonischer Atmosphäre zu einem Ergebnis kommen konnten. Frau Jacobi, Sie haben das Wort.«

Alle Blicke wenden sich mir erwartungsvoll zu, wie dem Bundeskanzler am Wahltag. Ich räuspere mich verlegen und höre mich stottern: »Tja, also, vielen Dank, das kam doch etwas überraschend. Ich hoffe auf gute Zusammenarbeit.«

Mit dieser fulminanten Rede ist unsere kleine Konferenz beendet. Wilma, Antonella, der unglückselige Olli und ich stolpern zum Chefbüro hinaus, Kühnlein tätschelt im Vorbeigehen meinen Rücken. Ob ich als seine Stellvertreterin jetzt die Befugnis besitze, ihm eine zu scheuern?

Draußen in Wilmas Literaturnische geht das große Hallo los.

»Echt super, Leni«, jubelt Wilma, »zu blöd, dass wir keinen Sekt kalt gestellt haben.«

Antonella zerzaust freundschaftlich meine Haarpracht, nur Olli lässt sich nicht blicken, offenbar hat er Zuflucht auf dem Herrenklo gesucht. Wilma kehrt vom Kühlschrank zurück, sie schwenkt triumphierend eine Flasche Rheinwein, die sie als Geschenk an alle aus ihrem Urlaub mitgebracht hat. Antonella bringt Gläser, Wilma schenkt ein, und dann prosten wir uns zu, ich bin ganz überwältigt von so viel Zuneigung. Nie wieder werde ich an Bodos Existenz zweifeln, ich will eine gute Mutter für meine Schäfchen, äh, Kollegen sein, sogar Polyester-Olli soll meine Nachsicht zu spüren bekommen, ich werde ...

»Leni, du unternimmst doch etwas wegen meinem Gehalt, oder?«, lässt sich Wilma vernehmen, sie gießt sich bereits das zweite Glas Rheinwein ein. Olli lugt um die Ecke und spitzt die Ohren, Antonella sieht mich neugierig an. Ich merke schon, das Dasein als Vizestadtbibliotheksleiterin hat so seine Tücken.

*

Kinki kuschelt sich an mich, ihm ist es völlig egal, ob ich nun eine Karrierefrau bin oder nicht. Hauptsache, ich sorge für einen nie versiegenden Vorrat an Nüssen und Trockenfutter. Ich streichle meinen seidenweichen Chinchilla – wie kann man sich bloß ein Dutzend Kinkis als Cape um die Schultern legen?

»Wir zwei kommen noch groß heraus«, lasse ich Kinki wissen, aber der putzt sich nur ungerührt seine Barthaare. Ich blicke hinüber zum Tisch mit den guten Vorsätzen. Ob ich mich nicht endlich aufraffen sollte, mein Französisch aufzupolieren? Obwohl, die internationale Businesssprache ist doch wohl immer noch Englisch. Wenn ich dann also meine Konferenzschaltungen mit den Citybüchereien von New York und Chicago abhalten werde, muss ich unbedingt darauf achten, dass ...

Das Telefon klingelt, und ich schubse Kinki von meinem Schoß, beleidigt hoppelt er unter die nahe Kommode. Vielleicht die Business Vogue, die über meinen kometenhaften Aufstieg im pulsierenden Peekenburg berichten möchte. Aber es ist natürlich Marion, wer sonst.

»Stell dir vor, ich bin zu Kühnleins Stellvertreterin gewählt worden, einstimmig«, informiere ich Marion. Endlich habe ich einmal einen Erfolg zu vermelden, zwar keinen neuen Lover, aber immerhin ... Marion freut sich jedenfalls.

»Das ist ja super, Leni! Bekommst du auch mehr Geld? Wenn da mal nicht der Bürgermeister seine Finger im Spiel hat. Ich habe es dir doch schon immer prophezeit: Wir zwei kommen noch ganz groß raus.«

Irgendwo habe ich diesen Satz heute schon gehört.

»Nun ja, es ist natürlich nichts wirklich Besonderes«, versuche ich ein wenig abzuschwächen. »Aber andererseits ...«

»Nichts Besonderes?«, ereifert sich Marion. »Ich höre wohl nicht recht. Das ist wieder einmal typisch Frau, immer müssen wir uns klein machen, jeden Erfolg herunterspielen. Leni, du bist karrieretechnisch auf dem Weg nach oben, basta. Stell dir vor, mit welchem Gefühl wir in Baden-Baden am Pool liegen können. Für uns kommen doch jetzt ganz andere Männer infrage, also ich finde das einfach ... einfach super.« Irgendwie wirkt Marions überschwänglicher Optimismus ansteckend. Wir verabreden uns für morgen Abend und legen auf, dann mache ich einen Purzelbaum auf dem Teppich, einfach so. Alles wird gut! Schon wieder so ein Satz, der mir irgendwie bekannt vorkommt.

Später am Abend sitze ich auf dem Teppich und habe hunderte Fotos um mich herum ausgebreitet, in Schwarzweiß und in Farbe, die ältesten haben noch einen Rand aus niedlichen weißen Mausezähnchen. Ich starre auf das pummelige kleine Mädchen, das vorzugsweise in Puffärmeln und gerüschten Röcken steckt. Als Einzelkind bin ich ausgiebig fotografiert worden, neckisch drehe ich mich als Sechsjährige vor der Kamera. Später ist mir dieser Hang zum Posieren abhanden gekommen, mürrisch blickt eine Vierzehnjährige mit Pickeln auf der Stirn in die Linse. Angeblich ist man ja in der Jugend immer hübsch, aber für mich hat diese Weisheit offenbar nicht gegolten. Linkisch stehe ich da in einem orangen Minirock und habe das linke Bein schräg abgewinkelt, so wie es die Models immer vormachen, aber bei mir sieht es bloß aus, als wäre ein komplizierter Beinbruch schlecht verheilt.

Marion ergeht es auch nicht viel besser. Potthässlich sind wir beide auf unserem Konfirmationsfoto, zwischen uns strahlt der Pfarrer von Peekenburg. Wieder zwei Schäfchen auf den richtigen Weg gebracht, Halleluja!

Und erst die Klassenfotos! Die Lehrer müssen ja richtig mutig gewesen sein, sich tagtäglich in dieses Gruselkabinett hineinzuwagen. Die schaurigen Stoffmuster der achtziger Jahre, Kettengürtel und Lackstiefel, metallicfarbene Lippenstifte über Zahnspangen. Brrrrr! Abba und Boney M haben uns armen verirrten Seelen damals als Styling-Vorbilder gedient. Uschi ist sogar einmal bis nach Hannover getrampt, um Björn und Benny, Frieda und Agnetha live auf der Bühne zu erleben.

Ich sitze da und starre auf die Fotos in meinen Händen. Wovon habe ich damals eigentlich geträumt? Vom Prinzen? Von der großen weiten Welt? Von einer Karriere? Und was ist daraus geworden? Andere Frauen in meinem Alter haben schon längst ihre Memoiren verfasst,

Victoria Beckham von den Spice Girls zum Beispiel. Männer satt und volle Stadien, ein paar Milliönchen auf dem Konto, nehmt euch ein Beispiel an mir, Mädels aus Peekenburg!

Kinki schnüffelt an den Bildern und stupst gegen mein Handgelenk, offenbar ist ihm nach einem kleinen Imbiss zu Mute. Aber ich mag jetzt nicht aufstehen, irgendwie fühle ich mich ganz schwach und müde. Das Foto aus der Abiturklasse, da waren's nur mehr zwölf. In der Mitte die Schuhmacher, unser Klassenvorstand, Geografie und Französisch, an meiner Aussprache hat sie unentwegt etwas auszusetzen gehabt. Und gleich daneben natürlich Sieglinde, unsere Klassensprecherin, Tochter aus bestem Peekenburger Haus, sozusagen, ihrer Familie haben die drei größten Bäckereien der Stadt gehört. Sieglinde sieht drein, als hätte sie ihre Memoiren eigentlich auch schon mit achtzehn schreiben können, allwissend und siegesgewiss. Zum Abitur hat sie ein Cabrio bekommen, wie im Film, und einen Verlobten dazu. Clemens, ebenfalls Sohn aus bester Familie, Medizinstudent und auf dem schnurgeraden Weg, Papas gut gehende Internistenpraxis zu übernehmen. Sieglinde hat noch anstandshalber ein halbes Jahr lang so getan, als ob sie an einer Ausbildung interessiert wäre, und in der einzigen Galerie unserer Stadt gejobbt. Dann war Hochzeit, dem »Tagblatt« war das Ereignis sogar eine ganze Seite wert, dafür hat Sieglindes Papa ein halbes Jahr lang Annoncen für seine Brötchen geordert. Ganz in Weiß, Braut und Bräutigam wie einer Folge von »Schloss am Wörthersee« entsprungen, Rosenblätter streuende Kinder und ein Empfang im Schlosshotel. Die ganze Klasse war natürlich eingeladen. Marion und ich haben von unserem allerletzten Ersparten wagenradgroße Hüte erstanden, um wenigstens eine Prise von weiter Welt unter diese Dumpfbacken zu streuen. Aber niemand hat unser Bemühen gewürdigt, in der Kirche gab es bloß böses Gezischel, weil wir allen die Sicht auf die Braut verstellten. Dann hat Sieglinde Zwillinge bekommen, Jungs natürlich, und zwei Jahre später noch ein Töchterlein, ach wie niedlich. Jedes Jahr zu ihrem Geburtstag hat sie uns mit Fotos ihrer glücklichen Familie genervt und zu Cocktails auf dem Rasen vor dem Haus gebeten, »in ganz kleinem Kreis, nur meine allerbesten Freunde und Freundinnen«. Das ergab dann immer eine Ansammlung von mindestens hundertzwanzig Menschen. Marion und ich sind nur ein einziges Mal erschienen, mit einem rosa Geschenkpäckchen. Für unser kleines Mitbringsel haben wir uns tagelang die Füße platt gelaufen, auf der Suche nach dem stinkendsten Parfüm von ganz Mitteleuropa. Schließlich sind wir in einer Drogerie mit verstaubten Schaufensterscheiben fündig geworden, eine Flasche mit Kristallknauf und der pompösen Aufschrift »Eau de Paris« hat dort offenbar schon mehrere Jahre in der Sonne gegammelt. Wir haben sie liebevoll poliert und verpackt, eine Woche später hat sich Sieglinde telefonisch bei Marion und mir bedankt: »Was für ein bezaubernder Duft, mein Mann ist ganz begeistert. Herzlichen Dank an euch beide.«

Nach diesem Flop bin ich nach London ausgewandert,

und Marion hat sich in eine Ehe in Saarbrücken geflüchtet, nun ja, das ist jetzt vielleicht etwas übertrieben. Aber Sieglinde ist einfach ein Stachel in meinem Fleisch, ich würde sie so furchtbar gerne nur ein einziges Mal übertrumpfen. Danach darf mich ruhig ein Fernlaster platt fahren, aber bitte nicht vorher! Obwohl, hat nicht die stachelige Carmen angedeutet, dass Sieglindes glückliche Tage gezählt sein könnten? Nun gilt Carmen nicht gerade als zuverlässige Quelle, aber vielleicht steckt in ihren Andeutungen ja doch ein Körnchen Wahrheit. Ich starre auf das Foto in meinen Händen: Ausgelächelt, Sieglinde, die ganze Stadt weiß es schon. Aber seltsamerweise macht mich mein Triumph nicht froh.

*

Die Südbaum-Bechstein sitzt vor meinem Schreibtisch und hält ihre Handtasche umklammert wie einen Rettungsring. Es ist früher Nachmittag, in der Bibliothek herrscht friedliche Ruhe. Ein Mädchen steht am Kopierer und wirft gerade eine Münze ein, es klimpert, dann setzt ein leises Surren ein. Antonella geht vorüber, sie trägt einen Stapel schwerer Bildbände und scheint ganz in Gedanken versunken. Kühnlein ist auf einer Besprechung, Olli und Wilma haben sich hinter ihren Schreibtischen verschanzt. Nur ich pflege unsere Öffentlichkeitsarbeit, sozusagen. Die Öffentlichkeit in Person von Frau Heidemarie Südbaum-Bechstein sitzt nun schon seit zwanzig Minuten vor meinem Vizestadtbibliotheksdirektorinnenschreibtisch, offenbar verwechselt sie mich mit einer Selbsthilfegruppe für verlassene Ehefrauen in den Wechseljahren.

»... hat er damals an der Brücke gesagt, ich kann mich noch erinnern, als ob es gestern gewesen wäre. Mein Geld ist unser Geld, hat er gesagt. Nicht, dass ich darauf erpicht gewesen wäre, verstehen Sie mich bitte nicht falsch, Frau Jacobi. Ich habe doch mein eigenes Einkommen gehabt. Aber er hat es ja von sich aus gesagt, mir war ganz warm ums Herz, dass es solche Männer überhaupt noch gibt. Dann haben wir geheiratet und ich habe unsere zwei Kinder bekommen und bin zu Hause geblieben. Am Anfang ist mir gar nicht aufgefallen, dass ich um Geld immer bitten musste. Ich habe ja auch kaum etwas für mich gebraucht, immer nur für die Kinder. Erst später ist mir aufgefallen, dass ich da ständig Diskussionen führen musste. Ist das denn wirklich notwendig, hat er mich gefragt, wenn ich mir nur ein Paar neue Schuhe kaufen wollte. So eine junge, erfolgreiche Frau wie Sie kann sich wahrscheinlich gar nicht vorstellen, was das für ein Gefühl ist. Wenn man vor dem eigenen Mann steht wie eine Bittstellerin auf dem Sozialamt.«

Ich schüttle mitfühlend den Kopf und halte der Südbaum-Bechstein die Tüte mit den Mandelmakronen unter die Nase. Aber die Südbaum will keine Mandelmakrone, auch die Tasse Kaffee vor ihr hat sie noch nicht angerührt. Trotzdem scheint sie froh zu sein, dass sie hier sitzen kann wie bei einem Schwätzchen in der Konditorei. Ob sie sich einen vergnügten Nachmittag mit Freundinnen bei Kaffee und Kuchen überhaupt leisten könnte? Beschämt zermalme ich eine Mandelmakrone.

»Ich habe mir so sehr gewünscht, dass wir einmal nach Paris fahren, nur ein einziges Mal«, sagt die Südbaum gerade. »Das hat er mir nämlich versprochen, ganz am Anfang. Aber dann ist er immer nur alleine weggefahren, jedes Jahr mit seinem Kegelklub, in den ›Sauerlandstern‹. Kennen Sie den zufällig, Frau Jacobi?«

Ich schüttle den Kopf, Frau Südbaum scheint nicht enttäuscht zu sein.

»Das ist so ein großes Hotel, wo sich nur Kegelklubs treffen. Dort soll es das ganze Jahr über ein riesiges Hallo geben, na, Sie wissen schon. Jedenfalls ist er immer ganz aufgekratzt zurückgekommen, mein Heinz. Irgendwann hab ich mir gedacht, dass ich nur noch durchhalten will, bis die Kinder aus dem Gröbsten heraus sind. Zum Schluss war er ja kaum mehr zu Hause, ich bin nicht einmal traurig darüber gewesen. Jetzt läuft die Scheidung, er hat nämlich eine Neue, und die will heiraten, angeblich wollen sie sogar noch ein Kind, er wünscht sich unbedingt eine Tochter, wie der Beckenbauer.«

Wir nehmen beide einen Schluck Kaffee, der mittlerweile kalt geworden ist. Frau Südbaum-Bechstein scheint es nicht zu bemerken. Beinahe möchte ich sie umarmen und ein wenig drücken, aber das würde die Frau mir gegenüber sicherlich ziemlich erschrecken.

»Können Sie sich das vorstellen, Frau Jacobi?«, fragt Frau Südbaum. »Dass eine große Liebe so den Bach runtergeht? Ob es überhaupt Liebe war? Ja, wenn man das nur wüsste gleich am Anfang, dann gäbe es weniger Kummer auf der Welt.«

Ich nicke und starre auf meine Fingernägel. Warum schreibt bloß Rosamunde Pilcher keine Bücher mehr, die eine so nette, vom Leben gebeutelte Frau trösten können? Aber die Südbaum scheint heute gar nicht ans Lesen zu denken. Sie steht auf und streicht ihren Rock glatt, eine altmodische Geste, die mich schon wieder an meine Jungmädchenzeit erinnert.

»Vielen Dank, dass Sie mir so geduldig zugehört haben, Frau Jacobi«, sagt Heidemarie Südbaum-Bechstein. »Das hat mir wirklich gut getan. Sie sind so eine freundliche Person.«

Und sie verlässt unsere Bibliothek, ich blicke ihr nach. Frau Südbaum-Bechstein hätte ich also getröstet. Aber wer tröstet mich?

*

Ob ich in die Großstadt ziehen sollte?

Ich stehe am Jungfernstieg und blicke über die Alster. Schaumkrönchen tanzen auf dem Wasser, ein frischer Wind treibt weiße Wolkenpolster über den blitzblauen Himmel. Hamburg präsentiert sich von seiner besten Seite. Diesen Tag habe ich mir aber auch verdient, ich hole tief Luft und balle die Fäuste in meinen Jackentaschen vor Freude und Energie. Schon immer habe ich solche Kurzurlaube geliebt, ein Wochenende in Venedig, einen Tag in Hamburg oder München, wie Verstecke von knallbunten

Ostereiern in einer graubraunen, matschigen Frühlingswiese habe ich sie stets empfunden.

Ich wende mich von der Alster ab und der Stadt zu. Große Bleichen und Neuer Wall, die schicken Hamburger Einkaufsstraßen liegen vor mir wie eine offene Pralinenschachtel, ich brauche nur zuzugreifen. Das Bauchdrücken wird sich erst viel später einstellen – wenn ich zu Hause einen Blick auf meinen Kontoauszug riskiere ...

Die Menschen kommen mir alle so prächtig gekleidet vor, wie englische Lords und Mailänder Millionärsgattinnen. Ein wenig beschämt blicke ich an mir hinab. Für diesen Tag habe ich mich mit Jeans und Pulli ausstaffiert, dazu bequeme Sneakers, immerhin bin ich schon knapp vor sieben Uhr im Euro-City gesessen und habe mir einen schwarzen Kaffee aus einem Pappbecher gegönnt.

Ach, was soll's, dieser Tag und diese Stadt gehören einfach mir. Marion wollte zwar mitkommen, aber dann hat sie im letzten Moment für eine erkrankte Kollegin einspringen müssen. Und weil Marion ihr Seminar in Baden-Baden auf gar keinen Fall gefährden möchte, hat sie natürlich pflichtbewussten Eifer vorgetäuscht. Nur bei mir hat sie sich am Abend am Telefon ausgeweint, soo schade, Lenilein, aber wenn ich dann einmal für ganz Norddeutschland zuständig bin, dann steigen wir im »Atlantic« ab, großes Ehrenwort, und machen die Reeperbahn unsicher. Bringst du mir auch was mit?

Das habe ich natürlich versprochen. Und jetzt stehe ich also alleine da, mutterseelenallein, ein kleines Mädchen von 34 Jahren in dieser fremden, großen Stadt, schluchz!

Eine Frau im dunkelblauen Pulli mit Seidentuch um den Hals blickt mich von der Seite an. Nanu, habe ich etwa gar mit mir selber gesprochen? Entschlossen stapfe ich los, Armani, Gucci, Chanel, Prada, ich komme!

Aber dann wage ich es ja doch nicht, mich den wunderschönen, spindeldürren Models zu präsentieren, die offenbar alle kurzfristig als Verkäuferinnen in Nobelboutiquen jobben. Schon ein kurzer Blick auf die meisten Schaufensterscheiben genügt, um festzustellen, dass man fürs Einkaufen in solchen Läden einen eigenen Styling-Berater braucht, der einem am Morgen das passende Shopping-Outfit zurechtlegt. Mit Marion an meiner Seite würde ich es ja vielleicht riskieren, aber alleine ziehe ich es doch vor, durch die guten, alten Kaufhäuser zu bummeln. Kosmetik im Erdgeschoss, Damenmode und Wäsche im ersten Stock, Herren und Kinder im Untergeschoss, Toilette und Restaurant auf dem Dach. Ich vermute, dass wir Frauen diese Informationen mittlerweile bereits genetisch eingespeichert haben. Wie die Lemminge bewegen wir uns auf den Rolltreppen aufwärts und abwärts, befingern Seide und Kaschmir und Jersey, stehen vor den Ankleidekabinen Schlange. Männer kommen nur als Begleiter vor, mit resigniertem Blick.

Nach dem Kaufhaus widme ich mich wieder dem Schaufensterbummeln. In einem kleinen Geschäft, das voll gestopft ist mit Krimskrams, duftet es so betörend, dass ich heftig niesen muss. Ich erstehe eine aprikosenfarbene Kerze für Marion, dazu einen goldfarbenen Teller, in den kleine Sterne gestanzt sind. Die Verkäuferin packt mein Mitbringsel in knisterndes Zellophan und umwickelt es mit Bastfäden, steckt zum Schluss noch ein Kärtchen dran: »Lottes Laden, Wohnaccessoires aus aller Welt«. Hochbefriedigt verlasse ich Lottes Laden, Marion wird aus den Schuhen kippen ob dieses noblen Präsents. Allerdings ist es ein wenig sperrig, ich trage das Zellophangebilde in der Papiertüte vor mir wie eine Kängurumami ihr Baby im Beutel.

Allmählich tun mir sogar meine bequemen Latschen weh, ich halte Ausschau nach einem gemütlichen Lokal, in dem nicht nur Lords und Ladys verkehren. Schließlich entdecke ich eine Eckkneipe, ein paar Stühle und Tische stehen auf dem Pflaster, weiße Sonnenschirme knattern im Wind. Voller Erleichterung lasse ich mich auf einen freien Platz fallen, Marions Geschenk stelle ich vorsichtig auf den Plastiksessel neben mir. Die Karte offeriert Hühnchen indisch und scharfe Reisgerichte, ich riskiere eine Suppe mit Zitronengras und Putenfiletstreifen mit Ananas im Reisring. Gulaschsuppe kann ich auch in Peekenburg haben.

Die Suppe ist ein Gedicht und duftet wie eine Frühlingswiese, zum Putenfilet bestelle ich mir beschwingt ein Glas Chablis. Ganz Dame von Welt sitze ich da, Alfred Kühnlein modert auf einem anderen Stern, ich kann mir beim besten Willen nicht vorstellen, dass ich morgen schon wieder an meinem Schreibtisch mit dem schrumpeligen Kaktus sitzen soll.

Frohgemut blicke ich um mich – und einem männlichen Wesen voll ins Gesicht. Lässig lasse ich meinen Blick weiterschweifen, aber innerlich gehen alle meine Organe in Angriffsstellung, wie in dem Sketch von Otto. Achtung, feindliches Objekt schräg gegenüber, wachsam sein, sich nichts anmerken lassen, nur ja nicht falsch reagieren.

Du lieber Himmel, wann werde ich eigentlich endlich locker vom Hocker weg flirten können, nur einmal wenigstens! Wie machen die anderen Frauen das bloß? Lachen und schäkern und sich in die Haare greifen, das soll doch angeblich das ultimative Signal darstellen. Aber ich erstarre bloß zu Eis und schaue sicherlich drein wie die Schuhmacher, unser Klassenvorstand, wenn sie mir wieder einmal mit säuerlicher Miene das Zeugnis überreichte: Nun ja, wir wollen kein weiteres Wort darüber verlieren ...

Die freundliche Kellnerin serviert meinen Teller ab. Ob ich noch einen Kaffee möchte? Aber ich lehne ab und verlange lieber die Rechnung. Der Typ gegenüber schaut noch immer her. Er wirkt nicht gerade elektrisiert, aber andererseits, wenn ich ein winzigkleines Lächeln auf die Reise schicken würde, dann könnte ich mir gut vorstellen, dass ...

»Siebzehn Euro zwanzig, bitte.«

Ich gebe wie immer viel zu viel Trinkgeld und krame in meiner Umhängetasche. Der Typ grinst jetzt sogar unverhohlen. Ich stehe auf und greife nach der aprikosenfarbenen Kerze in Zellophan und Papiertüte, es raschelt und knistert, so bahne ich mir einen Weg an Tischen und Stühlen vorbei, vermutlich ein wenig graziöser Anblick. Dann stehe ich endlich wieder auf dem Gehsteig draußen, verschwitzt und zerzaust, vor lauter Aufregung habe ich natürlich vergessen, aufs Klo zu gehen.

Darf denn das wahr sein? Ein völlig unbedeutender Blickwechsel vermiest mir meinen schönen Tag in Hamburg? Ich hole tief Luft und gehe zielstrebig los, Richtung Alster zurück. Eine Frau von 34 Jahren, die vor kurzer Zeit einen Karrieresprung gemacht hat, doch, doch, und nächsten Monat mit ihrer besten Freundin Urlaub im teuersten Hotel von Baden-Baden genießen wird. Ich recke das Kinn hoch und klemme mir die Papiertüte unter den Arm. Annalena, gib Gas!

In dem Kaufhaus, in dem ich am Vormittag herumflaniert bin, restauriere ich mich auf der Damentoilette. Das Mädchen rechts neben mir überpinselt sich gerade sorgfältig die Lippen mit rosafarbenem Gloss. Ob Männer wirklich gerne einen solch verklebten Mund küssen? Ich stelle es mir vor, wie in ein Honigbrötchen zu beißen, süß und klebrig. Nun ja, schmeckt vielleicht gar nicht mal so schlecht!

Die Frau links von mir lässt sich bloß Wasser über die Hände rinnen und mustert ihr müdes Gesicht im Spiegel, dann zupft sie sich ein paar Fransen in die Stirn. Alle Mühe umsonst, signalisiert ihr Blick. Wahrscheinlich hat sie schon längst einen Mann zu Hause, der sie gar nicht mehr zur Kenntnis nimmt. Dann blicke ich geradeaus. Meine Haare kringeln sich über die Schultern, in dem kalten Neonlicht schimmern meine graugrünen Augen beinahe metallisch. Ich pinsle einen Hauch Rouge über meine Wangen und ziehe meine Lippen in einem dunklen Rot nach. Der Lippenstift ist ein Geschenk von Marion, wem sonst, sie hat ein Händchen für Farben, ihre Empfehlungen stehen mir immer gut zu Gesicht. Dann raffe ich Tasche und Tüte zusammen und verlasse das Kaufhaus. Der Tag beginnt sich langsam zu neigen, wohin soll ich mich noch treiben lassen?

Vor dem Alsterpavillon hat gerade ein Schiff angelegt, Touristen balancieren über den schwankenden Steg an Land. Ich bleibe zögernd stehen, ein alter Seebär mit Bart und Mütze, der aussieht wie der Patenonkel von Moby Dick, zwinkert mir zu: »Na, junge Frau, wie wär's?«

Warum denn eigentlich nicht? Weltgewandt gehe ich an Bord, schließlich muss ich für mein Dasein als Gattin eines Baden-Badener Millionärs irgendwann zu üben anfangen. Drinnen im Bauch des Schiffes ist alles mit Holz getäfelt, es blinkt und spiegelt, wichtig aussehende Geräte aus Messing hängen an den Wänden. Ein paar Touristen kommen noch dazu, ich löse ein Ticket beim Kapitän, dann tuckern wir los, dem Äquator entgegen. Ich sitze am Fenster und lasse Hamburgs schönste Seiten an mir vorüberziehen. Schneeweiße Villen und grüne Rasenflächen, Männer und Frauen joggen am Ufer entlang, Hunde hecheln hinterdrein. Eine Frau radelt um die Ecke, aus dem Korb vor ihrer Lenkstange wippt ein Blumenstrauß. Ich blicke auf die blendend weißen Fassaden mit den schmiedeeisernen Balkonen. Wer hier wohl wohnen mag? Die Reichen und die Schönen – ob das auch die Glücklichen sind? Geld allein macht nicht glücklich, wie oft habe ich diesen Spruch schon gehört. Und normalerweise schenke ich ihm auch nur zu gerne Glauben, aber hier und jetzt ... irgendwie war diese Rundfahrt keine gar so gute Idee.

Dann legen wir wieder vor dem Alsterpavillon an, die Abendsonne taucht die Paläste rundum in ein rosafarbenes Licht. Ich glaube, ich habe für heute genug von der großen weiten Welt. Müde schleppe ich mich zur U-Bahn und fahre bis zum Hauptbahnhof. Dort drängeln sich schon die Pendler auf dem Bahnsteig. Ich kaufe noch rasch ein Taschenbuch und eine Dose Cola, dann fährt der Zug ein, in zwei Stunden bin ich zurück in Peekenburg. Beinahe erscheint mir dieser Gedanke heute Abend tröstlich.

*

Es riecht wie in einem Glashaus voller Aprikosenbäumchen. Dabei sitzen – oder besser lümmeln – wir bloß auf dem Sofa in Marions Wohnzimmer. Auf dem Couchtisch flackert die Kerze aus Hamburg zwischen Schälchen mit scharfen Saucen und Chips, gesalzenen Erdnüssen und Nougatpralinen. Eine Flasche Weißwein steht im Kühler, aus den Lautsprecherboxen schmeichelt Dean Martin in seiner Glanzzeit. Ein gemütlicher Abend unter besten Freundinnen, sozusagen. Marion schleckt sich gerade ihre Finger ab.

»Morgen fangen wir aber ernsthaft an, versprochen, Lenilein?« Ich nicke pflichtschuldigst. Ja, ja, versprochen. Ab morgen werden wir schlanker, ernähren uns nur noch gesundheitsbewusst, machen täglich unsere Turnübungen und gehen nie mehr mit Wimperntusche ins Bett. Alles wird gut.

»Richtig schweinisch, findest du nicht?«

Marion kichert, als ob wir uns gerade für Pornoaufnahmen verrenken würden, dabei meint sie bloß die Leckereien auf dem Tisch. Wir sind eben brave Mädchen, dagegen ist kein Kraut gewachsen.

»Apropos schweinisch«, sage ich. »Da fällt mir das Buch ein, das ich auf der Rückfahrt aus Hamburg im Zug gelesen habe. So ein Taschenbuch, das jetzt auf den Bestsellerlisten ganz vorne steht. Zehn Punkte, woran man den perfekten Liebhaber erkennen kann. Angeblich ist es total wichtig, dass Männer sinnliche Esser sind. Und wir Frauen sollten uns nicht daran stoßen, wenn sie rülpsen oder ihnen das Fett aus den Mundwinkeln tropft, sondern uns klar machen, dass wir es eben mit einem lockeren, sinnlichen Typ zu tun haben. Locker und sinnlich in jeder Lebenslage, sozusagen.«

Marion sieht ein bisschen zweifelnd drein, ich kann es ihr nicht verübeln.

»Glaubst du wirklich? Also, mir ist es ehrlich gesagt lieber, wenn sie wissen, wie man die Gabel hält und wozu Servietten da sind. Ich kann mich da an Szenen erinnern ...«

Marion schüttelt sich, offenbar denkt sie gerade an ihren Exmann beim Currywurstcandlelightdinner.

Wir schweigen ein Weilchen, so einträchtig, wie es nur beste Freundinnen können.

»Und sonst?«, fragt Marion.

»Pffffhhh.«

Ich würde gerne nach einem Chipsrest hinter meinem linken oberen Weisheitszahn angeln, aber ich bin mir nicht sicher, ob die besagten zehn Punkte auch für Frauen gelten. Also lasse ich es lieber bleiben und spüle mit einem kräftigen Schluck Weißwein nach. Marion steht auf und kramt in ihren CDs.

»Wie wär's mit Carmen?«

»Gorilla-Carmen singt jetzt auch?«, frage ich scheinheilig.

»Natürlich nicht«, ärgert sich Marion. »CARMEN, DIE OPER, du Banause, von der Callas gesungen. Für Leute wie dich eigentlich viel zu schade.«

Nach diesem kleinen Geplänkel sitzen wir wieder einträchtig beisammen, süffeln Chardonnay und lauschen. Die Stimme der Callas erreicht natürlich auch mein Banausenherz. Bloß – was hat sie ihr gebracht? Dicke alte Männer, die nicht einmal treu waren, man denke bloß an Onassis. Ich seufze schwer, und Marion lächelt mir zu, offenbar hält sie mein Seufzen für eine Äußerung von tief empfundenem Kunstverständnis. Mitternacht ist längst vorüber, als ich mich endlich aus Marions gemütlichem Sofa hochstemme.

»Soll ich dir ein Taxi rufen?«, fragt Marion, und ich nicke zustimmend. Peekenburg ist zwar nicht die Bronx, aber andererseits, so einem knackigen Käfer wie mir kann noch allerhand zustoßen in der dunklen Nacht.

Fünf Minuten später bereue ich meine Entscheidung

bereits heftig. Das Taxi schlingert dahin wie bei einer Verfolgungsfahrt durch die Bronx, nur sitze ich leider nicht im Wagen des Kommissars, sondern in dem des flüchtenden Drogenjunkies.

»Ich habe es nicht eilig«, krächze ich dem Fahrer ins Ohr, der dreht sich um und nickt und grinst und gestikuliert, Hilfe, Gegenverkehr, mit feuchten Händen sacke ich auf dem Rücksitz zusammen. Vor meinem Wohnhaus reiche ich zittrig einen Schein nach vorne und verzichte feige aufs Wechselgeld, Irre soll man ja bekanntlich nicht reizen. Dann schließe ich endlich die Tür hinter mir. Vielleicht sollte ich mich allmählich nach einem Platz im Seniorenheim umsehen. Solange ich noch fit genug bin, um Marions Oma den Verehrer auszuspannen.

*

Wilma hat Besuch von einer Verlagsdame, die ihr gerade einen sensationellen neuen Stern am Literaturhimmel aufzuschwatzen versucht. Das druckfrische Werk zum Vorzugspreis von Euro 22,90 – dabei ist die literarische Sternschnuppe gerade mal der Pubertät entwachsen. Ob die jungen Leute heutzutage wirklich so viel erleben? Oder setzen sie sich einfach vor die Glotze und schreiben die Vorabendserien ab?

Olli hämmert eifrig in seinen Computer, in letzter Zeit korrespondiert er intensiv mit Autoren, Verlagen und PR-Agenturen. Außerdem verfasst er ständig tief empfundene

Kurzkritiken zu Neuerscheinungen, die er unaufgefordert an Zeitungen und Magazine schickt. Manche werden sogar gedruckt, irgendwie müssen die Redaktionen ja ihre leeren Seiten füllen. So macht sich unser guter Olli langsam aber sicher einen Namen, man kennt ihn bereits von Moordorf bis Moorbrunn. Irgendwann wird Oliver der persönliche Sekretär von Hera Lind sein, und wir alle werden uns in dem Glanz sonnen, ihn gekannt zu haben, als er noch Polyester-Olli war.

Antonella brütet über Bücherstapeln, sie sieht ein wenig beklommen aus. Offenbar macht ihr die Flut an Kinderbüchern allmählich selber Sorgen, seit neuestem wird zu jedem abwaschbaren Kleinkindbuch auch noch allerhand Tand mitgeliefert. Rasseln und Luftballons, ein Kämmchen und ein Scherchen, ein Valium für die überforderte Mutti. In unserer Kinderbuchecke sieht es allmählich aus wie in einem Montessori-Kindergarten, ständig stolpert man über Holzklötzchen. Antonella wirkt, als ob sie Trost gebrauchen könnte, ich werde mich mal um sie kümmern. Schließlich bin ich hier in diesem Laden auch für den Teamgeist zuständig, Kühnlein lässt sich ja kaum mehr blicken, alles muss man selber machen. Vorher muss ich mich aber noch durch den Stapel Zeitschriften arbeiten, der vor mir liegt. Praktischerweise haben sie alle mit dem Thema »Wohnen und Renovieren« zu tun. Ich habe nämlich beschlossen, mein Duschbad umzugestalten, die türkisen Kacheln machen mir allmählich Migräne.

Ich blättere durch die softfarbenen Magazine. Sommerresidenz auf Long Island, ganz in Wolkenweiß und Creme gehalten. Die Besitzerin, eine Galeristin aus Manhattan, dekoriert ihr schlichtes Heim am liebsten mit Fundstücken vom Strand, mit angeschwemmten Ästen und Muscheln, die sie zu kleinen Stillleben auf dem Eileen-Gray-Tischchen arrangiert. Der Schaukelstuhl ist ein Fundstück vom Sperrmüll, das Bild an der Wand ist ein Monet. Weniger ist eben mehr, wieder einmal beweist sich das Talent der Hausherrin für gekonntes Understatement.

Meint die Redakteurin das jetzt ernst, oder wie oder was?

Ich blättere weiter. Finca auf Mallorca. Das Besitzerehepaar, Immobilienmakler aus Düsseldorf, hat lange Jahre nach diesem hinter Olivenhainen verborgenen Kleinod gesucht. Das Anwesen, welches einst mallorquinischen Bischöfen als Sommerresidenz diente, musste allerdings von Grund auf renoviert werden. Das Dach ist nun mit Ziegeln gedeckt, deren warmes Orangebraun mit dem Fell des Hausdackels auf das Vortrefflichste harmoniert. Die Gästezimmer wurden von der Dame des Hauses höchstpersönlich dekoriert, die Vorhänge nach ihren detaillierten Angaben im Hindukusch handgewebt. An warmen Abenden sitzt das Ehepaar gerne im Innenhof und genießt ein einfaches Mahl aus Oliven, Weißbrot und Rotwein.

Du lieber Himmel, von so viel Überspanntheit muss man ja viel Schlimmeres als Migräne bekommen. Ich fange an, mich mit meinen türkisen Duschbadkacheln auszusöhnen. Doch halt, hier ist ja, was ich suche: Kleine Räume ganz groß. Unsere Innenarchitektin hilft Ihnen bei kniffligen Gestaltungsproblemen.

Ein Hobbykeller wird zum »Wellnessbereich«, eine Diele wandelt sich zum »Entree«. Hilfe, unser Bad ist zu klein! Aber die Innenarchitektin weiß Rat, entschlossen hat sie offenbar alle störenden Mauern rundum niederreißen lassen. Die Wohnung der Betroffenen scheint jetzt nur noch aus einem Badezimmer zu bestehen, sogar ein Urinal für den Hausherrn hat Platz gefunden. Verschreckt lächelt die Familie in die Kamera: »Von so einem Bad haben wir nicht zu träumen gewagt.«

Ich schlage das Heft zu. Mein Minibad erscheint mir plötzlich so einladend wie eine kuschelige kleine Meeresbucht. Ich werde mir einfach ein paar flauschige neue Frotteetücher spendieren und eine Dose Badesalz. Dazu vielleicht ein knorriger Ast aus dem Stadtpark als Dekoration über der Toilette, weniger ist eben mehr, vielleicht sollte ich sogar an der großen Herbstaktion teilnehmen: Leser stellen ihre ganz persönliche Lieblingsecke vor.

Mit neuem Schwung nähere ich mich Antonella, die in unserer Kombüse gerade mit der Kaffeemaschine hantiert.

»Magst du auch eine Tasse, Annalena?«

»Gerne.«

Ich hole Zucker und Kondensmilch aus dem Regal, schütte Kekse auf einen Teller. Auch als Vizestadtbibliotheksdirektorin drücke ich mich eben nicht vor niederen Diensten. Aber Antonella verliert kein Wort über mein freundliches Betragen, stattdessen zischelt sie mir bedeutsam ins Ohr: »Heute kommt er ja angeblich. Also, ich bin schon so was von gespannt!«

Wer kommt?

Kühnlein?

Der Bürgermeister?

Wieso weiß ich wieder einmal von nichts? Ich nehme einen Schluck von dem glühend heißen Kaffee und verbrühe mir prompt die Zunge. Jetzt will ich wirklich nur noch nach Hause in meine türkise Wellnessoase. Ich werde mir eine Plastikente kaufen und ein beruhigendes Bad aus Johannisbeerextrakten einlaufen lassen. In meinem Alter ...

»Irgendwie ist sie ja wirklich cool. Plaudert mit der Tante vom Verlag, als ob nichts wäre.«

Antonella blickt zu Wilma hinüber, die gerade lächelnd ihren Gast verabschiedet. Dann kommt Wilma zu uns geschlendert, sie zieht sich den Pullover über ihrer nicht vorhandenen Taille glatt und atmet tief aus: »Puuuhhhh, na endlich. Ich dachte schon, die geht nie mehr. Dabei muss doch gleich Bodo kommen. Ich habe ihm extra eingeschärft, dass er pünktlich sein muss. Und ein Fläschchen Rheinwein soll er auch mitbringen.«

Bodo?

Bodo, das Phantom hat sich angesagt? Jetzt verstehe ich endlich, Antonella blickt mir bedeutungsvoll tief in die Augen. Na, da sind wir ja mal gespannt, was da zur Tür hereingetapst kommt. Womöglich sieht Bodo ja aus wie der Typ aus der Cola-Werbung, hihi. Oder wie mein Heiner-Rainer, hoho. Falls dieser Bodo überhaupt existie...

Antonella schnappt plötzlich nach Luft und blickt starr an mir vorbei. Aha, Bodo hat sich also materialisiert, na, mich haut ja nichts so leicht um, ich werde ihn mal näher ...

Bodo sieht aus wie der Typ aus der Cola-Werbung, Heiner-Rainer ist dagegen fast ein Kümmerling. Ich stehe da und ringe nach Atem, Wilma fliegt auf die Erscheinung im Türrahmen zu und fällt ihr um den Hals: »Da bist du ja endlich. Das Mitbringsel hast du natürlich vergessen, na ja, egal. Komm, ich stell dich meinen Kolleginnen vor. Annalena, Antonella, also, das ist mein Bodo. Bodo, das ist Annalena und das ist Antonella. Na, ist er nicht süß?«

Antonella und ich schütteln der Erscheinung tapfer lächelnd die Hand. Die Hand ist warm und trocken, Gespenster sollten sich eigentlich anders anfühlen.

»Nett, Sie kennen zu lernen«, höre ich mich krächzen. »Wir haben schon so viel von Ihnen gehört.«

Das Gespenst beginnt zu grinsen und entblößt schneeweiße Zähne. Hilfe, ich brauche etwas Hochprozentiges. Antonella ergeht es offenbar ähnlich, sie entstöpselt gerade eine Flasche Kognak, unsere eiserne Reserve für Notfälle, die bisher nicht eingetreten sind. Nun, dies ist zweifelsfrei ein Notfall: Wilma mit dem problematischen Kiefer und der Wulsttaille hat sich das absolut betörendste männliche Wesen zwischen Nordsee und Bodensee gekrallt. Ob sie ihn erpresst? Vielleicht war sie ja einmal Zeugin, als Bodo die Beherrschung verlor und ... Antonella gießt Kognak in Wassergläser, nicht zu knapp, und reicht sie an uns weiter. Bodo, dieses hilflose Opfer der skrupellosen Wilma, zwinkert uns zu: »Salute, Mädels.«

Gebildet ist er auch noch! Ich kippe meinen Kognak in einem Zug – was mir noch nie gut bekommen ist. Prompt schießen mir Tränen in die Augen, ich röchle nach Luft. In diesem Augenblick erscheint natürlich Alfred Kühnlein, der Tag steht unter keinem günstigen Stern.

»Was hätten wir denn da? Eine kleine Feier? Gibt es irgendeinen Anlass, von dem ich nichts weiß? Frau Jacobi?«

Wie gern wäre ich zu Hause, bei Kinki und meiner Plastikente. So aber muss ich Bodo und Kühnlein einander vorstellen, ich murmle Unverständliches in meinen Damenbart. Die Männer mustern sich und sind offenkundig wenig voneinander angetan. Wilma packt die Gelegenheit beim Schopf, um Bodo in sein Verließ zurückzubringen. »Ja, ich glaube, wir müssen dann wieder. Einen schönen Abend noch allerseits. Bodo, verabschiede dich.«

Bodo sendet ein Zwinkern in alle Richtungen, vielleicht steht er ja unter Drogen, eine wie Wilma schreckt bestimmt vor nichts zurück. Dann verlässt das seltsame Paar unsere Bibliothek, Kühnlein verzieht sich in sein Chefzimmer, nur Antonella und ich bleiben zurück, zwei gebrochene Frauen, die die Welt nicht mehr verstehen.

»Also, war das jetzt eine Halluzination, oder was?«, flüstert Antonella und starrt mich mit weit aufgerissenen Augen an.

»Sie erpresst ihn, das ist doch sonnenklar«, beruhige ich die weltfremde Antonella. »Oder glaubst du, dass so ein Bild von einem Mann sich freiwillig mit Wilma einlässt? Dass der unsere Wilma freiwillig küsst?«

Bei dieser Vorstellung wird uns beiden etwas schwach zu Mute, und Antonella gießt uns noch einmal zwei Fingerbreit Kognak in die Gläser. Wir kippen die Medizin mit einem Schluck. Natürlich verlässt Alfred Kühnlein in exakt diesem Augenblick sein Büro und kommt gerade rechtzeitig, um seine Mitarbeiterinnen als heimliche Alkoholikerinnen zu enttarnen. Doch Kühnlein wirkt nicht einmal schockiert.

»Aber, aber, meine Damen«, er droht uns schelmisch mit dem Zeigefinger, »Sie stoßen doch nicht etwa auf mein Wohl an? Nun ja, ein Schlückchen in Ehren kann wohl niemand verwehren.«

Und Alfred Kühnlein hält uns ebenfalls ein Wasserglas unter die Nase. Antonella gießt ihm den letzten Rest Kognak ein, Kühnlein prostet in die Runde und zwinkert meinem Busen zu. Dann leckt er sich über die Lippen und schreitet beschwingt in sein Büro zurück. So sieht also mein einziger Verehrer aus. Ich beschließe, mich in einem Urinal zu ertränken, noch heute.

»Hast du heute schon was vor?«, fragt Antonella mit schwacher Stimme.

Ich schüttle den Kopf. »Nöö, eigentlich nicht.«

»Lass uns noch irgendwo hingehen«, fleht Antonella.

Ich nicke bloß, dann verlassen wir die Bibliothek. Im Aufzug hängt ein animalischer Duft nach Haargel und Testosteron. Bodo existiert wirklich.

*

»Zu meinem Busen hat er immer ›Hallo Jungs‹ gesagt. Könnt ihr euch das vorstellen?«

Wir schütteln einträchtig den Kopf, Antonella und ich. Marion ist gerade an der Reihe, es gibt einen bunten Abend zum Thema »Kotzbrocken, an die wir sinnlos unsere Liebe verschleudert haben«. Bereits nach wenigen Schilderungen beschleicht mich das Gefühl, dass hier ein Bestseller in der Luft liegt. Vielleicht sollte man ja einmal einen Aufruf ins Internet setzen: Mädels, schreibt euch den Frust von der Seele!

Marion ist den Tränen nahe, Antonella klopft ihr beruhigend auf den Rücken, wie einem Baby bei Schluckauf. Normalerweise sind sich meine beste Freundin (laut Marion: der Bücherwurm) und meine allerbeste Freundin (laut Antonella: die Kosmetik-Tussi) ja nicht gerade grün, aber hier und jetzt sind alle Eifersüchteleien vergessen. Geeint im Leid haben wir bereits zwei Flaschen Prosecco und mehrere Gläser Eierlikör gekippt und dazu eine köstliche Mousse au chocolat aus dem Tiefkühlregal verspeist. Nun hängen wir alle drei mit verschmierten Mündern auf Marions Sofalandschaft und übertrumpfen uns mit Schauergeschichten.

»Und wisst ihr, was mir der Typ vom Fotoladen gegenüber vor ein paar Tagen ganz lässig serviert hat?«

Marions Stimme schraubt sich vor Empörung in schrille Höhen. »ICH BRAUCHE KEINE PUTZFRAU MEHR. ICH HABE JETZT EINE FREUNDIN. Darf denn das wahr sein? So sehen uns diese Mistkerle also, wie eine Mischung aus Mami, Putzfrau und Nutte. Und doch finden sie immer wieder eine Doofe, die sich das gefallen lässt!«

Marion kippt ins Kissen zurück, Antonella reicht ihr einen doppelten Eierlikör.

»Was ist eigentlich mit deinem Verehrer?«, wende ich mich an Antonella, um Marion abzulenken. Antonella ist seit über einem Jahr in eine geheimnisvolle Affäre verstrickt, über die sie nur Andeutungen fallen lässt. Allzu glücklich sieht sie allerdings nicht aus.

Antonella seufzt schwer.

»Ach, ihr wisst ja, wie das so ist. Am Anfang habe ich mich total dagegen gewehrt, er ist nämlich ... also, er ist verheiratet. Aber er war so unglaublich süß, hat dauernd Blumen geschickt, es war sooo romantisch! Dann habe ich mich natürlich verliebt. Nur ist jetzt alles ziemlich kompliziert. Er hat nämlich Kinder, die noch zur Schule gehen. Deshalb will er mit einer endgültigen Trennung auch noch warten. Aber er schläft schon lange nicht mehr mit seiner Frau. Die leben seit Jahren wie Bruder und Schwester zusammen, das hat er mir hoch und heilig geschworen.«

Nun ist Antonella an der Reihe, unglücklich in den Kissen zusammenzusacken, dafür belebt sich Marion merklich.

»Das darf doch nicht wahr sein! Dass Frauen so einen Unsinn immer noch glauben! Ich schlafe schon seit Jahren nicht mehr mit meiner Frau! Und woher kommen dann all die Kinderlein, frage ich dich? Wenn du ihm das wirklich abnimmst, dann lässt du dich am besten fürs Museum ausstopfen, als treudoofes Fossil. Entschuldige Antonella, aber das ist die Wahrheit.«

Antonella würde gerne protestieren, sie holt tief Luft, aber dann drückt sie sich lieber ein Kissen auf den Bauch, wie einen Rettungsring. Ich schüttle missbilligend meinen Kopf in Marions Richtung. Was soll diese Gardinenpredigt, Marion sollte lieber vor ihrer eigenen Tür kehren, sozusagen, ich kann mich da an tränenreiche Telefonate erinnern ...

So sitzen wir da, die weibliche Blüte von Peekenburg, und werden langsam alt und grau, noch bevor uns Rhett Butler wenigstens einmal leidenschaftlich in seine Arme schließen konnte.

»Will jemand einen Espresso?«

Da Marion offenbar ihre Gastgeberinnenpflichten einfach vergessen hat, muss ich mich eben wichtig machen. In Marions gemütlich-kunterbunter Küche häufe ich frisch gemahlenen Kaffee in die Filtertüte und brühe Wasser auf. Ein Duft nach Cappuccino in Venedig macht sich breit, nach Komplimenten von Gondolieri mit langen Wimpern und Nächten in Himmelbetten, wo man so wundervoll ...

»Leni, du weißt doch, wo die Tassen stehen?«

Jaja, ich weiß. Ein wenig indigniert stelle ich alles bereit, bin ich hier eigentlich als Au-pair-Mädchen engagiert? Klirrend trage ich das Tablett ins Zimmer, klirrend stelle ich das Geschirr ab. Wenigstens scheinen sich Marion und Antonella wieder zu vertragen, sie haben offenbar eine gemeinsame Bekannte ausgemacht, die sie gerade ein wenig durchleuchten: »... genau, das muss ihr Neuer sein, Björn oder Borg oder so ähnlich, jedenfalls heißt er wie ein Ikea-Regal, also, ich möchte ihn ja nicht geschenkt ...«

Leni, das treue Dienstmädchen, schlurft langsam in die Küche zurück und holt die Glaskanne mit dem Kaffee. Dann serviert sie den Damen ihre Tässchen und macht einen Knicks: »Bitte schön, haben Sie sonst noch Wünsche?«

»Vielen Dank, Lenilein«, wenigstens werden meine Bemühungen um ein gemütliches Ambiente gewürdigt. Dann sitzen wir alle drei zusammengekuschelt, schlürfen Espresso und knabbern dazu Amaretti.

»Ihr kennt doch die Lauermann von der Galerie in der Fußgängerzone, oder?«, bröselt Marion in die Runde. Antonella und ich nicken zustimmend. Natürlich, Antje Lauermann, eine stadtbekannte Erscheinung mit ihrem Dutzend Goldreifen ums Handgelenk, die beständig leise klingeln. Wo die Lauermann auftritt, dort ist immer Weihnachten.

»Also, die ist ja eine Stammkundin von mir, schon seit Jahren. Einen total faltigen Hals hat sie, die Ärmste, darum trägt sie auch immer Rollkragenpullover oder Seidenschals. Ihr Mann kauft auch bei uns ein, nur die teuersten Aftershaves und Bodylotions, dabei macht er in ihrer Galerie nur den Grüßaugust. Ich glaube, sie wollte ihn schon vor längerer Zeit entsorgen, aber man weiß ja, wie das heutzutage ist, als erfolgreiche Geschäftsfrau zahlst du deinem Ex Unterhalt bis zum letzten Seufzer, schrecklich!« Und Marion seufzt, als ob sie ein halbes Dutzend Exehemänner zu versorgen hätte, mindestens.

»Aber dann ist ihr ein genialischer Dreh eingefallen, wie sie ihn los wird, ganz elegant, ohne lange Diskussionen und Prozess samt Anwaltskosten.«

Marion blickt erwartungsvoll in unsere Gesichter, ich mache ihr die Freude: »Sie hat einen Killer beauftragt, der ihn im Fundament von der neuen Volksschule einbetoniert hat.«

»Ganz kalt. Viel zu aufwändig.« Marion winkt ab. »Nein, sie hat ihn einfach zum Geburtstag beschenkt.«

Jetzt werden wir wirklich neugierig: »Mit Rattengiftplätzchen?«

»Nein«, kichert Marion. »Mit einer Penisverlängerung.«

Wie bitte??

»Ja, ganz im Ernst. Sie hat ihm einen Gutschein für eine Penisverlängerung in Budapest geschenkt. Dort gibt es einen Arzt, der macht das wirklich, ganz diskret, angeblich kommen Männer aus der ganzen Welt zu ihm. Gottfried, das ist der Mann von der Lauermann, ist natürlich aus allen Wolken gefallen über diesen Gutschein. Der war so was von beleidigt, also den verzeiht er ihr nie! Noch am selben Abend ist er ausgezogen, die Lauermann hat es mir selbst erzählt, wir sind nach ihrem letzten Einkauf noch einen Prosecco trinken gegangen. Natürlich alles streng vertraulich, Ehrenwort, versprochen, ja? Nicht dass ihr mir die Geschichte herumtratscht.«

Wir schwören heilige Eide, Antonella reckt theatralisch die linke Hand zum Himmel. Diese Neuigkeit muss ich unbedingt Wilma erzählen, gleich morgen Früh, damit mir Antonella nicht zuvorkommt.

*

Aber Wilma scheint am nächsten Morgen nicht die geeignete Adresse für eine so pikante Neuigkeit wie die Penisverlängerung von Gottfried Lauermann. Auf mein fröhliches »Guten Morgen« erhalte ich nur ein muffiges »Moin« zur Antwort, und unsere Ressortleiterin für Literatur verschwindet wieder hinter Papierstapeln. So what! Großherzig gestehe ich Wilma einen schlechten Tag zu, ihr ständiger Frohsinn kann einen sowieso ganz schön nerven.

»Einen wunderschönen!«

Kühnlein federt vorbei, er hat sich nicht einmal vergewissert, dass ich unterm Kinn immer noch über einen Busen verfüge. Stattdessen ist sein Blick in eine dynamische Ferne gerichtet, so wie beim Bundeskanzler, wenn er ein Rednerpult erklimmt.

Wenigstens ist Olli noch ganz der Alte, muffig und ohne uns eines Blickes zu würdigen wieselt er zwischen den Regalen herum, aber seine Botschaft ist unüberhörbar: Ich bin der Einzige, der hier wirklich arbeitet.

So verfliegt der Vormittag, heiter und ausgefüllt, es geht eben nichts über eine sinnvolle Tätigkeit. Womit die Frauen in den schmucken Reihenhäusern und Villen unserer Stadt wohl gerade so ihre Zeit verbringen? Sich in einem Schaumbad aalen? Das Baby knuddeln? Einen duftenden

Risotto mit Pilzen und Kräutern komponieren? Schluss mit dem Gegrübel, entschlossen stehe ich auf und brühe mir eine Tasse Nescafé in unserer Kochnische. Im Stehen schlürfe ich das glühend heiße Gebräu, leider gibt es keine Amaretti dazu, ich werde diese Anschaffung bei unserer nächsten Sitzung vorschlagen. Dann schlendere ich zu meinem Schreibtisch zurück. Wo bloß die Südbaum-Bechstein steckt? Seit fast zwei Wochen habe ich sie schon nicht mehr in unserer Bibliothek gesehen, und auch beim Bäcker und vor der Apotheke ist sie mir nicht über den Weg gelaufen. Ob ich mir Sorgen machen muss? Ach was, die Südbaum-Bechstein ist eine große, kräftige Person, nun ja, ein wenig deprimiert vielleicht, aber welche Frau wäre das nicht in ihrem Alter?

»Hast du in letzter Zeit eigentlich einmal die Südbaum gesehen?«, frage ich Antonella im Vorübergehen, aber Antonella schüttelt bloß den Kopf. Dann klingelt ihr Telefon, und Antonella hebt den Hörer ab.

An meinem Schreibtisch greife ich nach dem Wochenplaner. Gähnende Leere, Ödnis, eine Wüste bis zum Monatsende. Bis auf einen einzigen Termin, ich habe ein schwarzes Filzstiftkreuz über den Donnerstag in zehn Tagen gemalt. Sieglindes Gartenfest, was sonst, jede Wurzelbehandlung ohne Spritze wäre mir lieber. Ob ich überhaupt hingehen soll? Wer zwingt mich eigentlich dazu, außer der blöden Marion. Ich werde mir einfach jegliche lästige Diskussion ersparen und mir eine spätsommerliche Angina zulegen, mit Halswickel und Flüsterstimme. Soll Marion doch alleine hintrippeln, wenn sie überall dabei sein muss, unsere Jenny Elvers von Peekenburg. Ich hingegen werde mich an ein Bonmot von Katherine Hepburn halten, oder war es Audrey? »Wenn du im Mittelpunkt einer Party stehen willst, geh einfach nicht hin.«

Basta. Jawohl. So werde ich den kommenden Donnerstag anlegen. Ich bleibe zu Hause und alle werden über mich tuscheln. Habt ihr eigentlich in letzter Zeit einmal Annalena Jacobi gesehen? Sooo schlank sieht sie aus! Angeblich macht sie ja rasant Karriere in der Stadtbibliothek, man hört da einiges. Und die Männer? Ach, ihr wisst doch, Annalena war immer ein stilles Wasser. Und wie sagt man so schön? Eben. Angeblich hat sie eine Affäre nach der ...

Das Telefon schrillt mitten in meine Tagträume hinein, beschwingt hebe ich den Hörer ab: »Pronto!«

Marion, wer sonst.

»Leni, ist dir eigentlich klar, dass nächsten Donnerstag das Gartenfest bei Sieglinde ist? Und wir haben noch überhaupt nicht über unser Outfit gesprochen! Was wirst du anziehen? Das Hellblaue? Aber hast du nicht gesagt, dass dir das ziemlich im Bund kneift? Also, ich werde mir wohl oder übel was Neues spendieren, diesen Kakerlaken soll einfach der Mund offen bleiben, das habe ich mir geschworen! Hättest du Lust, mal bei dieser neuen Boutique vorbeizuschauen, von der Antonella uns zuletzt erzählt hat?«

»Also, ich weiß eigentlich noch gar nicht, ob ich ...«

»Nichts da, deine Sommergrippe kannst du dir schenken. Wir gehen dort hin, hast du mich verstanden, du alter Feigling! Und wenn ich dich an den Haaren hinter mir herzerren muss! Wir brauchen uns nicht zu verstecken, hörst du mich? Außerdem, denk daran, was uns Carmen über Sieglinde und ihre Ehe erzählt hat. Bei der ist auch nicht alles so rosig, wie sie immer tut, was glaubst du, was ...«

Ich zeichne mit schmalen Lippen einen dicken Bommel auf meinen Notizblock. Dann übermale ich den dicken Bommel mit schwarzem Filzstift, das ist die Schlammlawine, die den dicken Bommel, sprich Marion, verschluckt.

»Du lieber Himmel«, sage ich. »Du weißt doch, was Carmen für eine Klatschbase ist, die erzählt doch über jeden irgendeine Gemeinheit. Wer weiß, ob das stimmt mit Sieglindes Eheproblemen. Und ob ich zu diesem dämlichen Gartenfest gehe, das ist nun wirklich meine Sache. Das Hellblaue kneift übrigens kein bisschen, ganz im Gegenteil, es schlottert beinahe an mir, vielleicht sollte ich mir wirklich etwas Neues kaufen, aber sicher nicht in diesem aufgemotzten Laden für Möchtegern-Marbella-Barbies.«

»Bitte sehr, wie du möchtest.«

Marion klingt pikiert bis in die Zehenspitzen. »Marbella-Barbies« war wohl wirklich etwas gemein, noch dazu würde uns Antonella nie im Leben so einen Laden empfehlen. Aber es gibt Situationen, da muss man eben ein wenig übers Ziel hinausschießen.

»Falls du es dir doch noch anders überlegst, kannst du es mich ja wissen lassen«, zischt Marion. »Ich muss jetzt auflegen. Wir in der freien Marktwirtschaft haben nicht eine halbe Ewigkeit lang Mittagspause.«

Und Marion legt auf, ich kann nicht einmal mehr einen versöhnlichen Abschiedsgruß flöten.

Reizend. Sieglindes Gartenfest droht, und ich gifte meine allerbeste Freundin an. Vielleicht sollte ich ja Kühnlein bitten, mich auf eines seiner Teamwork-Seminare mitzunehmen. Zwischenmenschliche Interaktion für Anfänger. Lockerer Smalltalk für Fortgeschrittene. Verheißungsvolles Flirten für die Abschlussklasse. Aber wahrscheinlich würde ich nicht einmal die Aufnahmeprüfung schaffen.

*

Hochmut kommt vor den Fall, so heißt es doch.

Hier stehe ich und bin der beste Beweis dafür. Hätte ich doch bloß auf Marion gehört und mir eine neue Ausgehrobe gekauft! Aber nein, das Hellblaue musste es sein, justament. Ich ziehe den Bauch ein, aber das Hellblaue spannt und ziept, also lasse ich meine Bauchmuskeln wieder locker. Außerdem kann ich mich sowieso nicht gleichzeitig auf zwei so unterschiedliche Körperfunktionen wie Baucheinziehen und tapferes Lächeln konzentrieren. Letzteres erfordert meine ganze Kraft, schon seit zwanzig Minuten zeige ich die Zähne und strahle in die Runde. Sieglindes Einladungen kosten mich regelmäßig ein Jahr meines Lebens, wenn das so weitergeht, erlebe ich nicht einmal mehr die Wechseljahre.

Wir stehen in einem lockeren Grüppchen, Marion,

Carmen (im cremefarbenen Hosenanzug, der ihre stacheligen Waden gnädig verdeckt) sowie zwei Freundinnen von Sieglinde, die mir bisher zum Glück unbekannt waren. Angeblich eine Zahnärztin und eine Rechtsanwältin, offenbar kleiden sie sich beim gleichen Versandhaus für die modebewusste Karrierefrau ein. Beide stecken in grauseidenen Kostümen und dezenten Pumps, dazu haben sie ihr Erscheinungsbild mit Perlenkette und Cartier-Ührchen aufgepeppt. Für solche Hummeln ist unser mickriges Peekenburg natürlich eine Nummer zu klein. Hella, das ist die Zahnärztin, hat uns gerade in verschwörerischem Tonfall mitgeteilt, dass sie ihre Praxis nach Sylt zu verlegen gedenkt, spätestens im kommenden Frühjahr soll der Umzug abgeschlossen sein.

»Was soll ich hier noch?«, seufzt Hella und betrachtet eingehend ihre linke Hand mit den tomatenrot lackierten Fingernägeln, in der rechten hält sie das Weißweinglas. »Was soll ich hier noch? Plombieren vielleicht? Dazu habe ich doch nicht alle diese teuren Seminare absolviert, an den besten Kliniken in Düsseldorf und am Bodensee. Bleaching, blending, veneering, das sind die Techniken, auf die es heutzutage wirklich ankommt. Das perfekte Lächeln! Aber hier in Peekenburg? Soll ich mich vielleicht auf Zahnspangen für die Kurzen spezialisieren?«

»Das soll recht einträglich sein«, versuche ich Trost zu spenden, aber Gisela, das ist die Rechtsanwältin, hat bereits das Wort ergriffen.

»Jaja, ich kenne dieses Problem«, seufzt nun auch Gisela und wedelt eine Mücke davon, ihre Fingernägel sind auberginefarben lackiert. »Irgendwann wird einem diese Stadt zu klein, auch wenn man hier familiäre Bindungen hat. Ich habe gerade ein Jahr in einer Anwaltskanzlei in Chicago absolviert, da war die Rückkehr natürlich wie ein Kulturschock für mich. All diese Kleinkriege zwischen verfeindeten Nachbarn und Eheleuten, kriegst du das Auto, dann will ich den Hund, das sind doch peanuts, einfach peanuts.«

Gisela seufzt tief und schwer, offenbar hat sie in Chicago nur Mafiabosse vertreten, der Rest der Runde grübelt still vor sich hin. Kulturschock? Man erleidet allen Ernstes einen Kulturschock, wenn man aus Chicago nach Peekenburg zurückkehrt? Sind wir hier Watussikrieger oder was? Wenigstens schleicht sich Carmen auf und davon, nichts los hier, ich blicke ihr nach, wie sie sich bei einem verdutzten Gast unterhakt. Hella, die Zahnärztin, bricht das Schweigen.

»Und was treiben Sie so?«, wendet sie sich an Marion und lässt ihre Porzellankronen funkeln. Marion wirft sich in Pose.

»Ich bin Großeinkäuferin für die größte Parfümeriekette unseres Landes, ähmhm. Ein ziemlich aufreibender Job, aber auch hochinteressant. Man muss immer am Puls der Zeit bleiben, Trends schon vor allen anderen aufspüren, aber das Sortiment dennoch auf die Wünsche der Kunden abstimmen. Als Nächstes geht es nach Baden-Baden, wir haben dort eine kleine Konferenz für den Bereich West- und Mitteleuropa.«

Sogar Hella und Gisela wirken geplättet, ich bin völlig

sprachlos. Was für ein Talent! Diese geniale Beschreibung des Jobs einer kleinen Parfümerieverkäuferin, total geschönt und dennoch nicht wirklich gelogen, einfach genial! Marion sollte Bücher schreiben oder Reden für den Bundeskanzler, ich blicke voller Stolz auf meine Freundin. Aber mein Wohlbehagen hält nicht lange vor, denn plötzlich wird mir bewusst, dass nun alle mich anstarren.

»Sind Sie auch in der Kosmetikbranche?«, flötet Gisela, die Anwältin, sie blickt mich dabei an wie ein Objekt, dessen Untaten gleich ans Licht kommen werden.

»Ganz und gar nicht«, säusle ich zurück und schenke den Damen mein süffisantestes Lächeln. »Ich bin in einer total langweiligen Branche tätig, ich habe mit Büchern zu tun. Als stellvertretende Leiterin der Stadtbibliothek muss man täglich aufs Neue versuchen, die Balance zwischen Unterhaltung und Bildungsanspruch zu finden. Ich selbst zum Beispiel mag am liebsten die nordischen Autoren, aber andererseits werde ich demnächst Elise Hockenheim zu einer Lesung begrü...«

»DIE Hockenheim?!« Hella und Gisela wirken beide wie elektrisiert, da scheine ich ja voll ins Schwarze getroffen zu haben.

»Wirklich, DIE Hockenheim? Und sie kommt hierher nach Peekenburg zu einer Lesung? Sie müssen mich unbedingt den genauen Termin wissen lassen. Ich habe sie einmal persönlich kennen gelernt, auf einem Abendessen bei Freunden in Lugano, eine fas-zi-nierende Frau. Vom Leben gezeichnet und dennoch voller Kraft.«

Gisela sieht drein wie ein Volksmusikgroupie, dem soeben Hansi Hinterseer ein Autogramm auf den nackten Bauch gemalt hat, völlig verzückt. Ich lächle huldvoll in die Runde, Marion blickt ein wenig säuerlich. Tja, wenn sie wenigstens Elizabeth Hurley persönlich kennen würde, dann brauchte sie jetzt nicht so neiderfüllt ...

»Na, amüsiert ihr euch? Habt ihr auch genügend zu trinken? Gleich wird das Buffet eröffnet, ihr müsst unbedingt den Parmaschinken probieren, der ist extra eingeflogen worden.«

Sieglinde hat sich auf ihrer Gastgeberinnentour nun auch zu uns gesellt, schlank und rank und lächelnd steht sie da, in einem Kostüm, das verdächtig nach Chanel aussieht, ich könnte sie auf der Stelle erwürgen.

Wir hauchen uns gegenseitig Küsschen auf die Wangen, gut siehst du aus, du auch, du wirst immer jünger, sag, wie machst du das bloß, dann schweigen wir einen Moment lang still, erschöpft vom vielen Lügen.

»Stell dir vor, die Hockenheim kommt zu einer Lesung nach Peekenburg, ich habe mir schon Karten reservieren lassen«, wird Sieglinde von Gisela informiert. Alle lächeln mich an, ich komme mir allmählich vor wie eine mildtätige Nonne, die Fäustlinge unter frierenden Kindern verteilt.

»Ja, die Plätze werden allmählich knapp«, mache ich mich wichtig, dabei habe ich noch keinen einzigen Sessel vergeben. Zum Glück wird Olli wohl kaum erfahren, wie ich hier mit seiner Elise Hockenheim glänze!

»Aber das ist ja wundervoll«, tiriliert Sieglinde. »Wann soll denn das Ereignis stattfinden? Wir könnten doch anschließend einen Cocktail für die Hockenheim veranstalten, Clemens und ich, hier bei uns zu Hause, was hältst du davon, Annalena?«

»Nun ja ...«

Langsam finde ich Gefallen an meiner neuen Rolle als Mittelpunkt des gesellschaftlichen Lebens von Peekenburg, großzügig lächle ich Sieglinde an. »Ich muss darüber natürlich noch mit dem Bürgermeister sprechen, aber ich denke mir, dass ein kleiner Cocktail vielleicht gar keine so schlechte Idee wäre.«

Marion muss plötzlich fürchterlich husten, aber zum Glück beachtet sie niemand, Sieglinde hat mir sogar ganz freundschaftlich ihre ringbestückte Hand auf den Unterarm gelegt.

»Du machst das schon, nicht wahr, Leni? Das könnte doch wirklich ein bezaubernder Abend werden.«

Leni?? Sieglinde nennt mich Leni? Ich glaube, ich muss mich nun doch ein wenig ausruhen von meinem Leben als Societylady.

»Ihr entschuldigt mich bitte, aber ich muss mir mal kurz die Hände waschen«, lasse ich meinen neuen Fanclub wissen. Sieglinde folgt mir wie ein treuer Dackel.

»Warte, Leni, du brauchst nicht die Gästetoilette zu benutzen, ich zeige dir unser ganz privates Badezimmer.« Und Sieglinde stöckelt mir voran die mit rotem Teppich belegte, geschwungene Treppe hinauf in den ersten Stock, wo die Schlafgemächer liegen, sozusagen. Hilfe, mir wird schwindlig, mein gesellschaftlicher Aufstieg gestaltet sich allmählich doch etwas zu rasant. Vielleicht sollte ich eine kalte Dusche nehmen, so was dauert ja nicht lange.

»Hier, bitte«, sagt Sieglinde und öffnet voller Besitzerstolz die weiß lackierte Tür, ich starre mit offenem Mund. Der Raum ist ungefähr so groß wie das Büro von Alfred Kühnlein, aber das ist auch schon die einzige Ähnlichkeit. Statt einem Schreibtisch prangt eine weiß schimmernde Wanne auf goldenen Tatzen vor dem Panoramafenster, es spiegelt und funkelt und glitzert, auf gläsernen Regalen stehen ganze Batterien von Parfümflaschen und Cremetiegeln. Über einen Rattansessel liegt anmutig hingeworfen ein rosafarbener Bademantel, golden glänzende Pantoffeln liegen wie achtlos-anmutig abgestreift auf der rosa flauschigen Badematte. Über dem gesamten Spuk schwebt ein giftgrüner Farn in einer Hängeampel.

»Ich bin sprachlos«, gestehe ich Sieglinde, die wertet das prompt als Kompliment.

»Diesen Raum habe ich selbst gestaltet«, vertraut sie mir an. »Für das übrige Haus hatten wir ja eine Innenarchitektin, aber das Badezimmer war mir ein ganz persönliches Anliegen, hier verbringe ich Stunden, in dieser Wanne fühle ich mich einfach wie im Himmel.«

Ich nicke Sieglinde zu und betrete todesmutig das Gruselkabinett. In diesem Raum hätte ich permanent Verstopfung. Ich lasse mir kaltes Wasser über die Handgelenke rinnen und fahre mit dem Kamm durchs Haar. Die Lippen mag ich mir lieber nicht nachziehen, einen weiteren Rosarotton verkraftet dieser Ort beim besten Willen nicht.

Eine Minute später stehe ich wieder auf dem Gang im ersten Stock. Weiß lackierte Türen führen in alle Richtungen, dicker Teppichboden dämpft jeden Schritt. Zu gerne würde ich ein wenig spionieren, aber dann schreite ich lieber die Treppe hinab, von Sieglinde möchte ich mich auch nicht beim allerkleinsten Fauxpas erwischen lassen.

Stimmen und Gelächter dringen durch die geöffneten Fenster, aber die Stille im Haus wirkt dennoch beinahe bedrückend. Sieglinde steht am Fuß der Treppe und tut so, als ob sie eine Vorhangkordel zurechtrücken müsste.

»Wie geht es dir eigentlich so?«, höre ich mich fragen, jetzt hat mich meine ewige Neugierde ja doch überrumpelt.

Sieglinde will schon wieder das Strahlen auf ihrem Gesicht anknipsen, aber dann lässt sie es bleiben. Ich registriere den sekundenschnellen Vorgang voller Interesse.

»Ach, es geht«, sagt Sieglinde. »So tralala eben. Du weißt ja, wie das ist.«

»Tja, so ungefähr.«

Nach diesem klitzekleinen Anflug von Ehrlichkeit gehen wir wieder in den Garten hinaus, Sieglinde eilt auf eine Gruppe von Neuankömmlingen zu: »Wie schön, dass ihr doch noch ...«

Ich stelle mich beim Buffet an, obwohl ich gar keinen Hunger habe. Aber bloß mit baumelnden Armen dazustehen macht auch keinen Spaß. Also häufe ich meinen Teller mit Krabbencocktail und Knoblauchbrotscheiben voll, dann schlendere ich betont lässig über den Rasen.

»Hallo Leni, wie geht's?«

Alte Schulkolleginnen nicken mir zu, und ich nicke zurück. Die wenigen Männer scheinen sich alle irgendwo am Rand des ausgedehnten Gartenareals zusammenzudrängen, wie ängstliche Schafe auf der Weide. Früher sind doch immer viel mehr Pärchen gekommen! Wie lange hält eigentlich eine durchschnittliche Ehe heutzutage? Erst kürzlich habe ich doch im »Tagblatt« eine Statistik zu diesem Thema gelesen. Neun Jahre? Oder waren es bloß sieben? Jedenfalls scheint die Statistik mit dem Männerschwund auf Sieglindes Geburtstagscocktail übereinzustimmen, wir sind alle im passenden Alter. Ich merke, wie mich plötzlich geradezu beschwingte Gefühle überkommen. Jetzt bröseln also all die glücklichen Ehen, die mir in den vergangenen Jahren so sehr zugesetzt haben. Friederike und Martin, Ulli und Leo, Charlotte mit ihrem Traummann Robert. Alles Schnee von gestern, das Glück ein Trümmerfeld. Ich hingegen bin noch voller Erwartung auf die große Liebe, Heiner-Rainer wird kommen, da bin ich zuversichtlich. Cheers, beschwingt greife ich nach einem Glas kalten Weißwein. Aber meinem stillen Glück ist keine Dauer beschieden, ein cremefarbener Hosenanzug pflanzt sich unbarmherzig vor mir auf, wie ein Kopfgeldjäger im Wilden Westen.

»Was habe ich da gehört? Du organisierst eine Lesung mit der Hockenheim? Gemeinsam mit dem Bürgermeister? Seit wann arbeitet ihr eigentlich so eng zusammen? Lass hören!«

Carmen mit den Werwolfwaden, wer sonst. Natürlich hat sie bereits alles erfahren und durch den Fleischwolf ihrer blühenden Fantasie gedreht. Ich beschleunige meinen Schritt und tue so, als ob ich nach jemandem Ausschau hielte, aber an Carmen sind jegliche Signale dieser Art verschwendet. »Jetzt erzähl schon, Leni! Und was ist eigentlich mit deinem jungen Lover, ist das etwas Ernstes?«

Welcher junge Lover, um Himmels willen? Aber dann fällt mir zum Glück doch noch mein Geflunker an jenem unglückseligen Abend bei »Paolo« ein, als ich wieder einmal vor mich hin fabuliert habe.

»Ach, der«, ich blicke indigniert drein. »Das ist doch längst abgehakt. So junge Männer bringen es einfach nicht, das ist zwar bekannt, aber ich wollte es nicht glauben. Jetzt habe ich es persönlich nachrecherchiert. Und ich sage dir, Carmen: Hände weg von diesen blendend aussehenden Typen mit Zahnpastalächeln, du weißt schon, so wie der Coca-Cola-Mann. Alles nur Fassade, ich habe jedenfalls einen dicken Schlussstrich unter diese Geschichte gezogen.«

Carmen hat jedes meiner Worte förmlich in sich aufgesogen. Ob sie mir diese dämliche Geschichte wohl abnimmt? Wo steckt bloß Marion, allmählich wächst mir dieser Cocktail über den Kopf, sozusagen.

Endlich erblicke ich Marion, sie steht in einem Grüppchen von kichernden weiblichen Wesen und sieht nicht gerade glücklich aus, auch wenn sie tapfer lächelt, aber einer besten Freundin bleibt eben nichts verborgen. Ich pirsche mich zu ihr heran und flüstere ihr ins Ohr: »Willst du hier eigentlich anwachsen? Mir reicht es jedenfalls.«

Marion blickt mich an, oder besser gesagt, sie blickt durch mich hindurch.

»Hast du gar keine Verabredung mit dem Bürgermeister, Annalena? Oder mit sonst einer wichtigen Persönlichkeit? Du Angeberin!«

»Und was ist mir dir, bitte schön?«, zische ich zurück. »Kleine Konferenz für West- und Mitteleuropa, dass ich nicht lache.«

Die kichernden Mädels ringsum werden allmählich auf unser Getuschel aufmerksam. Ich packe Marion am Arm und zerre sie hinter mir her, Carmen starrt uns geradezu verzückt nach. Dieser Abend liefert ihr wieder Futter für ein halbes Dutzend übelster Gerüchte, Weihnachten kann nicht schöner sein.

»Lass das gefälligst.«

»Jetzt stell dich bloß nicht an.«

»Du bist einfach unmöglich, weißt du das?«

Marion und ich tauschen Freundlichkeiten aus, bis wir endlich das schmiedeeiserne Gartentor erreicht haben. Dann stehen wir uns gegenüber, zwei müde, ramponierte Amazonen.

»Was ist mit einem Wodka-Lemon bei Paolo?«

»Na schön.«

Wir stöckeln die Auffahrt hinab, meine kleinen Zehen fühlen sich ganz wund an in den engen Sandalen. Diesen Abend hätten wir überlebt. Immerhin.

*

Sommer in Peekenburg. Seitdem diese doofe Gisela ihren Kulturschock kundgetan hat, ist mir meine Heimatstadt plötzlich wieder ans Herz gewachsen. Die engen Gassen und das bunte Treiben auf dem Rathausplatz! Die quirlige Fußgängerzone! Die gemütlichen Lokale! Diese netten und freundlichen Menschen in ihren geschmackvollen Outfits! Nun ja, Letzteres ist vielleicht etwas übertrieben, aber ich will mir meine neu gewonnene positive Lebenseinstellung einfach nicht rauben lassen. Beschwingt betrete ich unsere Bibliothek und schmettere »Guten Morgen«, aber niemand macht sich die Mühe, ein freundliches Echo zu fabrizieren. Auch recht. Griesgrämige Bande.

Ich öffne das Kippfenster neben meinem Schreibtisch, um wenigstens ein paar Sonnenstrahlen in mein Herz zu lassen, dann greife ich nach dem Wochenplaner. Das wäre doch gelacht, wenn ich mir von ein paar leeren Blättern allen Ernstes eine Depression einjagen lassen würde. »Konferenz« trage ich für den nächsten Dienstag ein, am Donnerstag verpasse ich mir ein geheimnisvolles »Meeting«, und am Samstagabend ist »Date« angesagt. Hochzufrieden blicke ich auf mein Werk. Soll Olli doch grün vor Neid werden, wenn er wieder einmal herumspioniert.

Dann koche ich Kaffee in unserer kleinen Küchennische und knabbere dazu Amaretti. Die habe ich vorgestern selbst mitgebracht, auch die lieben Kollegen haben sich offensichtlich schon großzügig bedient. Ich schlendere zu Antonella hinüber, aber die ist gerade von Harry-

Potter-Fans umringt. Also begebe ich mich zu unserer Ressortleiterin für Literatur, schließlich will man ja auf dem Laufenden bleiben.

»Was gibt es Neues?«, frage ich harmlos und freundlich, aber die sonst so nervig ewig fröhliche Wilma rollt nur die Augen. »Danke, es geht.«

Danke für die erschöpfende Auskunft. Ein wenig beleidigt begebe ich mich an meinen Schreibtisch zurück. Wie lange dauert es eigentlich noch bis zur Mittagspause? Ach so, noch zwei Stunden. Ich sortiere die Prospekte und Kataloge auf meinem Schreibtisch zu einem adretten Stapel, dann schaue ich ein wenig unserer Kundschaft beim Blättern und Schmökern zu. Solch eine Tätigkeit nennt man Marktforschung, sozusagen.

Mütter mit Kleinkindern und wissbegierige Senioren. Ein paar Hausfrauen, die sich für Gesundheit und Reiseberichte interessieren. Ein junges Mädchen mit Umhängetasche, vermutlich eine Germanistikstudentin, die über Heines Gesammelten Werken brütet. Aber irgendetwas fehlt ... irgendjemand fehlt ... natürlich, jetzt hab ich es, die Südbaum-Bechstein hat sich noch immer nicht blicken lassen, das muss jetzt bereits die dritte Woche sein, in der sie mich nicht nervt.

Ich hieve mich aus meinem Drehsessel hoch und gehe zu Wilma hinüber, auf ihre prämenstruelle Verstimmung kann ich jetzt einfach keine Rücksicht nehmen.

»Hast du eigentlich in letzter Zeit mal die Südbaum gesehen? Du weißt schon, diese große Dicke, die am liebsten jede Woche eine neue Pilcher lesen würde.«

Wilma denkt kurz angestrengt nach, dann schüttelt sie den Kopf.

»Nö, eigentlich nicht. Aber vielleicht ist sie ja im Urlaub.«

Im Urlaub? Das wäre natürlich eine Möglichkeit. Aber dass die Südbaum-Bechstein Urlaub macht, einfach so, ohne mich zu informieren, also, das würde ich dann doch als mittelschweren Vertrauensbruch werten. Wo ich mir doch auch sonst ihr ganzes Gelaber voller Geduld und Verständnis anhöre.

Ich nicke Wilma kollegial zu und gehe weiter zu Antonella, die noch immer von Jungs mit Nickelbrille umringt ist. Harry Potter hat wahrscheinlich mehr gegen die Diskriminierung von Brillenschlangen ausgerichtet als hundert Jugendpsychologen zusammen. Ich platze einfach so in ihr Gespräch.

»Hast du die Südbaum gesehen?«, wiederhole ich meine Frage. Antonella sieht einen Moment lang völlig verdutzt drein, dann schüttelt sie langsam den Kopf. »Nein, aber du hast Recht, sie war schon ziemlich lange nicht mehr da. Ob sie krank ist? Hoffentlich ist ihr nichts passiert. Sie lebt doch alleine, oder? Wir haben doch ihre Adresse ... ob wir einmal nachfragen sollten?«

»Ach, halb so wild«, beschwichtige ich Antonella. »Es ist mir nur plötzlich so aufgefallen. Vergiss es. Die ist wahrscheinlich im Urlaub.«

Antonella nickt etwas zögernd, dann wendet sie sich wieder ihrer Runde zu. Ich gehe zum Schreibtisch zurück. Vielleicht ist die Südbaum-Bechstein ja wirklich mit einer

Freundin zur Kur gefahren, schwuppdiwupp, ganz spontan, warum sollen nicht auch ältere einsame Frauen sich einmal etwas gönnen? Einsame ältere Frauen? Die Südbaum wird doch keinen Blödsinn gemacht haben? Ach was, jetzt werd bloß nicht hysterisch, Annalena. Die Südbaum würde sich schön bedanken, wenn wir hinter ihr her spionieren, wie bei einem Backfisch, der zu spät von der Party kommt. Der Südbaum-Bechstein geht es prima, sie sitzt am Tegernsee in einem Whirlpool und lässt es sich gut gehen. Basta.

*

Ich liege in meiner Badewanne und lasse eine rosige große Zehe aus dem weißen Gebirge hervorlugen. Wasserdampf perlt über die türkisen Kacheln, ab und zu platscht ein Tropfen in den duftigen Schaum. Mhhhhmm. Meine Finger sind schon ganz schrumpelig, mein Busen ist ebenfalls schon ganz ... ach was, wunderschön ist er, bloß wie lange noch? Ich muss mir für Baden-Baden unbedingt einen neuen Bikini kaufen, unwillkürlich ziehe ich sogar im Badewasser den Bauch ein. Stress, Stress, Stress! Ob Männer auch nur die klitzekleinste Vorstellung haben, wie anstrengend es ist, ein durchschnittlich attraktives weibliches Wesen zu sein? Ich wackle mit meiner Zehe, dann versinke ich bis übers Kinn im warmen Wasser.

Gemütlich hier. Auf dem kleinen blassblauen Philippe-Starck-Hocker neben der Badewanne liegt ein flauschiges neues Badetuch, weiß mit hellblauen Seesternen. Auf dem gläsernen Bord über der Wanne prangt die gesamte Körperpflegeserie von Elizabeth Arden, Cremes und Gels und Peelings, allesamt angereichert mit grünem Tee, die straffende Wirkung stellt sich praktisch schon beim Anblick der Tiegel und Tuben ein. Mit einem wohligen Seufzer betrachte ich das Ergebnis meiner jüngst durchgeführten Badezimmer-Verjüngungskur. Hier kommt mir keine wild gewordene Innenarchitektin über die Schwelle, zum Schluss verpasst sie meinem gemütlichen kleinen Boudoir womöglich noch ein Urinal! Schaudernd lasse ich heißes Wasser nachlaufen und streiche mir eine Locke aus dem Gesicht. Meinem Haar habe ich eine Kur mit Anti-Aging-Ceramiden verpasst, was immer das sein mag. Es riecht jedenfalls ziemlich fischig und fühlt sich an, als ob ich Algenschleim auf dem Kopf hätte. Aber angeblich besitzt man nach einer dreiwöchigen Intensivkur eine Lockenmähne wie Andie McDowell in »Vier Hochzeiten und ein Todesfall«, und in diesem Film hat Andie McDowell am Schluss immerhin Hugh Grant abgekriegt. Zuversichtlich betätschle ich meinen glitschigen Hinterkopf, alles wird gut, Lenilein, du wirst schon noch ...

Draußen in der Diele ertönt ein leises Trappeln und Rascheln, dann lugt Kinki, mein Chinchilla, ins Badezimmer herein. »Kinki«, rufe ich leise und strecke eine tropfende Hand aus dem Wasser, »kommst du dein Frauchen besuchen?«

Kinki hebt sein Schnäuzchen mit den langen Barthaaren und starrt mich aus dunklen Knopfaugen an. Dann gibt er ein Quieken von sich und hoppelt aus dem Badezimmer, als ob ein hungriger Waschbär hinter ihm her wäre. Gekränkt lasse ich mich ins Wasser zurückgleiten. Doofes Tier.

Ich schließe die Augen und sehe plötzlich Sieglindes Wanne mit den goldenen Tatzen vor mir. Und erst die Villa drum herum! Einfach schauerlich. Wie kann man bloß in solch vollendeter Geschmacklosigkeit sein Dasein fristen? Dieser Pomp und dieser Protz! Also ich und Heiner-Rainer werden uns natürlich völlig anders einrichten, klein, aber fein, mit Herz und Geschmack, so wie in den Rosamunde-Pilcher-Cornwall-Cottages ungefähr, natürlich auf Peekenburger Verhältnisse abgestimmt. Das Badezimmer zum Beispiel wäre eine Mixtur aus schneeweißen Kacheln und warmer Holzvertäfelung, dazu bunte Handtücher und Seifen und eine knallgelbe Plastikente für die Kinder. Wohnzimmer und Küche werden ein einziger gemütlicher Bereich sein, mit blumengemustertem Sofa, in dem man so richtig versinken kann. Heiner-Rainer bekommt von mir aus einen Flachbildschirmfernseher von Bang und Olufsen, zum Glück brauchen wir ja nicht zu knausern. Immerhin ist Heiner-Rainer ein erfolgreicher Anwalt. Ach ja, und ein Kaminofen darf natürlich auch nicht fehlen, mit Glastürchen, damit man an kühlen Herbstabenden den Flammen so richtig beim Prasseln zusehen kann. Das Schlafzimmer werde ich ganz in ...

Aus meinem Schlafzimmer hier und jetzt, im vierten

Stock eines Mietshauses, ertönt ein Knacken und Rascheln. Kinki verbarrikadiert sich offenbar in seinem Käfig.

*

Unbehaglich stehe ich vor dem Hauseingang. Er wirkt zwar nicht schäbig, aber auch nicht gerade einladend. Ein Hauseingang zu einem Treppenaufgang in einem Wohnblock aus den siebziger Jahren eben. Der Türrahmen mit gerippter Glasfüllung, daneben die Namensschilder der Mieter, mit der Maschine getippt oder mit der Hand geschrieben, manche wirken schon ganz vergilbt. Haas, Erdmann, Leyken, Susi und Martin & Jakob, eine alternative Kleinfamilie gibt es hier also auch, Klingenfried ... da, endlich, Südbaum-Bechstein, im siebenten Stock. Ich seufze tief und schwer, dann drücke ich auf den Klingelknopf, bevor ich es mir noch anders überlege. Niemand antwortet aus der Gegensprechanlage, aber nach wenigen Sekunden ertönt ein Summen. Aha, die Südbaum ist also doch zu Hause, höchstwahrscheinlich sogar frisch und munter, wozu haben wir uns eigentlich Sorgen gemacht, ärgerlich stoße ich die Eingangstür auf. Dann fahre ich mit dem Aufzug in den siebenten Stock, die Metallkabine spiegelt mein verdrießliches Gesicht. Was soll ich bloß sagen? Blöde Situation! Hallo, Frau Südbaum-Bechstein, ich wollte nur mal nachschauen, wie es Ihnen geht? Unsere Stadtbücherei ist nämlich mit der hiesigen Heilsarmee gekoppelt, das haben Sie nicht gewusst, haha! Der Gang im siebenten Stock ist lang und schmal und düster, Türen gehen in alle Richtungen ab. Ganz rechts ist eine Wohnungstür offen, eine Gestalt steht im Türrahmen. Ich gehe auf die Gestalt zu, es ist ein Mann, der beinahe den ganzen Rahmen ausfüllt. Ich kann sein Gesicht nicht erkennen, denn er hat das Licht im Rücken.

»Haben Sie geläutet?«, fragt der Mann, er wirkt so lässig wie der junge O. W. Fischer in den alten Schwarz-Weiß-Filmen, seine Stimme klingt jedoch mehr nach Eros Ramazzotti.

»Ja, aber bei Frau Südbaum-Bechstein«, antworte ich besserwisserisch wie eine Klassenstreberin, dann stehe ich belämmert da und glotze die Erscheinung an. Was macht so ein Mann hier im siebenten Stock? Ein Nachbar von der Südbaum? Die Südbaum wohnt neben dem aufregendsten männlichen Wesen von ganz Peekenburg und erzählt keinen Mucks davon? Und diese Person wollte ich gerade besuchen? Von mir aus kann sie verschimmeln, jawohl, ich werde ...

»Meine Schwester liegt im Bett, aber sie fühlt sich zum Glück schon wieder etwas besser«, sagt der Mann im Türrahmen. Allmählich gewöhnen sich meine Augen an das Zwielicht, ich kann ein Gesicht mit grauen Augen erkennen, ein graues T-Shirt und schwarzblaue Jeans, aus dem T-Shirt wachsen muskulöse gebräunte Arme, die sich am Türrahmen abstützen. Hilfe, wo bin ich? Ach so, ich weiß schon, einer von diesen dämlichen Träumen, die mich ständig plagen. Jeden Moment wird der Wecker scheppern und die Erscheinung wird zerfließen wie Vanilleeis in der Sonne, ich werde dann wieder in meinem Bett ...

»Sind Sie eine Freundin von Gerlinde?«, fragt die Erscheinung, deren Stimme ganz eindeutig nach Ramazzotti klingt, vielleicht mit einer Prise Grönemeyer dazu. »Entschuldigen Sie, dass ich hier so stehe und Sie noch nicht hereingebeten habe. Bitte, kommen Sie doch.«

Der Mann in meinem Traum, der sich als Bruder von der Südbaum-Bechstein bezeichnet, macht einen kleinen Schwenk und gibt den Weg frei. Ich stolpere an ihm vorbei in die Diele, ein schwacher Duft nach Hitze und Gewürzen streift meinen Nacken. Dann stehe ich in dem Vorraum und blicke um mich. Irgendwie habe ich jede Kontrolle über diese Situation verloren. Wann läutet endlich der Wecker? Was soll ich bloß sagen?

Wir stehen jetzt ganz nah beieinander, auch der Mann in Jeans wirkt ein wenig verlegen. »Das ist wirklich sehr nett, dass Sie Gerlinde besuchen kommen. Wie gesagt, glücklicherweise geht es ihr schon wieder besser, aber vorige Woche hat es ziemlich kritisch ausgesehen. Beinahe wäre noch eine Lungenentzündung dazugekommen. Und Sie kennen ja meine Schwester, die geht um keinen Preis ins Krankenhaus. Ich habe auch erst vor drei Tagen gemerkt, was hier los ist. Dann bin ich gleich gekommen. Aber warten Sie, ich sehe mal nach, ob sie wach ist. Sie freut sich sicherlich sehr über Ihren Besuch. Sind Sie ...?«

»Ich bin eine gute Freundin Ihrer Schwester«, informiere ich O. W. Ramazzotti. »Leider war ich in der vergangenen Woche beruflich sehr beansprucht, aber heute wollte ich unbedingt vorbeischauen. Sagen Sie ihr doch bitte, dass Annalena da ist, Annalena Jacobi aus der Stadtbücherei.«

Der Mann schenkt mir ein kurzes Lächeln und verschwindet hinter einer braun getäfelten Holztür, ich kann leise Stimmen aus dem angrenzenden Raum hören. Warum habe ich bloß keine Blumen oder eine Pralinenschachtel besorgt, ich dumme Kuh! Ich könnte mich ohrfeigen! Dann geht die Tür auf, und Sonnenlicht fällt in die düstere Diele. Frau Südbaum richtet sich gerade in ihrem Bett auf, sie hat ein lila Nachthemd an und sieht ganz furchtbar aus, aber ich stürme auf sie zu wie auf die allerallerbeste meiner Freundinnen: »Frau Südbaum-Bechstein, was machen Sie denn für Sachen! Wir haben uns solche Sorgen um Sie gemacht! Warum haben Sie bloß nichts von sich hören lassen? Wir alle hätten uns doch um Sie gekümmert!«

Die Südbaum wirkt fassungslos-erfreut. Sie stemmt sich aus dem Polstergebirge hoch und strahlt mich an: »Frau Jacobi, also dass Sie sich diese Mühe machen! Mich zu besuchen! So eine Freude! Also das wäre doch wirklich nicht nötig gewesen.«

Ich räume einen Zeitschriftenstapel zur Seite und lasse mich vorsichtig auf dem Sessel neben dem Krankenbett nieder. Dann tätschle ich ein wenig unbeholfen die Hand der Südbaum-Bechstein, sie fühlt sich heiß und trocken an.

»Kann ich Ihnen irgendetwas besorgen? Soll ich einkaufen gehen? Brauchen Sie etwas?« Fürsorgliche Gefühle überströmen mich, die gute, liebe Frau Südbaum-Bechstein, wie sehr habe ich sie vermisst!

»Vielen Dank, Frau Jacobi, aber ich habe wirklich alles. Martin ist ja seit gestern da und kümmert sich um alles, er ist so unglaublich lieb, ich habe da wirklich einen Goldschatz von Bruder.« Und Frau Südbaum-Bechstein wischt sich über die Augen, O. W. Ramazzotti, der also in Wirklichkeit Martin heißt, grinst dazu wie ein Lausbub. Er steht jetzt neben dem Fenster, mit verschränkten Armen, ein Bein an der Wand abgewinkelt. Im Vergleich zu diesem Prachtexemplar ist Bodo ein jämmerlicher Hustinetten-Bär.

»Mein kleiner Bruder«, schnieft Frau Südbaum, »extra wegen mir hat er seine Praxis geschlossen und ist hierher gekommen, können Sie sich das vorstellen, Frau Jacobi?«

Ich schüttle gerührt den Kopf. Eine Praxis also, soso. Hoffentlich kein Zahnarzt. Oder Gynäkologe, du lieber Himmel! Ob es wohl eine Frau Doktor gibt, die währenddessen die Patienten betreut und die Topfpflanzen abstaubt? Aber ich sehe beim besten Willen keinen Weg, um meine brennende Neugierde zu befriedigen. Nun ja, zumindest heute nicht ...

»Tja, also, dann will ich Sie wirklich nicht weiter stören«, sage ich zu Frau Südbaum-Bechstein. »Ich bin ja so froh, dass es Ihnen wieder besser geht. Wenn es Ihnen recht ist, dann komme ich morgen wieder und bringe Ihnen ein paar Bücher vorbei. Würde Ihnen das passen?«

»Ach, Frau Jacobi, Sie sind so eine unglaublich nette Person«, sagt die Südbaum-Bechstein und strahlt mich an, dass nun auch ich ganz verlegen werde. »Das wäre wirklich furchtbar nett von Ihnen. Sie wissen ja, was ich gerne lese. Ein bisschen was fürs Gemüt eben. Aber nur, wenn Sie wirklich Zeit haben. Sie sind ja bestimmt sehr beschäftigt, also, ich will Sie da nicht für mich beanspruchen.«

»Aber das ist doch selbstverständlich«, beschwichtige ich meine neue Freundin. Dann stehe ich auf, verabschiede mich von Frau Südbaum und winke ihr im Türrahmen noch einmal zu. Dann stehen der kleine Bruder, der mich um Kopfeslänge überragt, und ich Brust an Brust, sozusagen, in der Diele. Noch immer hat kein Wecker geläutet. Vielleicht ist ja heute im wirklichen Leben Sonntag und ich kann länger schlafen. Aber gleich wird Kinki kommen und so lange an meiner Bettdecke schnüffeln, bis ich ...

»Das war wirklich sehr nett von Ihnen«, sagt Martin O. W. Fischer-Ramazotti. Er hat weiße Zähne und ist ums Kinn ein wenig unrasiert, jetzt kratzt er sich gerade, kein Ehering, der Mann ist nicht von dieser Welt.

»Ach, das war doch selbstverständlich«, murmle ich. »Also dann, es hat mich gefreut, Ihre Bekanntschaft gemacht zu haben.«

Nach diesen originellen Worten verlasse ich die Wohnung, wir lächeln uns zu, dann kommt der Aufzug. Ich steige ein und drehe mich noch einmal um und winke eher linkisch als lässig, dann rumpelt die Kabine ins Erdgeschoss. Draußen vor dem Wohnblock weht zum Glück ein kühler Nordwind, der über mein glühendes Gesicht streicht. Kinder schreien durcheinander, ein Ball verfehlt haarscharf meinen Hinterkopf. Ich lächle den süßen Kleinen zu und schwebe um die Ecke. Die liebe gute Frau Südbaum-Bechstein. Ich werde ihr einen Kuchen backen.

*

Warum schauen bloß alle so griesgrämig drein? Wegen dem bisschen Nieselregen vielleicht? Von Olli bin ich üble Laune ja gewohnt, aber auch Wilma macht heute ein Gesicht, dass man glatt ein Tiefdruckgebiet nach ihr benennen könnte. Von Norden her nähert sich Tief Wilma mit Wirbelstürmen und Überflutungen. Entspannung wird erst das Hoch Annalena bringen, das von Süden her für viel Sonnenschein und warme Temperaturen garantiert.

Ich versorge zwei kichernde Freundinnen mit Ratgebern zum Thema »Beckenbodengymnastik – der Schlüssel zu erfüllter Sexualität«, dann suche ich einem Paar in mittleren Jahren den Ratgeber »Unser Weg zum Wunschkind« heraus. Antonella morst mir währenddessen unhörbare Botschaften zu, endlich habe ich ein wenig Zeit, und wir können uns zu einem Schwätzchen in die Kaffeekombüse zurückziehen.

»Na, was sagst du? Das hätte man nicht erwartet vorige Woche, also ehrlich.« Antonella flüstert und rollt mit den Augen, ich bin wieder einmal völlig ahnungslos.

»Was ist denn los? Na, sag schon!«

»BODO! Bodo hat sich offenbar verflüchtigt, die arme Wilma ist mit den Nerven völlig am Ende. Sie redet sich ein, dass er vielleicht nur zu seiner kranken Mutter fahren musste, aber ich sage dir, der hat sich vertschüsst, einfach so, man weiß doch, was die Männer für Feiglinge sind.«

Antonella flüstert zwar mit eindringlich gespitzten Lippen, aber ich bin mir sicher, dass man jedes ihrer Worte quer durch unsere Bücherei hören kann. Die arme Wilma! Gestern noch so glücklich – und heute? Seit ein paar Tagen, also, eigentlich präzise gesagt, seit Sieglindes Gartenfest, habe ich das Gefühl, als ob auf nichts mehr Verlass wäre. Glückliche Paare trennen sich, arme einsame Singlefrauen laufen dafür an unmöglichen Orten ihrem Traummann über den Weg. Oder ist das alles nur ein besonders langer Traum? Wenn ich nur wüsste, ob ...

Antonella verpasst mir einen unsanften Stoß in die Rippen. Wilma nähert sich, wir schauen beide blitzartig so harmlos wie möglich drein.

»Na, alles in Ordnung?«, frage ich aufmunternd, aber Wilma gießt sich nur eine Tasse mit schwarzem Kaffee voll und schlurft wieder davon, ein Bild des Jammers.

»Ich muss dann auch wieder«, murmelt Antonella. Kühnlein ist schon zweimal vorbeigefedert und hat uns intensiv gemustert. Nun denn, auch ich begebe mich in meine Nische zurück. Traurig, das mit Wilma, aber ich sollte mich jetzt um meine eigenen Verpflichtungen kümmern. Für Frau Südbaum-Bechstein muss ich noch ein paar Bücher heraussuchen, damit die Ärmste ein wenig aufgemuntert wird. Heute bin ich schon im ersten Morgenlicht aufgestanden und habe mich an einer Apfeltorte versucht. Das Rezept dazu habe ich vor unendlichen Zeiten einmal aus einer Frauenzeitschrift herausgerissen und in meiner apfelgrünen Mappe abgelegt. Die apfelgrüne Mappe enthält eine Mixtur aus Rezepten für selbst gemachte Marmeladen und Obstsäfte, Ratschlägen für das Einsetzen von Blumenzwiebeln, Strickmuster für dicke, warme Zopfpullover und Anleitungen für Weihnachtsbasteleien. Anleitungen zum Glücklichsein eben. Ganz selten gestatte ich es mir, diese Mappe durchzublättern, ich werde dann nämlich immer so melancholisch. Aber nie im Leben hätte ich mir gedacht, dass ich ausgerechnet für Frau Südbaum-Bechstein einmal darin fündig werden würde. Die Torte scheint übrigens erstaunlich gelungen zu sein, sie sieht saftig und locker aus. Ich habe einen winzigkleinen Krümel vom Rand gekostet, der war wirklich lecker. Vielleicht hätte ich Konditormeisterin werden sollen, in einer warmen, duftenden Backstube, mit einer weißen Rüschenschürze über dem prallen Po, Kinder mit apfelroten Wangen hätten mir ihre ...

»Was ist, gehen wir nachher noch einen Cappuccino trinken?«

Antonella steht hinter mir, ich habe sie gar nicht kommen hören, erschrocken fahre ich zusammen. Antonella möchte natürlich Wilmas Unglück besprechen, ein durchaus verständliches Vorhaben, bloß heute habe ich wirklich schon etwas anderes vor, etwas menschlich Wertvolleres sozusagen. »Ich kann nicht«, sage ich bedauernd. »Leider habe ich schon etwas vor.«

»Na gut, dann eben nicht.«

Antonella wirkt ziemlich beleidigt und schwirrt wieder

ab. Warum erzähle ich ihr eigentlich nicht von meinem Besuch bei der Südbaum-Bechstein? Weil sie dann auf die Idee kommen könnte, mich heute Abend zu begleiten? Beschämt senke ich den Kopf. Morgen erzähle ich Antonella alles, ganz ehrlich. Nun ja, den kleinen Bruder werde ich vielleicht nicht unbedingt erwähnen, wie hieß er noch gleich? Also, der ist ja nun wirklich nicht wichtig.

*

Wieder stehe ich vor dem Hauseingang mit den vielen Klingelknöpfen. Manche Fenster sind bereits erleuchtet, es ist ein wenig spät geworden. Aber ich musste mir einfach unbedingt noch die Haare waschen, die Beine enthaaren und eine entspannende Gesichtsmaske auflegen. Die Auswahl der passenden Garderobe war auch keine Kleinigkeit, immerhin soll mein Anblick das Auge von Frau Südbaum-Bechstein erfreuen. Ob ich ihm, äh, ihr gefallen werde? Ein wenig unsicher zupfe ich an meinem Rock.

Die Tür öffnet sich und ein Knirps stürmt in Kniehöhe an mir vorüber, beinahe lasse ich vor Schreck meine Apfeltorte fallen. Unter den Arm habe ich zwei Bände mit Erzählungen von Rosamunde Pilcher und den neuesten Bestseller von Isabelle Allende geklemmt. Schwer bepackt mühe ich mich in die Aufzugskabine, dann stehe ich endlich vor der Wohnungstür im siebenten Stock und drücke auf den Summer.

Ob ich mir nicht doch noch die Lippen hätte nachziehen sollen? Ob mein Parfüm für einen Krankenbesuch nicht vielleicht doch zu aufdringlich ... die Tür öffnet sich, und Frau Südbaum-Bechstein steht im Rahmen. Sie trägt einen gesteppten Morgenrock in einem schauerlichen Rosenmuster und strahlt übers ganze Gesicht.

»Frau Jacobi, dass Sie sich wirklich noch einmal die Mühe gemacht haben, nein, so eine Freude! Aber bitte, kommen Sie doch herein!«

Ich fühle einen winzigkleinen scharfen Stich in meiner Herzgegend, dann lächle ich tapfer und folge Frau Südbaum. Diesmal werde ich nicht ins Schlafzimmer, sondern ins Wohnzimmer geführt. Frau Südbaum-Bechstein geht es ganz augenscheinlich schon viel besser. Das Wohnzimmer sieht aus wie aus einem Möbelprospekt der siebziger Jahre, offenbar alles Teile, die ihr untreuer Gatte nur zu gerne zurückgelassen hat. Eine Wohnlandschaft in kackbraunem Plüschsamt, ein Couchtisch aus matt gewordenem Acryl, eine Schrankwand mit Nippes und Reiseandenken. Eine Grünpflanze und eine Stehlampe. Ein Teppich mit Fransen. Kein kleiner Bruder.

»Bitte, nehmen Sie doch Platz, Frau Jacobi.«

Ich stelle vorsichtig den Pappkarton mit der Apfeltorte ab und lasse meinen Bücherstapel auf den Acrylcouchtisch gleiten.

»Also, nein, was haben Sie bloß für mich ausgegeben!« Die Südbaum wirkt ehrlich überwältigt, als sie das Ergebnis meiner Backkunst zu sehen bekommt. »Wo haben Sie denn diese wunderschöne Torte her?«

»Die habe ich selbst gebacken«, antworte ich aufrichtig und gewissenhaft, meine Stimme vibriert ein wenig vor

Stolz. Bloß dieser blöde Martin lässt sich einfach nicht blicken. Wozu habe ich mir all die Mühe gemacht? Da hätte ich ja genauso gut ein paar Kekse im Supermarkt besorgen können. Aber ich bewahre tapfer meine Fassung.

»Und hier habe ich Ihnen noch ein paar Bücher mitgebracht. Hoffentlich gefallen Sie Ihnen. Rosamunde Pilcher und Isabelle Allende, so richtig schöne Familiengeschichten.«

Frau Südbaum fällt mir beinahe um den Hals, nur ihre soeben überstandene Grippe hält sie zum Glück davon ab. Dann holt sie Tassen und Teller und Kuchengabeln aus der Küche und eine Kanne mit Früchtetee: »Wir müssen doch unbedingt Ihre Torte probieren, Frau Jacobi.«

Allerdings, das müssen wir. Aber wo bleibt der dritte Gast, verdammt nochmal!

Meine Torte ist wirklich gelungen, die Südbaum mampft mit vollem Mund, offenbar hat sie ihren gesunden Appetit bereits wieder zurückgewonnen. Ich lächle zuckerstreuselsüß und wage einen Vorstoß: »Geht es Ihnen wirklich schon besser? Können Sie denn alles wieder so ganz alleine bewältigen? Ist Ihr Bruder eigentlich noch da?«

Die Südbaum nickt heftig, sie muss erst schlucken, bevor sie mir antworten kann.

»Ich fühle mich ja schon viel besser. Dabei ist es mir vorige Woche wirklich schlecht gegangen. Einfach so, aus heiterem Himmel. Ich wollte meinen Wintermantel in die Reinigung bringen, da habe ich schon so ein komisches Gefühl gehabt. Natürlich bin ich trotzdem gegangen und anschließend noch in den Supermarkt, weil da gerade die

Margarine so günstig war. Ja, und wie ich dann endlich zu Hause war, da habe ich schon ganz ordentlich Schüttelfrost gehabt und Fieber, das ist ganz rasch gestiegen. Ich habe mich ins Bett gelegt und so eine Sprudeltablette genommen, aber die hat natürlich nichts mehr geholfen. Also, diese Torte ist einfach ein Gedicht. Ich glaube, ich nehme mir noch ein Stück.«

Ich könnte diese Person glatt erwürgen. Was interessiert mich ihr dämlicher Schüttelfrost! Ich nehme einen Schluck Früchtetee und starte einen zweiten Anlauf:

»Aber Sie können doch ganz unmöglich schon wieder einkaufen gehen und Besorgungen machen. Haben Sie jemanden, der ...«

Endlich schwenkt die Südbaum auf das richtige Thema um.

»Zum Glück ist ja der Martin da. Sie haben ihn doch gestern kennen gelernt, nicht wahr, Frau Jacobi? So ein lieber Kerl. Dabei sind wir uns früher gar nicht besonders nahe gestanden, er war ja ein Nachzügler, zwölf Jahre jünger als ich. Und immer hat er seinen eigenen Kopf gehabt, der Martin, das hat unserer Mutter oft ganz schön viel Kummer gemacht. Ein paar Jahre war er sogar völlig verschwunden, wie vom Erdboden verschluckt, da ist der einfach so herumgetrampt und hat sich die Welt angesehen. Aber dann ist er ja zum Glück zurückgekommen und hat sogar fertig studiert, was sagen Sie, mein kleiner Bruder! Tierarzt ist er geworden, ich bin ja soo stolz auf ihn!«

Die Südbaum strahlt übers ganze Gesicht, ich strahle zurück. Tierarzt, nun ja. Wenigstens kein Gynäkologe!

Und wo befindet sich diese Praxis nun? Ich könnte doch mit Kinki ... ja natürlich, was für ein genialer Einfall! Kinki bekommt ein winzigkleines Löffelchen Rhizinusöl verpasst, worauf wir natürlich dringend zum Herrn Doktor müssen! Die Apfeltorte hat sich also doch gelohnt, die liebe gute Frau Südbaum schielt gerade begehrlich nach einem dritten Stück.

»Wo befindet sich eigentlich seine Praxis?«, frage ich so harmlos wie möglich.

»Ach, irgendwo da draußen im Osten«, sagt Frau Südbaum. »Hinter Schwerin. Das ist natürlich wieder typisch für unseren Martin, dass er ausgerechnet in so eine Gegend ziehen muss. Seine Freundin hat das ja nicht lange mitgemacht, die ist schon nach einem Jahr wieder zurückgegangen nach Berlin. Aber dem Martin gefällt es dort anscheinend wirklich, er hat mich ja schon ein paarmal eingeladen, aber ich weiß nicht so recht. Lübz oder so ähnlich heißt das Dorf, wo er wohnt. Also, ich glaube, mir ist die Reise dorthin zu anstrengend.«

Frau Südbaum schaut ein wenig erschöpft drein, auch ich fühle eine gewisse Mattigkeit. Tierarzt, Lübz, keine Freundin, sind das jetzt gute Nachrichten oder schlechte?

»Morgen fährt er wieder zurück, der Martin«, sagt die Südbaum gerade. »Ich komme ja wirklich wieder allein zurecht. Und um seine Praxis muss er sich ja auch kümmern, heutzutage sind die Zeiten doch so schlecht, da muss man die Konkurrenz im Auge behalten. Aber dass er den weiten Weg nach Peekenburg gekommen ist, extra wegen mir, also das ...«

Die Südbaum angelt nach einem Taschentuch in ihrem Morgenrock und schneuzt sich heftig. »Und Sie, liebe Frau Jacobi, dass Sie nachschauen gekommen sind, wie es mir geht! Sie wissen ja gar nicht, wie gut mir das getan hat. Man fühlt sich oft so allein, dabei gibt es ja doch noch Menschen, denen man etwas bedeutet, also ich ...«

Die Südbaum schneuzt sich neuerlich, ich stelle hausfraulich die Teller und Tassen zusammen.

»Ach, Frau Südbaum, das ist doch selbstverständlich gewesen. Aber ich glaube, ich gehe jetzt besser. Wenn Sie etwas brauchen, dann rufen Sie mich doch einfach in der Bücherei an, versprochen, ja?«

Ich erhebe mich, Frau Südbaum stemmt sich ebenfalls hoch. Wo steckt dieser Martin bloß? Obwohl, will ich ihm denn überhaupt noch einmal begegnen? Einem Tierarzt mit Praxis am Ende der Welt? Was soll ich dort, zwischen Heuhaufen und lüsternen Bullen? Was hat ein solcher Traummann dort bloß zu suchen? Was für eine Verschwendung!

Tief empfunden schüttle ich Frau Südbaums Hand. Ich werde ins Kloster gehen. Wenn man mit den Männern so viel Pech hat wie ich, dann ist man dort am besten aufgehoben. Ob die wohl auch Kinki aufnehmen? Grübelnd steige ich in den Aufzug, grübelnd winke ich Frau Südbaum ein letztes Mal. Dann stehe ich wieder vor dem Hauseingang, fröstelnd in meinem Chiffonrock. Ach, wenigstens hat der Südbaum die Apfeltorte geschmeckt, so stimme ich mich eben mit guten Taten aufs Kloster ein.

»Ohh, hallo, guten Abend. Sie gehen schon?«

Da steht er, der Mann aus meinen Träumen, mein Herz pumpt Adrenalin bis in die Zehenspitzen.

»Ja, ähm, ich war gerade Ihre Schwester besuchen. Zum Glück geht es ihr ja schon wieder besser. Also, ich ...«

»Schade, dass ich Sie verpasst habe, ich habe mich mit einem alten Kumpel getroffen. Es ist wirklich nett von Ihnen, dass Sie sich um Gerlinde kümmern. Das ist auch für mich ein gutes Gefühl, wenn ich wieder abreise.«

Schweigen senkt sich über uns. Gleich wird er sich umdrehen und für immer nach Lübz verschwinden. Ich muss ...

»Ich habe einen Chinchilla«, informiere ich Frau Südbaums kleinen Bruder. Der grinst plötzlich wie ein Wolf, der ein Lämmchen ohne Mutter entdeckt hat.

»Einen Mantel?«

»Nein!«, protestiere ich empört. »Kinki, ich meine, so heißt er, mein Chinchilla.« Dann fällt auch mir nichts mehr ein. Wenigstens weiß der kleine Bruder von der Südbaum jetzt, dass ich ebenfalls eine Tierfreundin bin. Gemeinsame Interessen verbinden ja bekanntlich, auch über weite Distanzen hinweg. Dann nicken wir uns zu, beide ein wenig verlegen, und ich stolpere davon, hinter mir fällt die Tür mit dem gerippten Glas ins Schloss. Also, in Zukunft werde ich mich ein wenig um die Südbaum kümmern, abgemacht. Die arme Frau hat ja sonst niemanden. Nur ihren kleinen Bruder Martin.

*

Marion hängt am Beckenrand und keucht wenig damenhaft. Ich verspüre kein Mitleid. War es etwa meine Idee, unseren gemütlichen Nachmittag statt bei »Paolo« im Hallenbad zu verbringen? Denk an Baden-Baden, hat mich Marion genervt, wir müssen endlich etwas für unsere Figur tun, Leni!

Seit einer halben Stunde pflügen wir nun schon durchs Wasser, mit roten Augen vom Chlor und aufgelöster Frisur. Marion pflegt einen Stil, den sie hochtrabend als Schmetterlingsschwimmen bezeichnet – also, ich finde, es sieht eher nach angeschossener Ente aus.

»Mehr Sportsgeist«, quengelt Marion gerade, »dir schwimmt ja meine Omi davon.«

»Dann geh doch in Zukunft mit deiner Omi schwimmen«, quengle ich zurück, wir sind uns heute nicht besonders wohlgesonnen. Platsch, ein halbwüchsiger Rowdy ist direkt neben mir ins Wasser gehechtet und hat mich mit einer Fontäne übergossen. Leider kann ich ihn nicht zur Rede stellen, er taucht gerade davon wie ein Fisch, verbittert starre ich seiner roten Badehose nach. Neben mir brabbelt Marion ungerührt vor sich hin:

»Also, Bodo hat sich davongemacht? Das war ja abzusehen. Obwohl, andererseits hat diese Geschichte ja immerhin fast ein Jahr lang gedauert. Da wird sie jetzt ganz schön was zu knabbern haben, die arme Wilma.«

Die arme Wilma? Wie bitte? Wovon redet Marion da eigentlich? Habe ich ihr überhaupt schon von Wilmas Liebesleid erzählt? Plaudere ich etwa gar so vor mich hin, wie andere Menschen im Schlaf sprechen?

»Wieso weißt denn DU von Wilma und Bodo, bitte schön? Haben die zwei vielleicht eine Anzeige im Tagblatt aufgegeben?«

»Ach, ich habe Antonella getroffen, vorgestern, hat sie dir noch gar nichts davon erzählt?«

Marion sieht betont unschuldig drein, ich tauche kurz unter und verschlucke mich vor Empörung. Meine allerbeste und meine beste Freundin treffen sich hinter meinem Rücken, und ich weiß nichts davon. Diese hinterhältigen Schlangen. So muss Lady Di zu Mute gewesen sein, als sie die Sache mit Camilla spitzgekriegt hat. So muss sich Othello gefühlt haben, als er ...

»Du liebes bisschen, Leni, jetzt mach doch kein Theater.«

Marion kann natürlich in meinem puterroten Gesicht lesen, auch wenn ich bloß nach Luft röchle. »Wir haben uns ganz zufällig im Kaufhof getroffen, Antonella und ich, und haben natürlich ein bisschen miteinander getratscht, na, du kennst das doch.«

»Aber bitte sehr, bitte schön.« Ich recke theatralisch die Hände zur Hallenbaddecke wie eine Ertrinkende nach der Kollision der Titanic, aber niemand will mich in ein rettendes Schlauchboot zerren. »Trefft euch doch ruhig öfter und tauscht Neuigkeiten aus. Wilma wird sich sicher freuen, dass ihr Liebeskummer schon die Runde macht. Nun ja, für manche Menschen ist Diskretion eben ein Fremdwort.«

Marion starrt mich bloß sprachlos an, schüttelt den Kopf und strampelt davon, so grazil wie ein Walross. Also, mit der Figur wird sich die Gute in Baden-Baden bestenfalls einen frühpensionierten Tellerwäscher angeln, und das meine ich nicht gehässig. Da lobe ich mir meine neue Freundin, Frau Südbaum-Bechstein. Keine Selbstüberschätzung und keine Flausen im Kopf. Huldvoll winke ich Marion zu, die endlich den gegenüberliegenden Beckenrand erreicht hat. Die Ärmste hat ja nicht einmal einen kleinen Bruder.

*

Wilma und Olli stecken schon den ganzen Vormittag über die Köpfe zusammen. Sie haben sich hinter Ollis Schreibtisch – oder besser gesagt hinter Ollis Computer – verschanzt und tuscheln und kichern. Sobald eine Respektsperson, ich zum Beispiel, vorübergeht, verstummen beide demonstrativ.

»Hast du eine Ahnung, was da los ist?«, frage ich Antonella. »Ach nein, vergiss meine Frage. Ich erfahre ja jetzt alle Neuigkeiten über Marion. Na, da bin ich mal gespannt.«

»Du liebe Güte, Annalena, wie lange willst du uns diese Geschichte noch nachtragen?«

Antonella wirkt ehrlich geknickt, aber ich blicke ungerührt drein. Tratsch und Klatsch in unserem Büro, ganz besonders hinter meinem Rücken, gehören im Keim erstickt. Das müssen auch beste Freundinnen zur Kenntnis nehmen.

»Und, was ist also los zwischen Wilma und Olli?«, wiederhole ich meine Frage. »Wird Olli gerade zur Bisexualität bekehrt oder wie oder was?«

»Ach, keine Spur«, Antonella erlaubt sich ein kleines Grinsen. »So weit ich mitbekommen habe, weiht Olli unsere Wilma gerade in die Grundbegriffe des Chattens ein. Du weißt schon, Partnersuche via Internet. ›Sexy Hexy‹ und ›Love online‹ und wie diese Hotlines alle heißen. Wilma sagt, dass das die ultimative Form des Kennenlernens ist. Man kann sich in der Nacht gemütlich zu Hause hinsetzen und irgendeinem Fremden total Intimes erzählen. Ganz ohne Furcht, dass man sich blamiert.«

»Aha«, sage ich. »Und was ist, wenn dieser völlig Fremde, dem man ganz gemütlich sein Intimstes gebeichtet hat, plötzlich vor der Tür steht? Einfach so? Was sagt man dann? Hallo, kommen Sie doch herein, Sie sind also derjenige, der beim Sex am liebsten Strapse trägt?«

»Das kann doch gar nicht sein!«

Antonella sieht mich an wie einen Neandertaler, der gerade eine Dose Niveacreme verspeisen will. »Man gibt doch um Himmels willen nicht seinen wirklichen Namen und seine Adresse preis. Man verwendet Codenamen, Bärchen oder Rambo oder Naddel oder was weiß ich.«

»Na reizend«, sage ich mürrisch. »Genauso habe ich mir den Beginn einer großen Liebe immer vorgestellt.«

Ich verlasse Antonella und schlendere an unseren beiden Internetfreaks vorbei.

»Hotzenplotz an Biene Maja«, sage ich. »Liebst du mich noch? Wirst du mich auch durchfüttern, wenn ich meinen Job in einer öffentlich-rechtlichen Institution verliere? Wegen Untergrabung der Arbeitsmoral? Bitte melde dich!«

Olli und Wilma starren mich an, mehr verblüfft als erschrocken. Dann gehe ich aufs Klo und lasse mir kaltes Wasser über die Hände rinnen, aber ich blicke nicht in den Spiegel. Ich mag dieser unsympathischen Person einfach nicht in die Augen schauen.

*

»Kinki, es muss etwas passieren«, sage ich. »So kann das einfach nicht weitergehen. Ich bin schon ein richtiges Ekelpaket. Was ist nur los mit mir? Ist es das Alter? Oder das Alleinsein? Kinki, ich brauche einen Mann. Du bist ja wirklich mein Allerbester, Liebster, Schönster, aber weißt du, es ist eben so, dass ich ...«

Kinki sieht mich an, als ob er jedes Wort verstünde. Dann beginnt er mit einem leisen Schnaufen seine Barthaare zu putzen. Ob Kinki auch einsam ist? Dieser Gedanke ist mir noch nie gekommen. Ich eigensüchtige Person! Da jammere ich meinem Chinchilla die Öhrchen mit Weltschmerz voll, dabei hockt Kinki den ganzen Tag über allein in seinem Käfig. Gleich morgen werde ich ihm eine Frau besorgen, jawohl. Aber wie? Einfach einen weiteren Chinchilla aus der Tierhandlung holen? Oder vielleicht gibt es ja Prospekte, die Kinki ein wenig beschnüffeln und beschnuppern kann. Hübsche Chinchillaweibchen aus Thailand und der Ukraine sozusagen, pflegeleicht und anschmiegsam. Ob Kinki überhaupt hundertprozentig ein

Männchen ist? Eindeutige Zeichen sind an ihm ja nicht gerade auszumachen. Ich schnappe mir meinen Mitbewohner und drehe ihn auf den Rücken, Kinki rudert mit seinen Stummelbeinchen und gibt ein empörtes Fauchen von sich, also setze ich ihn wieder vor meine Füße.

»Entschuldige, Kinki«, sage ich. »Ich habe es nur gut gemeint. Womöglich bist du ja selber ein Mädchen und hast mit einer Freundin wenig Freude. Sind Chinchillas eigentlich auch lesbisch?«

Kinki weiß keine Antwort, er knabbert beleidigt an einer Nuss herum. Vielleicht sollte ich ja Olli fragen, aber der würde so eine Frage garantiert wieder in den falschen Hals bekommen. Fest steht jedenfalls, dass etwas geschehen muss. Sonst werde ich noch zur ultimativen Schreckschraube. Eine, die ihre besten Freundinnen vergrault und ekelhaft zu ihren Kollegen ist. Ich seufze tief und schwer. Am liebsten würde ich all meine Opfer der vergangenen Tage auf der Stelle um Verzeihung bitten. Aber Marion, Antonella, Wilma und Olli wären vermutlich schön erschrocken über meinen Anruf, es ist schon spät am Abend, Kinki und ich gehören längst ins Bett.

»Abmarsch in die Kiste«, sage ich streng zu Kinki, aber der macht sich bloß über eine neue Nuss her. Sogar für meinen Chinchilla bin ich offenbar Luft.

*

Alfred Kühnlein thront hinter seinem Schreibtisch und sieht aus wie Stefan Raab mit sechzig als Sprecher der Tagesschau. Dabei hat er – Kühnlein – sich in den letzten Monaten ganz eindeutig gemausert, wie man so schön sagt. Neuer Anzug von C&A, flotte Brille von Fielmann, blitzende Zahnkronen aus Polen. Mit diesen lächelt mich Alfred Kühnlein, der aus gutem Grund auch »Walze« genannt wird, bereits seit einer ganzen Weile an. Unbeirrt von meiner muffigen Miene. Alfred Kühnlein ist eben eine Frohnatur, deshalb wird er es auch noch weit bringen in unserer schönen Stadt. Über diesen Umstand, seine Karriere nämlich, informiert mich Alfred Kühnlein nun schon seit fast einer halben Stunde. Ab und zu nippen wir beide aus geblümten Tassen, Kühnlein bevorzugt seinen Kaffee mit viel Milch und Zucker, ich mag ihn schwarz und bitter. Das beschäftigt wenigstens meine Magennerven, die leise rumoren.

»Tja, Frau Jacobi, da hätte ich Ihnen also einen kleinen Überblick über meine Pläne vermittelt«, schwadroniert Kühnlein gerade. »In Zeiten wie diesen, in denen überall nur gejammert wird, braucht man eben unerschütterliche Optimisten, die Visionen haben. Unser Bürgermeister, der gewiss seine Qualitäten hat, ich will ihm da beileibe nicht zu nahe treten« – Kühnlein hebt abwehrend seine Arme und spreizt alle zehn Wurstfinger ab –, »... aber man muss sich eben doch fragen, nun ja, wie soll es weitergehen mit unserer Kommune? Bildungspolitik, Jugendarbeitslosigkeit, Pensionsrecht, ich frage Sie, Frau Jacobi, wem würden Sie in solch heiklen Fragen Ihr Vertrauen schenken?«

Ich schrecke aus meinem Dösen hoch, aber Kühnlein kennt sowieso bereits alle Antworten.

»Nicht wahr, Frau Jacobi, auch Sie haben Verständnis für meinen Entschluss? Jetzt sind Männer gefordert, die zupacken können und den Karren wieder flottmachen. Ich denke, ich werde mich ...«

Wie bitte? Welchen Karren flottmachen? Kühnlein? Will er etwa auf Biobauer umschulen? Mit neu erwecktem Interesse mustere ich unseren Chef. Der kann doch nicht einmal eine neue Farbpatrone in seinen Drucker einlegen, wie will er da irgendeinen Karren flottkriegen? Oder Ferkel auf die Welt bringen? Oder ...

»... habe ich mich nach langem Drängen meiner Parteifreunde und nach langem persönlichen Zögern nun doch entschlossen, die Kandidatur anzunehmen. Für die Dauer des Wahlkampfes muss ich mich selbstverständlich freistellen lassen. Wie es nach der Wahl weitergehen wird, nun, darüber haben die Bürger von Peekenburg zu entscheiden. Und wer ist wohl während meiner Abwesenheit besser geeignet, meinen Platz als Stellvertreterin auszufüllen als, nun ja, liebe Frau Jacobi, Sie ahnen gewiss, worauf ich hinauswill. Ich kann mir nicht vorstellen, dass es irgendwelche Einwände gegen diese Lösung geben sollte. Sie scheinen ja ein ausgezeichnetes Verhältnis mit dem ganzen Team zu pflegen, und auch von Seiten unserer Benutzer höre ich nur das Allerbeste über Sie. Brauchen Sie Bedenkzeit?«

Ich starre Alfred Kühnlein an. Hilfe, mir wird schlecht. Kühnlein for President, wir müssen auswandern, Marion und ich, nach Baden-Baden oder besser noch weiter, ob man in Lübz oder Züps wohl Bibliothekarinnen und

Parfümeriefachverkäuferinnen braucht, ich werde mich mal ...

Alfred Kühnlein schaltet von selbstzufrieden auf väterlich um und beugt sich vertraulich über den Tisch, eingehüllt in eine Wolke aus süßlichem Rasierwasser und süßlichem Kaffee-mit-Milch-und-Zucker-Atem: »Glauben Sie mir, Frau Jacobi, ich kann Ihr Zögern gut verstehen. Aber so eine Chance, sich zu bewähren, bekommt man nicht alle Tage geboten. Überlegen Sie es sich und geben Sie mir in, nun, sagen wir mal, drei Tagen Bescheid.«

Kühnlein stemmt sich aus seinem schweinsledernen Chefdrehsessel hoch und umrundet den Schreibtisch. Eine feuchte Hand saugt sich auf meiner Schulter fest, ich kann Kühnleins Wurstfinger durch den dünnen Blusenstoff spüren, sie fühlen sich an wie ein Schraubstock aus Pudding. Ich erhebe mich und spiele meinen größten Trumpf aus, in Schuhen mit Absätzen bin ich nämlich um Haaresbreite größer als die Walze. Leider scheint dieser Umstand Alfred Kühnlein wenig zu stören, ganz im Gegenteil, salbungsvoll wie von einem Wahlkampfplakat herab betrachtet er wohlwollend meinen Ausschnitt, ich lege instinktiv eine Hand quer über meinen Busen.

»Ich werde Ihnen Bescheid geben«, lasse ich Kühnlein wissen. Zu mehr Enthusiasmus kann ich mich beim besten Willen nicht durchringen. Obwohl, andererseits, wenn Kühnlein Bürgermeister wird, dann würde das doch bedeuten, dass wir ihn endgültig los sind, keine anzüglichen Blicke mehr und keine feuchten Finger auf der Schulter, gegen die man sich so schlecht wehren kann, ohne als überempfindliche Zicke dazustehen. Feige Nuss, beschimpfe ich mich selber, knall ihm doch einfach eine, oder soll so einer wirklich Bürgermeister werden, ach was, dann müssen sich eben seine Parteifreundinnen mit ihm rumplagen, selber Schuld, wenn sie ...

Es klopft und Wilma steckt ihren Kopf zur Tür herein: »Verzeihung, aber da ist soeben ein Bote aus der Landesparteizentrale eingetroffen, soll ich ...?«

»Das ist schon in Ordnung, ich kümmere mich darum.«

Kühnlein entlässt mich mit einem letzten Tätscheln für heute, ich verlasse das Chefbüro. Chefbüro, was für ein Ausdruck. Will ich wirklich meine gemütliche Nische mit diesem Raum vertauschen, in dem jedes grässliche Detail an Kühnlein erinnert?

Draußen erwarten mich drei Gesichter, die vor Neugierde beinahe glänzen. Antonella strahlt mich erwartungsvoll an, Wilma hüpft von einem Bein aufs andere, als ob sie dringend aufs Klo müsste, nur Olli bemüht sich um Coolness, aber sein Versuch ist nicht von Erfolg gekrönt. Ich bedeute dem Trio mit Verschwörermiene, mir in unsere Kaffeeküche zu folgen, dort stärke ich mich erst einmal mit einer Hand voll Amaretti.

»Also, die gute Nachricht zuerst«, erbarme ich mich endlich, bevor meine Kollegen noch einen Herzanfall erleiden. »So wie es ausschaut, sind wir Kühnlein los, wenigstens für die nächste Zeit, er will sich um das Amt des Bürgermeisters bewerben.«

Wilma greift wie in Trance nach einem Mandelkeks, Antonella schüttelt ungläubig den Kopf, Olli bemüht sich noch immer um Coolness, schließlich ist er der einzige Mann in unserer Weiberrunde.

»Das darf doch nicht wahr sein«, bröselt Wilma. »Kühnlein?«

»Als Bürgermeister?«, assistiert ihr Antonella. »Das kann er doch nicht im Ernst meinen? Wer soll die Walze denn wählen?«

»Also, ich glaube, wir sollten ihn nicht unterschätzen«, gebe ich zu bedenken. »Schaut euch doch an, was für Witzfiguren in der Politik herumlaufen. Ich finde, da passt unser Kühnlein ganz gut dazu.«

Endlich äußert sich auch Olli, er blickt mich zutiefst misstrauisch an und quengelt: »Und was ist die schlechte Nachricht, wenn das die gute sein soll?«

Ich seufze tief und schwer. »Kühnlein will, dass ich ihn dann vertrete und dass ich ihm eventuell sogar nachfolge, wenn er wirklich gewählt wird. Also, ich reiße mich wirklich nicht um diesen Posten, das müsst ihr mir glauben.«

Schweigen senkt sich über unser Grüppchen, aus der Kinderbuchecke tönt Kichern, eine Frau schleppt einen Bücherstapel zum Entleihen vorbei. Ich stehe mitten unter meinen Kollegen, aber ich fühle mich wie Robinson auf seiner Insel. Ziemlich einsam.

*

Allmählich werden die Tage wieder kürzer, und am frühen Morgen ist es oft schon empfindlich kühl. Nach diesem Sommer sollte ich den Herbst eigentlich als Erleichterung empfinden. Endlich bedecken sich all die Cellulitis-Schenkel und Wabbelbäuche wieder, und man kann durch unsere Fußgängerzone schlendern, ohne sich einen tränenden Augenkatarrh zu holen. Auch ich höchstpersönlich habe den Herbst immer mit Erleichterung begrüßt, kein Baucheinziehen mehr und keine kostspieligen Bräunungscremes für die Beine, stattdessen kuschelige Schlabberpullis und lässige Capes, Federweißer und gebratene Kastanien, mhhhm ...

Bloß in diesem Jahr kann ich mich meinen unschuldigen Freuden nicht hingeben, ohne dass mich mein schlechtes Gewissen plagt. Das schlechte Gewissen wiederum ähnelt fatal meiner allerbesten Freundin Marion, die mich mit einem Countdown wie vor einem Raketenabschuss nervt: »Nur noch acht Tage bis Baden-Baden, Leni! Gehst du noch zum Friseur? Ach nein, vielleicht sollten wir den Salon im Hotel einmal ausprobieren, angeblich schneidet dort ein Weltmeister, stell dir vor! Und, hast du dir endlich einen neuen Bikini zugelegt? Mit diesem ausgeleierten Unding in Türkis kommst du mir jedenfalls nicht in den Whirlpool, denk doch an all die Millionäre, die dort herumliegen! So eine Chance bietet sich nicht alle Tage, also wenn wir DIE nicht nutzen, dann kann ich nur sagen: Selber Schuld. Ich jedenfalls habe nicht vor ...«

So verbringe ich meine Tage. Mit der Anschaffung eines neuen Bikinis habe ich natürlich viel zu lange gewartet, in den Boutiquen und Kaufhäusern baumeln bloß noch Restposten in Größe 34 an den Kleiderbügeln.

Trostlos starre ich im Neonlicht der Kabinen auf meinen weißen Bauch. Ob ein Nabelpiercing meine Erscheinung vorteilhaft verändern würde?

In der Bibliothek sind alle so freundlich zueinander wie in einem Krisengebiet, das nach langen Friedensverhandlungen zu einer kurzfristigen Ruhe gefunden hat. Olli grüßt jetzt immer betont höflich, Guten Morgen, Annalena, ich fühle mich ziemlich elend dabei. Wer will schon Olli in die Knie zwingen?

Einmal in der Woche kommt Frau Südbaum vorbei und bringt Kekse mit. Wir sitzen dann bei einer Tasse Kaffee zusammen und Frau Südbaum erzählt mir aus ihrem Leben. Sie kommt mir vor wie ein Abfluss, der lange Zeit verstopft war, aber jetzt wieder frei und ungehemmt sprudelt. Ich erfahre minutiös von Frau Südbaums Kindheit und ihrer Ehe mit dem grässlichen Heinz, von ihren Krampfadern und dem Dackel der Nachbarin, der im Aufzug immer schon ein paar Tröpfchen verliert, weil die Nachbarin mit dem armen Tier nur einmal am Tag spazieren geht. Geduldig höre ich Frau Südbaum zu, natürlich in der Hoffnung, dass ab und zu wenigstens ein paar Krümel Information über ihren kleinen Bruder Martin abfallen. Auf diesem mühseligen Weg habe ich Folgendes in Erfahrung gebracht: Martin Bechstein, 39 Jahre alt, Tierarzt, ledig, wohnhaft in Lübz in Mecklenburg-Vorpommern. Besitzt eine Promenadenmischung namens Idefix und leidet seit seiner Jugend an chronischer Nebenhöhlenentzündung. Isst gerne Schweinebraten mit Kraut und Knödeln. Über sein Liebesleben ist die große Schwester allerdings beklagenswert uninformiert. Wie sah diese langjährige Freundin eigentlich aus, die ihn so schmählich im Stich gelassen hat? Leidet er sehr unter der Trennung? Wer tröstet ihn gerade?

Mit meinem bezauberndsten aufmunternden Lächeln gieße ich der Südbaum-Bechstein Sahne in ihren Kaffee, aber wir sind schon wieder bei ihren Krampfadern angelangt, ich unterdrücke nur mühsam ein Seufzen.

Alfred Kühnleins Kandidatur für das Amt des Bürgermeisters ist mittlerweile Stadtgespräch. Carmen ist mir durch die halbe Fußgängerzone hinterhergehechelt, um Näheres zu erfahren, aber ich habe nur Unverständliches gemurmelt. Nicht einmal Carmens mit Verschwörermiene geflüsterte allerneueste Neuigkeit hat mich aus der Reserve gelockt: »Sieglinde muss ins Krankenhaus, stell dir mal vor. Angeblich bloß eine Zyste, aber man weiß ja nie. Hoffentlich nichts Schlimmeres, die Ärmste hat derzeit wirklich keine gute Phase, der Mann soll ja ...«

»Entschuldige Carmen, ich muss jetzt wirklich weiter«, habe ich darauf bloß geantwortet und die pikierte Carmen stehen lassen. Wahrscheinlich sollte ich mich auf ihre Rache in Form eines saftigen Gerüchts gefasst machen: Wisst ihr eigentlich schon von der Sache mit Annalena und dem Kühnlein? Nein? Also, die zwei tun zwar so, als ob sie bloß Kollegen wären, aber ich weiß aus vertraulicher Quelle, dass ...

»... dann nützt alles nichts mehr. Veröden oder Strippen, sagt mein Hausarzt, obwohl ...«

Die Südbaum-Bechstein sitzt noch immer an meinem

Schreibtisch und referiert über Krampfadern. Ich trinke einen Schluck kalten Kaffee und überlege, ob ich mir diskret zwei Pfropfen aus Kekskrümeln in die Ohren stopfen soll. Das Telefon läutet, ich hebe unwirsch ab:

»Stadtbücherei, Jacobi.«

»Leni, also was ist jetzt mit dem Bikini? Hast du schon ...«

Ich beginne die Kekskrümel auf meiner Schreibtischplatte sorgsam zusammenzufegen.

II. Lady in Red

Da stehen wir, Marion und ich, und beobachten aus den Augenwinkeln, wie sich eine Blondine mit alabasterweißen Spinnenbeinen aus dem tief gelegenen Sportcoupé windet. Ihr Begleiter hechtet rund um den Kühler und reicht ihr galant die Hand, die Blondine schenkt ihm ein Lächeln, das ihrem Zahnarzt einen neuen Flachbildschirmfernseher eingebracht hat, mindestens.

»Also, die Konkurrenz ist härter, als ich mir das vorgestellt habe«, flüstert Marion, ich nicke zustimmend. Wenigstens wohnen wir alle im selben schicken Haus, das Pärchen, Marion und ich. Im »Parkhotel« von Baden-Baden nämlich, das wie ein Schloss aus Hochzeitstortenzuckerguss mitten in einem spinatgrünen Park prangt. Wie im Film öffnet sich das gläserne Portal, wir schreiten über Marmorfliesen und rosengemusterte Teppiche, Spiegel werfen unser Bild zurück, Sofas laden zum Plaudern ein, über allem baumeln Kronleuchter und verströmen ein samtiges Licht.

»Hier sind wir richtig, Lenilein«, flüstert Marion schon wieder in mein Ohr, sie sieht drein wie ein Kind vor dem Weihnachtsbaum, gleich wird sie ein Gedicht aufsagen.

Endlich sind wir mit unseren Reisetaschen vor der Rezeption angelangt. Ein Mann im dunkelgrauen Anzug deutet eine kleine Verbeugung an, offenbar ist er mit dem englischen Königshaus verwandt, die Ohren an seinem majestätischen Kopf stehen ab wie bei Prinz Charles.

»Darf ich Sie in unserem Haus willkommen heißen«, sagt der Vetter von Prinz Charles. »Haben die Damen reserviert?«

Marion macht beinahe einen Knicks, ich ramme ihr diskret meinen Ellbogen in die Seite, sodass sie nur ein wenig schwankt.

»Ja, ähh, also mein Konzern hat für uns reserviert«, stottert Marion. Bingo, diesen Satz hat sie wirklich genial formuliert, »mein Konzern«.

»Orlanda, der Kosmetikmulti«, präzisiert Marion und strahlt den freundlichen Herrn hinter dem Kirschholztresen an. Der tippt kurz in seinen Computer, dann breitet sich Verstehen auf seinem Gesicht aus.

»Ah ja, Sie meinen vermutlich die Schulung, die bis kommenden Dienstag stattfindet. Wünschen die Damen ein Doppelzimmer oder wollen Sie lieber eine Suite? Ich könnte Ihnen da ...«

»Ein Doppelzimmer, bitte«, tönen wir beide gleichzeitig.

Wir sehen zwar vielleicht aus wie Prinzessinnen, aber unser Kontostand entspricht eher zwei armen Blumenverkäuferinnen. Auch wenn Marions Doppelzimmerhälfte von »Orlanda« finanziert wird.

Der Verwandte der Royals tippt erneut in seinen Computer ein, dann reicht er uns zwei kleine, rechteckige Plastikkarten: »Zimmer 205 im zweiten Stock, man wird Sie hinaufbegleiten.«

Charlys Vetter schnippt mit den Fingern und ein junger Page erscheint, er trägt ein Käppchen mit Goldschrift auf dem Kopf und goldene Quasten auf den Schulterpolstern seiner roten Uniform. Armer Kerl!

Der Page ergreift unsere Reisetaschen und geht voran zum Fahrstuhl, in einer verspiegelten Kabine gleiten wir in den zweiten Stock. Am Ende eines Ganges, der mit zentimeterdickem Teppich ausgelegt ist, steckt unser Begleiter eines der Kärtchen in den Türschlitz. Pling, ein grünes Lämpchen leuchtet auf, und die Tür öffnet sich.

Wow!

Das Zimmer ist Barbies wahr gewordener Traum in Gold, Weiß und Lachsrosa. Überwältigt stehen Marion und ich da, Ken, ähhh, den Pagen haben wir völlig vergessen. Ein leises Räuspern weckt uns aus unserer Starre: »Darf ich Ihnen noch die Klimaanlage zeigen?«

Der junge Mann tippt auf einen Schalter neben den Türrahmen und ein leises Surren setzt ein, beeindruckt krame ich in meiner Geldbörse nach Münzen. Dann sind wir endlich allein, Marion eilt ins Badezimmer und beginnt zu tirilieren: »Leni, komm sofort, das musst du dir einfach anschauen. Wie in Hollywood!«

Allerdings. Wahnsinn. Ich muss an die überkandidelten Tanten aus den schicken Wohnzeitschriften denken, die ihre Lofts gerne mit Muscheln vom Strand von Long Island dekorieren. Eine riesige Wanne nimmt die gesamte

Längswand ein, die Armaturen wirken so hochkompliziert wie das Cockpit einer Concorde. Über die gesamte gegenüberliegende Wand erstreckt sich ein Spiegel, der sogar das Klo und das Bidet verdoppelt. Auf der Ablage aus weißem Marmor rund um die beiden Waschbecken stehen Körbchen mit duftenden kleinen Seifen, Flakons mit Shampoo und Körperlotions. Marion gerät prompt in einen Taumel der Verzückung, mit Pröbchen ist sie jederzeit zu korrumpieren, daran hat auch ihre jahrelange Tätigkeit als Parfümerieverkäuferin nichts ändern können.

»Sieh mal, Leni, ist das nicht süß? Und sogar zwei Bademäntel hängen schon da, also es ist einfach ... einfach unglaublich!«

Marions kindliche Freude wirkt ansteckend, wir schnuppern an allen Miniflakons und begutachten die Minibar, lassen die Klimaanlage mal heiß und mal kalt summen, zappen uns durchs Fernsehprogramm. Dann lassen wir uns auf das Kingsizebett plumpsen und holen erst mal tief Luft.

»O nein, schon vier vorbei, wir haben doch um fünf diesen Cocktail, du weißt schon, die erste Besprechung mit unserer Seminarleiterin. Ich muss unbedingt noch duschen, was ziehst du an, Leni?«

»Wieso ich?«

»Na, weil du natürlich mitkommst. Oder glaubst du, ich lasse dich hier die ganze Zeit alleine, damit du mir die knackigsten Millionäre wegschnappst? Ich habe übrigens schon alles in die Wege geleitet, die Hellmann ist total neugierig auf dich.«

Marion grinst verschwörerisch, mir wird ein wenig unbehaglich zu Mute. Was hat sie bloß in die Wege geleitet? Welche Hellmann? Ich würde eigentlich viel lieber ...

Aber Marion ist bereits wieder im Badezimmer verschwunden, ich höre sie rumoren und mit nackten Füßen herumtapsen, dann eine kurze Stille, darauf ein Brausen und Plätschern, das von einem spitzen Schrei übertönt wird. Ich stürze nach nebenan: »Was ist los? Eine Kakerlake?«

Marion steht in der wunderschönen schneeweißen Riesenwanne und klappert mit den Zähnen: »Verdammt, wie stellt man dieses Ungetüm bloß ein? Bei mir kommt nur eiskaltes Wasser raus. Leni, so hilf mir doch!«

Gemeinsam drehen wir an Knöpfen und Hebeln, einmal tröpfelt Warmwasser, dann werden wir von oben kalt berieselt, verbittert starren wir uns an.

»Das darf doch nicht wahr sein«, jammert die nackte Marion, ihre Haut ist von einer rosigen Gänsehaut überzogen. »Soll das heißen, wir können hier das ganze Wochenende über nicht baden, nur weil wir zu blöd sind, um diese Dusche zu bedienen? Ich glaube es einfach nicht.«

»Weißt du was?«

Mir ist gerade die rettende Idee gekommen. »Ich rufe bei der Rezeption an, damit sie uns noch einmal diesen Pagen heraufschicken. Was anderes fällt mir auch nicht ein.«

Marion klappert schon ziemlich heftig mit den Zähnen. Hoffentlich holt sie sich keine Erkältung, ich möchte nun wirklich nicht allein auf Millionärsjagd gehen müssen. Marion nickt und wickelt sich in ein Badetuch, ich greife zum Telefonhörer. Bereits eine Minute später klopft es an unserer Tür. Der junge Page in roter Rüstung steht draußen und blickt ein wenig erschrocken drein: »War irgendetwas nicht in Ordnung? Kann ich Ihnen helfen?«

»Nun ja«, Marion und ich stehen ziemlich verlegen da. »Also, die Dusche ist nicht ganz einfach zu ...«

»Ach, ich verstehe.«

Unser Ritter in roter Rüstung grinst von einem Ohr bis zum anderen. »Da sind Sie nicht alleine. Mit diesen neuen Fengshuimassageduschköpfen haben die meisten Gäste ein Problem. Aber ich zeige Ihnen, wie's geht.«

Also absolvieren Marion und ich den Schnellkurs für das Bedienen eines Fengshuimassageduschkopfes. Es ist ganz einfach: Man muss nur den obersten Hebel umlegen, dann den zweiten mittleren Knopf von links drücken und am Thermostatgriff zwei Millimeter nach rechts drehen, schon hat man warmes Wasser, juchhe! Wünscht man sein Badewasser etwas kühler, so braucht man bloß den mittleren Hebel zu schwenken und den untersten Knopf nach links zu drehen sowie den Thermostat um eineinhalb Millimeter weiter nach rechts zu verrücken, schon ...

Wir blicken uns ziemlich verzweifelt an, Marion und ich. Dann krame ich in meiner Geldbörse erneut nach Münzen und beschenke damit Ivo, so heißt unser Ritter laut dem messingfarbenen Täfelchen, das seine Brusttasche ziert.

»Vielen Dank.«

Ivo verbeugt sich formvollendet. »Sollten Sie noch Probleme haben, so können Sie mich jederzeit ...«

Ivo lässt den Satz unvollendet und entschwindet. Heißt das vielleicht, dass wir uns von ihm einseifen lassen könnten? Erschöpft sinke ich auf meine Hälfte des Kingsizebettes, die beim Fenster, und lasse Marion mit dem Fengshuimassageduschkopf alleine werken. Fünf Minuten später steht sie wieder im Zimmer, tropfnass und aufgelöst.

»Das fängt ja gut an. Aber was ist mit dir, Leni? Wir müssen in zwanzig Minuten beim Begrüßungscocktail sein. Willst du dich nicht frisch machen?«

Ich öffne die Minibar und entstöpsle eine Pikkoloflasche. Damit spüle ich mein Inneres, mein äußeres Erscheinungsbild peppe ich mit etwas Rouge und einem Hauch »Sun« von Jil Sander auf. Das muss reichen. Marion sieht mir kopfschüttelnd zu, während sie in ihren blassgrauen Businesshosenanzug steigt. Darunter trägt sie eine weiße Bluse mit Flamencorüschen, echt schick, also, wenn ich ein Millionär wäre, dann würde ich mich auf der Stelle in Marion verlieben. Und ihre Freundin, diese sympathische Hennabrünette, würde ich selbstverständlich ebenfalls auf meine Jacht einladen, nur um zu ...

»Leni, träum nicht.«

Marion steht vor mir, sie sieht so frisch und ausgeruht aus, als ob sie stundenlang in perfekt temperiertem Badewasser geplätschert hätte. Ich beuge mich vornüber und strubble kräftig meine Haare durch, dann greife ich nach meiner Umhängetasche. Fertig! Marion sieht ein wenig skeptisch drein.

*

Fünf Minuten später kommen wir atemlos im Wintergarten des Hotels an. Zwischen Palmwedeln und Bistrotischen, auf denen Platten mit Häppchen aufgebaut sind, stehen Frauen zu zweit oder in kleinen Gruppen, plaudern und lassen die Augen wandern. Es riecht so stark nach Parfüm und Puder und Deospray, dass ich einen entsetzlichen Niesanfall in meiner Nase hochkriechen fühle. Marion schaut mich besorgt von der Seite an.

»Leni, ist auch alles in Ordnung? Dort vorne, das ist übrigens die Hellmann, ich habe sie bisher auch immer nur aus der Ferne gesehen. Die wird das alles hier leiten, angeblich kann sie sogar in einem Nonnenkloster Mascara verkaufen, eine tolle Person!«

Ich folge Marions dezent hochgerecktem Kinn und erblicke eine gertenschlanke Silberblondine, die aussieht wie Zsa Zsa Gabors Urenkelin. Zum Glück vertreibt dieser Anblick das Kitzeln in meiner Nase, fasziniert starre ich die Erscheinung auf Chanelpumps mit lackschwarzer Kappe an. Sie klatscht soeben in die Hände und strahlt uns an, als ob wir alle Gewinnerinnen der Klassenlotterie wären.

»Meine Damen, darf ich um Ihre Aufmerksamkeit bitten!«

Das Gemurmel rundum erstirbt, erwartungsvolle Stille

breitet sich aus. Madame Hellmann setzt zu einer kleinen Ansprache an.

»Im Namen von ›Orlanda‹ möchte ich Sie alle sehr herzlich zu unserem Herbstseminar in Baden-Baden begrüßen. Gemeinsam werden wir die innovative Produktpalette von ›Orlanda‹ kennen lernen und auch höchstpersönlich ausprobieren sowie Marketingkonzepte und Strategien besprechen. Wir werden dies in einem sehr intimen und vertrauten Rahmen tun, wie unter Freundinnen sozusagen, unter allerbesten Freundinnen. Nun, meine Damen, wer möchte den Anfang wagen und sich mit ein paar ungezwungenen Worten uns allen vorstellen? Nur zu, wir lauschen voller Sympathie.«

Madame Hellmann lässt ihren stahlblauen Blick schweifen, erschrocken mache ich einen Schritt zurück und trete gegen einen Pflanzenübertopf, ein hässlich schrammendes Geräusch ertönt. Aber zum Glück räuspert sich gerade eine aparte Rothaarige und strahlt uns alle an.

»Hallo, also ich bin die Sybille aus Wiesbaden und leite seit drei Jahren die zweitgrößte Parfümerie der Stadt. Ich freue mich riesig hier zu sein und bin schon total gespannt, was ›Orlanda‹ uns an Neuigkeiten präsentieren wird. Meine Kundinnen lieben ganz besonders das kühlende Augengel und die straffende Bodylotion mit Limonenduft. Davon habe ich schon Tonnen verkauft, mindestens.«

Sybille mit dem roten Bubikopf kichert ziemlich selbstgefällig, Madame Hellmann nickt ihr anerkennend zu. Eine blonde Walküre in einem türkisen Kostüm, die aussieht, als ob sie nebenberuflich auf Kreuzfahrtschiffen Operettenarien schmettern würde, ist die Nächste beim Outing:

»Hallöchen, guten Tag, ich bin Lore Wedelstedt aus Stuttgart. Ich habe schon zweimal an einem solchen Seminar teilgenommen, und es war jedes Mal eine unglaubliche Bereicherung, sowohl für mich wie auch für meine Kundinnen. Bei uns sind in diesem Jahr die Sonnenschutzprodukte mit DVA-Faktor gegen Zellalterung fantastisch angekommen. Besonders die reichhaltige Emulsion für das Dekolleté hat sich ganz toll verkauft.«

Dafür erntet Lore Wedelstedt ein anerkennendes Nicken unserer Anstaltslei ..., ähh, Seminarleiterin. Eine junge Frau mit schulterlangen Haaren, die so braun schimmern wie Kastanien, macht einen kleinen Schritt nach vorne, es kostet sie sichtlich Überwindung.

»Hallo, guten Tag, ich bin Annette Möbius aus Leipzig. Unsere Filiale in der Innenstadt konnte in den vergangenen zwei Jahren ein Plus verzeichnen, das wir eigentlich gar nicht erwartet haben, tja, also, vor allem dekorative Kosmetik verkauft sich gut, Lidschatten und Lipgloss und so, wir bemühen uns natürlich sehr, auch die hochpreisigen Pflegeprodukte zu bewerben ...«

Madame Hellmann schickt ein Lächeln auf die Reise, das man als ein wenig herablassend empfinden könnte, aber das hat sie sicherlich nicht so gemeint. Ich blicke Annette Möbius voller Interesse an. Leipzig, ob das wohl weit weg ist von Zips oder Züps, wenn ich nur in Geografie nicht so eine Null gewesen wäre, dann wüsste ich ...

Plötzlich fällt mir das Schweigen im Wintergarten auf und überhaupt, wieso starren mich bloß alle an? Du lieber Himmel, soll ich mich etwa auch vorstellen, ich gehöre doch gar nicht hierher, ich bin doch bloß ...

»Nun?«

Madame Hellmann lächelt mir zu, aber bestimmt muss ich gleich hundertmal »Ich soll nicht bockig sein« schreiben. Ich hole tief Luft und beginne zu stottern: »Tja, also eigentlich ist es nämlich so, ich gehöre hier nämlich gar nicht ...«

Marion schubst mich unsanft zur Seite und blickt mir dazu tief in die Augen, mit einem Blick, der auch eine Klasse von hyperaktiven Grundschülern hypnotisieren könnte. Dann strahlt sie in die Runde.

»Hallo, ich bin die Marion aus Peekenburg. Ich arbeite in der größten Parfümerie unserer Stadt, gleich an der Fußgängerzone. Wir haben eine phänomenale Saison hinter uns, der Absatz für Anti-Aging-Produkte hat sich beinahe verdreifacht. Mit unserer Stammkundinnenkartei erreichen wir schon über die Hälfte der Einwohnerinnen von Peekenburg, das wird sich ganz bestimmt auch vorteilhaft auf das Weihnachtsgeschäft auswirken. Und das hier ist meine Freundin Annalena. Sie ist die stellvertretende Leiterin der Stadtbücherei von Peekenburg. Ich weiß zwar, dass Branchenfremde zu unseren Seminaren nicht zugelassen sind, aber ich habe schon Frau Seminarleiterin Hellmann darüber informiert, dass Annalena über ausgezeichnete Kontakte zur Medienbranche verfügt, die einen bisher noch viel zu wenig beachteten Absatzmarkt darstellt. So wird meine Freundin zum Beispiel demnächst Elise Hockenheim zu einer Lesung begrüßen dürfen, die das Problem des Älterwerdens in ihren Bestsellern immer wieder schonungslos anspricht. Ich hoffe, dass Sie damit einverstanden ...«

Rundum hat aufgeregtes Gemurmel eingesetzt, die Hellmann muss anmutig in die Hände klatschen, um sich Gehör zu verschaffen.

»Meine Damen! Bittteee! Nun, wie Sie sehen, sind wir bei ›Orlanda‹ durchaus bereit, auch einmal von unseren Prinzipien abzuweichen und einen branchenfremden Gast in unserer Runde zuzulassen. Diskretion setze ich natürlich voraus, Frau, ähhh, Frau Jacobi. Ich habe mich mit Ihrer Freundin bereits sehr eindringlich über diesen Umstand unterhalten. Aber in Zeiten wie diesen ist es ein Muss, flexibel zu bleiben und ständig nach neuen Märkten Ausschau zu halten. Gerade in der Medienbranche gibt es für uns noch unendlich viel Terrain zu erschließen, man denke nur an die vielen Autorinnen, die von ihrer stillen Schreibstube direkt in die Öffentlichkeit katapultiert werden, zu Talkshows und Lesungen, und deren Äußeres sehr wohl einer Verbesserung bedarf. Hier gilt es noch unendliche Arbeit zu leisten, wir könnten ...«

Die Hellmann redet sich geradezu in einen Strudel der Begeisterung, offenbar erblickt sie vor ihrem geistigen Auge gerade Donna Leon, von Kopf bis Fuß mit »Orlanda«-Produkten zugekleistert. Alle hängen an ihren Lippen, bis auf Marion, die sich klein zu machen versucht, vergebens.

»Was soll das hier?«, zische ich erbittert in Marions linkes Ohr. »Soll ich vielleicht der Hockenheim nach ihrer Lesung statt eines Blumenstraußes Antifaltengelpröbchen überreichen? Bist du nicht ganz dicht? In was für einen Schlamassel hast du mich diesmal reingeritten?«

Wir erdolchen uns gegenseitig mit Blicken, Marion lächelt dazu zuckersüß, während sie zurückzischelt: »Das darf doch nicht wahr sein! Anstatt dass du mir dankbar bist, muss ich mir diesen Schrott anhören! Was glaubst du, was es mich für eine Überredungskunst gekostet hat, damit du hier sein kannst. Aber wenn du lieber in deiner Bücherei vergammelst, bitte schön!«

So stehen wir zwischen Palmwedeln und giften uns an. Zum Glück ist kein Millionär weit und breit, den wir verschrecken könnten.

*

Wir sitzen in einem halbrunden Sesselkreis wie in einer Selbsthilfegruppe für beziehungsgestörte Bulimikerinnen. Nur dass vor uns statt eines ehrwürdigen Professors für Psychiatrie die Hellmann thront, ganz in Pastell gehüllt, Lidschatten und Ohrklips und Nagellack sind perfekt aufeinander abgestimmt. Seit über einer Stunde lauschen wir bereits, die Hellmann klingt so begeistert, als ob sie endlich die Zauberformel zur Errettung der Menschheit vor Dürre, Hunger und Krankheit gefunden hätte, dabei preist sie uns bloß einen Cremetiegel an. »Wer von uns kennt denn wirklich die Identität seiner Haut?«, fragt die Hellmann gerade. »Wer von uns weiß wirklich, was in den

Tiefen seiner Epidermis vor sich geht? Wenn wir uns dieser Frage stellen, dann ist es meist schon zu spät, und die Schäden sind irreparabel.«

Sie blickt uns der Reihe nach intensiv an, ich spüre, wie sich augenblicklich meine Falte an der Nasenwurzel vertieft, keine Emulsion von »Orlanda« wird sie je wieder glätten können. Madame Hellmann lässt ihren Blick dann auch lieber auf Sybille aus Wiesbaden ruhen, die vor Engagement und Dynamik bereits zu zappeln beginnt.

»Ich befasse mich ja nun seit Jahren mit dieser Frage«, lässt uns Sybille wissen. »Und ich habe wirklich alles ausprobiert, was gut und teuer ist, Thalasso, Ayurveda, das ganze Sortiment eben. Das war natürlich, bevor ich auf die Produkte von ›Orlanda‹ gestoßen bin.«

An dieser Stelle muss Sybille schelmisch kichern, offenbar war dies der unverzichtbare kleine Scherz in ihrer Rede. Aber Sybille ist noch lange nicht am Ende, sie muss noch ordentlich weiterschleimen.

»Und dann, also es war einfach ... einfach unbeschreiblich. Ich kann mich noch heute an dieses Gefühl erinnern, als ich zum ersten Mal die ›Ceramide-Complex‹ von ›Orlanda‹ aufgetragen habe. Es war nach einem Tag voller Stress, und dann dieses Gefühl, als ob man ... als ob man in der Meeresbrandung spazieren gehen würde, einfach unbeschreiblich. Seither verwende ich die gesamte Produktpalette von ›Orlanda‹, und meine Haut dankt es mir täglich aufs Neue. Man schätzt mich regelmäßig um zehn Jahre jünger. Soll ich Ihnen, ganz unter uns, mein wahres Alter verraten?«

»Zweiundfünfzig, mindestens«, murmle ich, aber Marion befällt in diesem Augenblick ein heftiger Hustenkrampf, sodass meine wohlwollende Schätzung in Röcheln untergeht. Die Hellmann hält offenbar ebenfalls nicht viel von dieser Gesprächswendung. Wer weiß, sonst müsste sie uns noch offenbaren, dass sie dereinst mit Zarah Leander die falschen Wimpern ausgetauscht hat.

»Nun, meine Damen, nach dieser so positiven Beurteilung unseres Klassikers ›Ceramide-Complex‹ halte ich eine kurze Pause für angebracht. Es gibt einen kleinen Snack aus Gemüsetofu auf Blattsalaten, anschließend wollen wir uns dem Thema Haarspitzenalterung widmen. Ich danke Ihnen für Ihre Aufmerksamkeit.«

Alle erheben sich. Ich beschließe, mich aus dem Seminarraum davonzuschleichen, notfalls auch abzuseilen. Gemüsetofu und Haarspitzenalterung, das verträgt mein schwacher Magen beim besten Willen nicht.

*

Ein feiner Film aus Wassertröpfchen mattiert meine Haut auf das Vorteilhafteste, das kuschelweichweiße Badetuch habe ich anmutig um meine Hüften drapiert. So sitze ich auf einem Ruhebett mit blauweiß gestreiften Kissen und schlürfe einen eisgekühlten Orangensaft. Einfach wonderful, so ein Leben als Millionärsgattin. Alles, was mir jetzt noch fehlt, ist der Millionär an sich, sozusagen. Sonst hat dieser schöne Spuk bereits übermorgen ein Ende, wenn der »Orlanda«-Konzern seine neu motivierten Parfümerieberaterinnen wieder ins kalte Leben hinausspuckt.

Zwei Vormittage lang habe ich an diversen Schulungen und Vorträgen teilgenommen, habe an neu entwickelten Hightechlotions geschnuppert und die »Identität meiner Haut« ergründet, allen Ernstes. Die rothaarige Sybille aus Wiesbaden hat sich zielstrebig zum Star des Seminars gemausert, bei jedem neuen Produktpröbchen pflegt sie in verzücktes Quieken auszubrechen, wie Miss Piggy aus der Muppet-Show, wenn sie Kermit gegen die Wand knallt: »Ohhh, riecht das gut, nein, wie cremig, und dieses transzendente Lila unter dem Brauenbogen, einfach hinreißend!«

Und die Hellmann lächelt Sybille aus Wiesbaden auch noch stets ermunternd zu, statt ihr einen Baldriantee zu verordnen. Meine einzige Stütze an diesen Vormittagen ist jedenfalls Annette aus Leipzig gewesen. Stumm und beredt haben wir uns angesehen und dazu mit kreisenden Bewegungen rosafarbene Cremes auf unseren Handrücken verrieben. Jetzt sitzt die arme Annette gerade in einem Vortrag über »Liftingeffekte ganz ohne Skalpell«. Ich habe mich allerdings ins Hallenbad verkrümelt oder, vornehmer ausgedrückt, in den Wellnessbereich. Marion hat mir erbittert nachgestarrt, aber noch bin ich ein freier Mensch und keine »Orlanda«-Sklavin. Und jetzt räkle ich mich also bereits seit zwei Stunden am Pool, um Marion den heiß ersehnten Millionär vor der Nase wegzuschnappen, einfach so, nur um sie einmal gründlich zu ärgern.

Bloß, wo steckt der Kerl eigentlich? Sollte es sich etwa

um den beleibten Berliner handeln, der mit seinen Wurstfingern in einer Yacht-Illustrierten blättert und ständig Pralinen lutscht, einfach ekelig. Oder ist es der Glatzkopf im Bademantel, der die Kellner mit ausgefallenen Wünschen nach Clubsandwiches ohne Putenfleisch, aber dafür mit viel Speck, ohne Ketchup, aber dafür mit Curryzwiebelsauce nervt? Egal, soeben ist eine ondulierte Tante aufgetaucht, die den Clubsandwichbesteller mit einem Blick mustert, wie ihn nur lang gediente Gattinnen fertig bringen, einer Mischung aus Verachtung und Langeweile und Besitzerstolz. Glückwunsch, der gehört dir ganz alleine, den würde ich nicht einmal mit der Kneifzange anfassen, wenn er Trillionär wäre.

Entmutigt lasse ich meinen Blick schweifen. Da sitze ich am Pool eines der teuersten Hotels der Republik, und die Männer ringsum sind so erotisierend wie Heizdeckenverkäufer in Peekenburg. Kühnlein wäre hier geradezu eine Granate! Was mache ich hier eigentlich? Ich könnte genauso gut gerade gemütlich durch, nun, sagen wir mal, Mecklenburg-Vorpommern zuckeln, die unberührte Landschaft genießen, eine verletze Dohle am Wegesrand auflesen, einen Tierarzt aufsuchen, der mich daraufhin ...

Doch halt! Was ist das schräg gegenüber? War das nun ein Zwinkern oder Blinzeln oder gar ein Winken? Misstrauisch starre ich auf das männliche Wesen, das gerade ein gewinnendes Lächeln quer über das poolblaue Wasser sendet. Ziemlich drahtig, ziemlich braun gebrannt, ziemlich silberhaarig, so wie Rudi Carell, nur kleiner. Ob das ein Millionär sein könnte? Wenn ja, dann werde ich ihn großmütig an Marion abtreten, sie ist schließlich meine allerbeste Freundin, und ein halbes Jahr älter ist sie auch, da muss ich ihr einfach den Vortritt lassen, sonst bekommt sie noch Depressionen, die Ärmste.

Ich stelle das leere Glas auf dem Tischchen neben mir ab und bette mich auf meine blauweiß gestreifte Liege, so wie die Bond-Girls, als Sean Connery noch ermittelte. Eigentlich wollte ich ja eine Karte an Frau Südbaum-Bechstein schreiben, aber das kann ich auch noch später erledigen. Mein großzügiger Verzicht auf den Millionär von gegenüber hat mich richtig schläfrig gemacht. Wasser plätschert, Stimmen murmeln, warme Luft fächelt über meine nackten Beine. Ich schließe die Augen ...

*

»So wird das natürlich nie was«, quengelt Marion. »Anstatt ein paar Kontakte zu knüpfen, wenn du dich schon vor unserem Vortragsprogramm drückst, bitte schön, liegst du am Pool herum und sägst vor dich hin. Ein höchst anregender Anblick, wirklich!«

»Du lieber Himmel, ich war eben ein wenig müde. Und geschnarcht habe ich auch nicht, da bin ich mir hundertprozentig sicher. Musst du eigentlich immer so übertreiben?!«

Marion und ich sitzen an der Hotelbar und zanken wie ein altes Ehepaar, diese Nummer gehört mittlerweile schon zu unserem Repertoire. Annette aus Leipzig saugt rechts von mir Gin Tonic durch einen Strohhalm, hinter uns hat sich der Rest der »Orlanda«-Gruppe in Plüschsessel drapiert. Alle wirken recht vergnügt, bis auf Sybille aus Wiesbaden. Ihr Gesicht ist mit feuerroten Pusteln gesprenkelt, die auf das Aparteste mit ihrem roten Bubikopf harmonieren.

»Oh, doch nicht etwa eine allergische Reaktion vom vielen Cremen?«, habe ich sie ganz besorgt gefragt. Streuselsybille hat mich tapfer angefunkelt, schließlich war Madame Hellmann in Hörweite: »Aber nicht doch, ganz gewiss nicht. Die Produkte von ›Orlanda‹ sind doch alle allergiegetestet. Nein, wahrscheinlich hätte ich beim Frühstücksbüffet keinen Obstsalat essen dürfen. Auf Grapefruits und andere Zitrusfrüchte reagiere ich leider ziemlich empfindlich.«

Jetzt sitzt Sybille im Halbschatten der Bar verborgen, ihr Gesicht ist wahrlich keine Empfehlung für die neue Supersensitivpflegeserie von »Orlanda«. Sybilles Bonus bei der Hellmann scheint jedenfalls rapide zu schmelzen, frohgemut wende ich mich Annette zu.

»Haben Sie eigentlich ein Haustier?«, frage ich Annette. Die wirkt ein wenig verblüfft.

»Tja, also, ich hatte mal eine Katze, aber die ist schon vor zwei Jahren gestorben. Und mein neuer Partner ist leider allergisch gegen Tierhaare.«

»Ah ja. Ich frage auch nur, weil ich einen recht netten Tierarzt kennen gelernt habe, ganz in Ihrer Nähe. Ach, nicht so wichtig.«

Wir ordern eine zweite Runde Gin Tonic, Marion, Annette und ich. Der Barkeeper stellt eine Schale mit Erdnüssen auf den Tresen und drei hochstielige Gläser. Nanu? Wir gucken uns verwundert an.

»Der Herr dort drüben würde die Damen gerne einladen«, informiert uns der Barkeeper. Wir drei vollziehen eine synchrone Drehung, ich falle beinahe vom Barhocker. Der braun-gebrannt-silberhaarige Millionär aus dem Wellnessbereich, den ich für Marion erobert habe, deutet gerade eine formvollendete Verbeugung an.

»Kennst du den etwa?«, zischelt Marion.

»Ach, irgend so ein schwerreicher Typ vom Pool. Man kennt die doch. Wahrscheinlich will er uns jetzt mit Schaumwein beeindrucken.«

Lässig wende ich mich wieder den Erdnüssen zu, Annette mustert mich ziemlich beeindruckt von der Seite. Hinter uns ertönt ein Geräusch wie ein Kratzfuß.

»Gestatten die Damen. Stoltenberg. Rudi Stoltenberg. Ich möchte nicht aufdringlich sein, aber wenn Sie mir die Freude erweisen würden ...«

Rudi sülzt vor sich hin, Marion nickt ihm aufmunternd zu.

»Ausnahmsweise. Wir haben hier zwar gerade eine Geschäftsbesprechung, aber eine kleine Pause kann ja nicht schaden. Was meint ihr?«

Annette und ich nicken großzügig, Rudi lässt eine dunkelgrüne Flasche mit goldener Bauchbinde entkorken. Dann prosten wir einander zu, Marion schlägt ihre Beine lässig übereinander, Rudi verschluckt sich an einem Nüsschen.

So sitzen wir da und plaudern. Rudi Stoltenberg ist reich und ledig, beides spricht er zwar nicht direkt aus, aber er lässt es zwischen den Zeilen anklingen, nonchalant eben. Wir leeren eine zweite Flasche, Marion fährt sich durchs Haar wie eine Diva, gleich wird der Mann Champagner aus ihrem Stöckelschuh schlürfen.

»Tja, ich glaube, ich werde mich dann verabschieden.«

Annette rutscht vom Barhocker, ich folge ihr mit einem Plumps. Rudi Stoltenberg sieht nur mäßig enttäuscht drein, Marion rührt sich keinen Millimeter.

»Ich komme gleich nach«, lässt sie uns wissen. »Bis dann, ciao.« Im Lift blickt mich Annette aus Leipzig im Spiegel an. »Deine Freundin ist ja echt locker drauf.«

Im Laufe des Abends haben wir irgendwann zum Du gewechselt.

»Marion ist meine allerbeste Freundin«, informiere ich Annette. »Sie ist der großzügigste und liebenswerteste Mensch, den ich überhaupt kenne. Nur leider verliebt sie sich immer in die falschen Typen. Arbeitslose Computerfachleute und Tierpfleger mit Bandscheibenvorfall, die füttert sie dann durch, bis sie sich irgendwann verkrümeln und ins nächste warme Körbchen hüpfen. Warum sollte sie es da nicht einmal andersrum probieren, wenigstens ein einziges Mal?«

»Ich habe das ja auch gar nicht so gemeint«, sagt Annette besänftigend.

Der Lift hält mit einem Ruck. Wir stehen auf dem Gang und versinken im Teppich, ich merke plötzlich, wie sehr meine Füße schmerzen von den verdammten Highheels.

Vor Annettes Tür halten wir noch einen kleinen Abschiedsschwatz auf bloßen Sohlen.

»Bist du verheiratet?«, fragt Annette.

»Nöö, und du?«

»Ich lebe mit meinem Freund zusammen.«

Annette zögert einen Moment lang. »Sein Computerladen hat Konkurs gemacht. Und Bandscheibenprobleme hat er auch.«

»Bingo«, sage ich mit schwacher Stimme. Zum Glück muss Annette lachen. Dann trennen wir uns.

»Bis morgen.«

»Bis morgen. Und Grüße an Marion.«

*

Marions Gesicht ist mit grünem Schlamm zugespachtelt wie in einem Horrorfilm. Um die Haare hat sie sich einen Turban aus Frottee gewickelt, dazu pustet sie mit dicken Wangen auf ihre frisch lackierten Fingernägel. Ab und an seufzt sie herzerweichend: »Ach, Leni ...«

So geht das nun bereits seit dem Frühstück, ungerührt blättere ich in einem Klatschmagazin und erfreue mich an den Schlagzeilen.

»Eifersüchtige Ex biss Schlagerstar den Penis ab. Wird er jemals Vater werden können?«

»Ach, Leni ...«

Ich blättere weiter.

»Albert von Monacos neueste Flamme – ein Transsexueller?«

»Ach, Leni, ob ich es wohl richtig mache?«

Ich stelle mich ein wenig doof. »Meinst du diese neue Nagellackfarbe? Also, die alte hat mir besser ...«

»Du lieber Himmel, ich rede doch nicht vom Nagellack. Ich rede von RUDI, oder was dachtest du?«

»Ach so ... Und, wo liegt das Problem?«

»Pfffhhhhh. Irgendwie wirkt er schon ziemlich tattrig, findest du nicht? Er ist ja eigentlich ganz nett, so ein Kavalier der alten Schule eben, aber sonst ...«

»Schöne Millionäre gibt es nur im Groschenroman«, belehre ich Marion weise. »Sei froh, dass er wenigstens nicht pervers ist oder sonst was in dieser Richtung. Sondern ein ganz normaler, netter Millionär eben. Verliebt waren wir ja nun wirklich oft genug.«

»Du hast ja Recht«, seufzt Marion. »Hoffentlich ist er nicht wirklich pervers, heute weiß man ja nie. Kannst du dich eigentlich an die Geschichte von der Ulrike damals erinnern? Wie die so total verliebt war in diesen Hochschulprofessor? Der ihr dann vor der ersten Nacht gesagt hat, er kann nur, wenn sie dabei Stiefel anhat?«

»Nein«, sage ich interessiert. »Das hast du mir nie erzählt. Und? Hat sie sich darauf eingelassen?«

»Na ja, die Sache hat mit einem ziemlichen Desaster geendet. Sie hat nämlich nur Moonboots zu Hause gehabt, und die hat sie sich dann ...«

Marion kommt nicht weiter mit der Erzählung, wir müssen beide haltlos kichern. Marion kippt beinahe der Turban vom Kopf, Lachtränen laufen über den grünen Schlamm auf ihrem Gesicht. »Uuuaahhh, ich kann nicht mehr.«

»Hilfe, hör auf damit.«

Endlich sind wir wieder in der Lage, uns gesittet zu benehmen. Marion schaut erschrocken auf den Radiowecker neben dem Bett.

»Du liebes bisschen, schon gleich fünf. Wir müssen doch zum Abschlusscocktail. Hoffentlich erwartet die Hellmann nicht, dass wir uns ihre Tiraden bis Mitternacht anhören. Rudi hat mich nämlich gefragt, ob wir uns anschließend noch an der Bar treffen können.«

Damit entschwindet Marion ins Badezimmer, gleich darauf rauscht Wasser aus sämtlichen Hähnen. Den Fengshuimassageduschkopf haben wir längst im Griff.

*

Der Abschiedscocktail des »Orlanda«-Seminars gerät soeben ein wenig aus den Fugen. Eine Gruppe Japaner hat sich dreist zu uns in den Wintergarten gesellt und die Silbertabletts mit Häppchen leer gefuttert. Die Hellmann hat ein paarmal empört darauf hingewiesen, dass dies eine PRIVATE Veranstaltung sei. Aber die Japaner verstehen offenbar nur Japanisch. Dann hat Rudi begonnen, neckisch durch die Glasscheiben zum Foyer hereinzuwinken, mehrere »Orlanda«-Damen haben sein Gefuchtel auf sich bezogen und zurückgewinkt. Sybille aus Wiesbaden sieht mittlerweile aus, als ob sie die vergangenen Nächte in einem Atommeiler zugebracht hätte. Die Hellmann betrachtet Pustel-Sybille ganz offensichtlich mit tiefer Missbilligung. Und nun beginnt Sybille auch noch, über die

Allergietests von »Orlanda« so ihre Vermutungen anzustellen.

»Nur weil Ratten diese Cremes überleben, heißt das ja noch lange nicht, dass sie für sensible Haut geeignet sind«, lässt sie sich vernehmen. Die Hellmann zischt zurück, dann fällt ein Wort wie »Rechtsschutzversicherung«. Gemütlich. Annette aus Leipzig morst mir einen bedeutungsvollen Blick zu, ich morse zurück. Diskret brechen wir in Richtung Bar auf.

Und jetzt sitzen wir also wieder hier, auf unseren Stammbarhockern, sozusagen, und stopfen uns mit gesalzenen Erdnüssen voll. Ich könnte ein Schlückchen Champagner vertragen, aber der großzügige Rudi hat sich mit Marion auf einem roten Plüschsofa niedergelassen, die beiden kichern wie Backfische. Madame Hellmann guckt bereits ein wenig indigniert. Also, wenn Marion nicht aufpasst, dann kriegt sie morgen keine Urkunde über die erfolgreiche Absolvierung des »Orlanda«-Fortbildungsseminares in Baden-Baden überreicht, dann ist es Essig mit der Karriere. Aber was soll's, höchstwahrscheinlich verfügt Marion demnächst sowieso über eine eigene Masseurin und Visagistin und Hairstylistin, die sie für Marbella fit machen.

Für Marbella? Wie komme ich eigentlich auf Marbella? Hat Rudi Stoltenberg irgendetwas dergleichen angedeutet? Eigentlich nicht, nun ja, aber so sind sie wohl alle, die Superreichen, immer zurückhaltend und diskret, es gibt ja so viele oberflächliche Weiber, die nur hinter ihrem Geld her sind.

»Annalena, du siehst richtig grüblerisch aus«, unterbricht

mich Annette beim Nachdenken. »Weißt du, dass morgen unser letzter Tag hier in Baden-Baden ist und wir noch kein einziges Mal in der Stadt waren? Wir hängen immer nur in diesem Hotel herum, ich meine, es ist ja auch wirklich supertoll hier. Weißt du eigentlich, dass die fürs Gourmet-Wochenendarrangement fast so viel verlangen, wie ich im ganzen Monat verdiene? Aber trotzdem, wie sieht es eigentlich da draußen aus? Morgen muss ich wieder zurück nach Leipzig und habe noch gar nichts gesehen.«

»Du hast völlig Recht«, pflichte ich Annette bei, so lässig wie eine welterfahrene Globetrotterin. »Eigentlich könnten wir genauso gut in Honolulu oder in Wolgograd sein, diese Luxusschuppen sind doch alle gleich. Aber was hältst du von einer kleinen Spritztour?«

»Ach, bitte, nehmt mich mit! Bitte, bitte! Mir fällt sonst noch die Decke auf den Kopf! Und die Allergie von dieser Sybille macht mich ganz nervös, es juckt mich schon am ganzen Körper. Darf ich mitkommen? Bitte!!«

Lore Wedelstedt hat sich herangepirscht, Annette und ich haben es unglücklicherweise nicht bemerkt. Jetzt steht sie vor uns wie eine Walküre, mit gelber Löwenmähne über der grünen Tunika, vielleicht sollten wir sie ja doch mitschleppen, vor Lore Wedelstedt nimmt jeder Türsteher Reißaus.

*

Die City von Baden-Baden liegt da wie nach einem außergalaktischen Angriff, völlig ausgestorben und menschenleer. Schon seit einer halben Stunde trotten wir durch enge Gassen und über das Pflaster der Fußgängerzone, bisher ist uns nur ein streunender Hund begegnet.

»Vielleicht ist heute ein Feiertag, den man nur hier im Schwarzwald begeht?«, sinniert Annette mit Trostlosigkeit in der Stimme.

»Ach was«, lässt sich die Wedelstedt vernehmen. »Diese ganzen reichen alten Knacker hier sitzen zu Hause und schnüffeln Sauerstoff. Ich kenne mich da aus.«

Nanu?! Annette und ich wechseln einen verblüfften Blick. Die Wedelstedt verwandelt sich seit unserem Verlassen des Hotels zusehends von der Operettendiva in die Lebedame, aber wahrscheinlich ist da auch gar kein so großer Unterschied.

»Wir sollten einkehren«, schlage ich vor. »Hier muss es doch irgendwo ein In-Lokal oder so etwas Ähnliches geben. Angeblich leben nur in Düsseldorf mehr Millionäre als hier. Die können doch nicht alle schon am Tropf hängen.«

Endlich erblicken wir ein beleuchtetes Schild. »Chez Robert« verkündet es umwabert von Nebelschwaden, erschöpft wanken wir darauf zu. Drinnen empfangen uns weiches Licht, ein Barkeeper mit Oberlippenbärtchen und eine polierte Theke, hinter der Theke spiegeln sich Flaschen und Gläser auf den Regalen. Ein Pärchen wiegt sich gerade zu Barry Manilows Schmusestimme, am Tresen lehnen ein paar männliche Wesen und betrachten mäßig interessiert unseren Einzug. Wir erklimmen ein Bänkchen aus rotem Leder und bestellen einträchtig Prosecco.

»Ach, Kinder«, seufzt die Wedelstedt. »Wenn mir dereinst prophezeit worden wäre, dass ich einmal als Parfümeriefachkraft enden würde. Also, ich kann euch sagen ...«

Eine halbe Stunde später wissen wir alles über Lore Wedelstedt, sie hält einen Monolog, der wohl erst im Morgengrauen aus Erschöpfungsgründen ein Ende finden wird.

»Eigentlich wollte ich ja Psychologie studieren, aber dann ist mir natürlich der falsche Mann dazwischengekommen, na, was soll ich euch sagen ... wie ich dann mit meinem Nagelstudio Pleite gegangen bin, war diese Stelle als Parfümerieverkäuferin natürlich ein Geschenk des Himmels für mich, ich habe mich total hineingekniet ... ihr glaubt es einfach nicht, aber Männer sind ja so was von eitel, ich könnte euch da Geschichten erzählen, also ...«

So brabbelt die Wedelstedt vor sich hin. Aus ihrem Leben könnte man ein Dutzend Vorabendserien basteln, mindestens. Verstohlen blicke ich mich im Lokal um. Wer braucht schon einen Millionär, aber gibt es nicht wenigstens einen einzigen halbwegs attraktiven Mann für mich, der mein Herz um einen Vierteltakt schneller schlagen lässt, so wie damals, als ich mich zum ersten Mal ...

»Chez Robert« ist mittlerweile beinahe überfüllt, offenbar gibt es ja doch ein paar Unverdrossene, die auch in Baden-Baden dem Nachtleben frönen. »Lady in Red« von Chris de Burgh erklingt, diese grässliche Schnulze. Ein älteres Semester, Marke Studienrat auf Abwegen, nähert sich unserem Damentrio.

»Darf ich Sie entführen?«, flüstert der Herr Studienrat in

mein Ohr. »Kennen Sie dieses Lied? ›Lady in Red‹ von Chris de Burgh. Dazu habe ich schon mindestens ein Dutzend Frauen glücklich gemacht.«

»Aber nur in chloroformiertem Zustand«, reibe ich meinem potenziellen Verführer unter die Nase. Er verzieht sich prompt, die Wedelstedt kichert in ihr Glas. Vielleicht war dies ja meine allerletzte Chance auf Sex, und ich habe sie leichtfertig von mir gewiesen. Ich werde in einen Orden eintreten und fortan ein kleidsames Häubchen aus gestärktem weißen Leinen tragen. Möglicherweise fällt ja ein Techtelmechtel mit dem alten Messner für mich ab. Obwohl – ich sollte mir wohl keine falschen Hoffnungen mehr machen.

*

Wir sitzen im Bistrowaggon des Intercity von Stuttgart nach Hamburg und starren in die graue Landschaft hinaus, Marion und ich. Vor uns stehen zwei leer gegessene Gulaschsuppenteller, das weiße Tischtuch ist voller Brötchenkrümel. Am Nebentisch sitzt ein Pärchen, das sich seit Mannheim beharrlich anschweigt. Ob wohl alle großen Lieben dazu verdammt sind, so zu enden? In muffigem Schweigen an einem Restauranttisch? Kannst du mir das Salz reichen? Brauchst du noch einen Magenbitter?

Entmutigt schließe ich die Augen. Auch Marion ist nicht allzu gesprächig heute, aber schließlich sind wir auch nicht verheiratet. Wenn ich wirklich verheiratet wäre, dann würde ich es nie so weit kommen lassen. Es muss doch möglich sein, auch nach einem Dutzend gemeinsam verbrachter Jahre noch am Küchentisch zu sitzen und miteinander zu lachen, zu schmusen. Ich kann ihn ganz deutlich vor mir sehen, unseren Küchentisch. Es herrscht ein ziemliches Durcheinander darauf, Teller mit Wurst und Käse, Gläser mit Himbeermarmelade und Müsliflocken, eine dampfende Teekanne in der Mitte. Auf dem Fensterbrett stehen die Töpfe mit selbst gezogenem Schnittlauch und Basilikum, ein grauer Nieselregen perlt an den Scheiben ab, aber hier drinnen ist es warm und gemütlich. Martin muss gleich aufbrechen, ein Bauer hat angerufen wegen seiner kalbenden Kuh, er schenkt sich noch rasch eine Tasse ein und lässt Laura auf seinem Knie reiten. Das Baby beginnt zu krähen, in unserer Küche geht es so turbulent zu wie im Hühnerstall, aber wir lachen uns an und mir ist so warm ums Herz, dass ich am liebsten ...

Ein heftiger Luftdruck presst mich in den Stuhl im Bistrowaggon des Intercity von Stuttgart nach Hamburg zurück, erschrocken reiße ich meine Augen auf. Vor dem Panoramafenster rast gerade ein Gegenzug vorüber, Höllenlärm erfüllt für ein paar Sekunden den Waggon, dann ist der Spuk auch schon vorbei. Marion hat ihr Gesicht in die Hände gestützt und starrt auf die Speisekarte. »Heiße Liebe mit Vanilleeis.«

Marion blickt mich zweifelnd an, irgendwie ist uns beiden nicht nach heißer Liebe zu Mute. Dann schauen wir wieder zum Fenster hinaus, stumm wie ein altes Ehepaar.

III. Goldcard

Frau Südbaum-Bechstein deutet auf meine Ansichtskarte, die im mittleren Fach der dunkelbraunen Wohnzimmerschrankwand prangt, angelehnt an eine Kristallvase.

»Danke, dass Sie mich nicht vergessen haben, Frau Jacobi! Sie glauben ja gar nicht, wie oft ich an Sie gedacht habe in diesen Tagen. Ich habe Sie so sehr beneidet! Baden-Baden! Das muss wie ein Märchen sein, ich habe einmal in der ›Revue der Frau‹ eine Geschichte darüber gelesen. Diese tollen Hotels! Das Casino! Und die Rennbahn, wo sich immer die Society trifft! Waren Sie auch dort? Nein? Schade! Die Hüte müssen unglaublich sein! Die Begum war auch schon da, mit ihrer Mutter, die aussieht wie ihre Schwester! Ob das wirklich die Gene sind? Oder ob die bei einem von diesen Schönheitschirurgen waren? Na, jedenfalls schön, dass Sie wieder zurück sind. Kinki freut sich natürlich ganz besonders.«

Also, diesen Eindruck habe ich ganz und gar nicht. Mein Chinchilla, dieses undankbare Vieh, sitzt beharrlich neben der Südbaum auf dem Sofa und putzt seine Barthaare. An mich scheint er sich nur mehr schwach zu erinnern. Wenn er sich noch lange ziert, dann gibt es heute Abend Chinchillabraten im Speckmantel.

»Ich habe es natürlich dem Martin erzählt, dass ich jetzt einen kleinen Hausgast habe«, fährt die Südbaum fort. »Er hat das so nett gefunden. Aber mein Bruder war ja schon bei seinem Besuch hier ganz begeistert von Ihnen und Ihrer Hilfsbereitschaft. So etwas findet man heute nur noch selten, hat er zu mir gesagt.« Ein warmes Gefühl steigt in mir hoch, als ob ich soeben heiße Schokolade mit Sahnehäubchen in mich hineingeschlürft hätte. Liebevoll strecke ich die Hand nach Kinki aus, diesem possierlichen Tierchen.

»Na, Kinki, mein Süßer, erinnerst du dich denn gar nicht mehr an dein Frauchen?«

Dazu halte ich ihm einen Butterkeks unter das Schnäuzchen. Endlich scheint sich Kinki meiner zu besinnen. So ein Chinchilla ist eben ein wankelmütiges Wesen. Aber zum Glück bin ich nicht nachtragend.

*

Wilma schreitet durch unsere Bücherei, als ob sie über den roten Teppich bei der »Bambi«-Verleihung wandeln dürfte. Dazu lächelt sie beständig in sich hinein und lässt sich auch von den dümmsten Anfragen unserer Kunden – »Erscheint von Naddel eigentlich eine Fortsetzung?« – nicht aus der Fassung bringen. Antonella klärt mich bei unserer ersten gemeinsamen Kaffeepause auf.

»Sie war bei einer Wahrsagerin, weil sie doch so down

war nach dieser Geschichte mit Bodo. Und die hat ihr erzählt, dass ...«

Olli wieselt vorbei, schwer beladen mit einem einzelnen Blatt Papier, dazu schnauft er, als müsse er gerade den gesamten Brockhaus ins oberste Regal wuchten.

»... das alles nur ein Vorspiel war und eine phänomenale Änderung zum Besseren in ihrem Leben knapp bevorsteht. Sowohl im Privaten wie auch im Beruflichen. Angeblich wird unsere Wilma auf eine Insel im ewigen Süden ziehen und dort mit einem berühmten Künstler auf seinem Anwesen leben. Das hat diese Madame Ophelia alles in den Karten gesehen. Wilma glaubt ihr natürlich, muss sie ja auch, der ganze Zauber hat sie zweihundert Euro gekostet, angeblich war das sogar ein Sonderpreis.«

Unsere Wilma! Wir schütteln einträchtig den Kopf über so viel Dummheit. Zu einer Wahrsagerin gehen! Zweihundert Euro zum Fenster hinauswerfen!! An den Märchenprinz glauben, hihi!!!

»Und, wie war's in Baden-Baden?«, fragt Antonella. »Ich habe da mal so einen Bericht in der ›Bunten‹ gelesen, über diese Pferderennen, also das muss ja schon toll sein, nur Schickimickis und Champagner und die Begum und so. Glaubst du eigentlich, dass die Lippen von der echt sind?«

»So echt wie die Nase von Verona«, sage ich.

Zum Thema Baden-Baden halte ich mich lieber bedeckt, irgendwie erscheint mir der von Madame Ophelia prophezeite berühmte Künstler für Wilma realer als die Millionäre, die Marion und ich abschleppen wollten. Ob wir vielleicht ein wenig naiv waren?

»Darf ich Sie kurz stören?«

Eine Frau im beigen Trenchcoat steht vor uns, sie hält einen prall gefüllten Einkaufskorb umklammert und wirkt ziemlich erschöpft.

»Ich suche Literatur zum Thema, ähh, Pubertät. Probleme, die Vierzehnjährige so haben, mit der elterlichen Autorität und so ... Ob Sie dazu wohl etwas hätten?«

Die Frau sieht aus, als ob sie besser einen vierzehntägigen Kuraufenthalt beantragen sollte, statt sich über ihren Lümmel zu Hause den Kopf zu zerbrechen. Antonella stellt ihren Kaffeebecher ab und gibt sich tapfer als zuständige Fachkraft zu erkennen: »Da kann ich Ihnen ein paar Bücher empfehlen.«

Auf meinem Schreibtisch türmen sich Schreiben von Verlagen und Agenten, die in den höchsten Tönen ihre Schützlinge preisen. »Wurde von der Kritik begeistert aufgenommen«, »in Frankfurt triumphal gefeiert«, »der neue Shooting-Star der literarischen Szene«. Ein schmächtiger Jüngling blickt mich seelenvoll in Schwarzweiß an, soeben ist sein zweiter Roman erschienen, eine »spektakuläre nächtliche Verfolgungsjagd durch den Großstadtdschungel von Berlin, ein Hochseilakt im Geflecht moderner Beziehungen«.

Mir fällt ein, wie sich eine gestresste Lektorin im vergangenen Jahr beklagt hat: »Die meisten Manuskripte müssen wir erst einmal durch ein Rechtschreibprogramm jagen, damit man sie überhaupt zügig lesen kann. Man glaubt ja nicht, was auf unseren Schreibtischen so alles landet. Gedichte von frisch geschiedenen Studienräten für

Germanistik sind da noch das Harmloseste. Ich schlucke Kopfschmerztabletten wie andere Leute Kandis.«

Schaudernd räume ich die Prospekte zur Seite. Ach ja, das brandneue Werk von Elise Hockenheim muss ich unbedingt noch lesen. »Beste Jahre«, es schildert den hochdramatischen Alltag einer deutschen Mittfünfzigerin, umschwirrt von jungen Männern wie Senta Berger in ihren Fernsehdramoletten, verehrt von Wirtschaftskapitänen und Lufthansa-Piloten, dazu fit wie ein Turnschuh. Wie machen all diese Frauen das bloß? Turnen und Fasten, fünf Kinder und Karriere, Charity-Galas und selbst gebackenes Kürbiskernbrot. Ich bin schon müde am Abend, wenn ich mir nur vornehme, am nächsten Morgen zwanzig Situps zu absolvieren! Höchste Zeit für einen Anruf bei meiner liebsten Therapeutin, wahrscheinlich ist sie sowieso schon in Sorge, weil ich mich so lange nicht gemeldet habe, ich klingle einfach mal durch.

»Beautycorner im Kaufhof, guten Tag.«

»Hallöchen, sehr verehrte gnädige Frau«, flöte ich in den Hörer. »Hier spricht die Koordinatorin der Peekenburger Kulturtage. Hätten Sie nicht Lust, bei uns einen kleinen Vortrag zu halten? Das Schönheitsideal der norddeutschen Heidebewohner, zwischen Beate-Uhse-Frisur und Jenny-Elvers-Styling. Ich garantiere Ihnen einen vollen Saal.«

»Ach, du bist es, Leni.«

Marion klingt nicht gerade überschwänglich. »Schön, dass wenigstens einem Menschen noch nach Scherzen zu Mute ist. Gerade hat mich eine Kundin angefaucht. Wie viel ich eigentlich verdiene, hat sie mich gefragt. Und wer sich so eine Antifaltenwirkstoffcreme um zweihundert Euro überhaupt leisten soll. Ich bin ganz schön blöd dagestanden. Noch ein paar so Erlebnisse und ich lasse mich umschulen auf Tupperware-Beraterin, das versichere ich dir.«

Also auch Marion scheint nach unserem Baden-Baden-Wochenende nicht entspannter zu sein. Apropos Baden-Baden, apropos Rudi Stoltenberg ...

»Wie wär's mit einem kleinen Schwätzchen?«, umschmeichle ich die gefrustete Marion. »Wir könnten eine Runde durch die Stadt drehen und anschließend noch etwas essen gehen, natürlich nur eine Kleinigkeit, diese Cocktails aus der Hotelbar sitzen auf meinen Hüften wie Beton. Na, was sagst du?«

»Okay, okay. Aber zum Rumlatschen ist mir heute nicht wirklich zu Mute. Bei dem Wetter hole ich mir jedes Mal eine Angina, gegen die ich dann Antibiotika schlucken muss, und von den Antibiotika kriege ich wieder Pusteln. Lass uns doch gleich zum Italiener gehen.«

»Mais oui«, füge ich mich weltgewandt in Marions Vorschlag. Die Ärmste braucht Streicheleinheiten. Als beste Freundin werde ich es mir natürlich verkneifen, von Frau Südbaums viel versprechender Wiedergabe der lobenden Worte ihres kleinen Bruders Martin zu erzählen. Heute Abend will ich einfach nur ein guter Mensch sein.

*

Bei »Paolo« scheint heute Honeymoon-Abend zu sein. Ringsum turteln Pärchen oder schweigen sich wenigstens über eine Kerzenflamme hinweg an. Mittendrin halten Marion und ich tapfer die Stellung. Wahrscheinlich gelten wir in Peekenburg sowieso längst als alte Lesben. Ich suche Trost in der Speisekarte: Penne con funghi, Lachslasagne oder Saltimbocca mit Kartoffelgratin. Essen ist der Sex der einsamen Mädchen. »Und, was nimmst du?«

Marion schüttelt den Kopf. »Für mich heute nur einen Thunfischsalat. Dieser Stoltenberg will übers Wochenende kommen. Er hat am Montag eine Konferenz in Hamburg.«

»Toll! Supi! Was ist denn eigentlich los? Warum erzählst du mir das mit so einer Leichenbittermiene? Unser erster Millionär!!«

Ausgerechnet in diesem Augenblick materialisiert sich der Kellner wie eine Erscheinung aus Star Wars und hat natürlich alles mitbekommen. Mit bedeutungsvollem Lächeln nimmt er unsere Bestellung entgegen, einmal Thunfischsalat, einmal Saltimbocca und zweimal Prosecco, eisgekühlt bitte. Dann tänzelt er zwischen den Tischen hindurch in Richtung Küche davon.

»Jetzt sag schon, was ist los? Davon hast du doch immer geträumt, einen Typ wie diesen Rudi Stoltenberg an der Angel zu haben. Also ehrlich, ich finde, der sieht genauso aus wie alle diese Topmanager aus der ›Bunten‹ oder der ›Gala‹. So eine Chance kommt vielleicht nie wieder.«

»Hhmmm, hmm.«

Unser Kellner serviert zwei langstielige Gläser mit eisgekühltem Schaumwein, wir nehmen beide einen tiefen Schluck und machen gleichzeitig: Aaaahhhh! Marion scheint ein wenig an Farbe zu gewinnen. Sie lehnt sich im Sessel zurück und dreht gedankenvoll ihr Glas, als ob es ein Orakel wäre.

»Meinst du, diese hauptberuflichen Gattinnen aus der ›Bunten‹ und der ›Gala‹ waren irgendwann mal in ihre Männer verliebt? So richtig?«, sinniert Marion.

»Tja, woher soll ich das wissen? Aber denk doch mal an Dieter Bohlen. Nicht einmal der glaubt, dass die Mädels wirklich in ihn verliebt sind. Jetzt hab doch kein so schlechtes Gewissen wegen diesem Rudi Stoltenberg. Wer weiß, wie viele Frauenherzen der schon gebrochen hat.«

»Du hast ja Recht«, seufzt Marion. »Weißt du, ich glaube, mir fehlt einfach das Zeug zum Luder.«

Ein weißer ausgestreckter Arm schwenkt über den Tisch und stellt einen Teller mit Saltimbocca, Broccoliröschen und Kartoffelgratin vor mich hin. Marion bekommt ihren Thunfischsalat serviert.

»Buon appetito, die Damen!«

Ich schlage den Latino-Spitzel mit einem unfreundlichen Blick in die Flucht, dann wende ich mich meinem Kalbsschnitzel mit Parmaschinken und Lorbeerblatt zu. Köstlich! Obwohl, du lieber Himmel, ob Martin wohl Vegetarier ist? Aber sind das nicht alle Tierärzte? Verunsichert kaue ich an einem Bissen herum, während sich Marions Laune wieder etwas zu heben scheint.

»Ach, was soll's! Und überhaupt, wir haben ja noch nicht einmal so richtig ... na ja, herumgeschmust, das schon, aber ... also, jetzt warte ich einfach mal das Wochenende ab.«

Wir futtern einträchtig, Honeymoonstimmung senkt sich endlich auch in unsere einsamen Mädchenherzen. Marion kriegt einen Millionär, und ich kriege einen Tierarzt. Wilma wandert nach Ibiza aus, und Olli verlobt sich mit Bodo. Antonella ... nun, für Antonella fällt mir ganz bestimmt auch noch eine Lösung ein.

*

Irgendetwas packe ich völlig falsch an in meinem Leben. Der neue Bestseller von Elise Hockenheim hat mir diesen Umstand erbarmungslos vor Augen geführt. Mir fehlt einfach das Durchhaltevermögen. Aus Beziehungen zu nervtötenden männlichen Wesen bin ich stets geflüchtet, anstatt sie zu vorzeigbaren Erfolgstypen umzumodellieren. Wie zum Beispiel Anita G. aus Saarbrücken, die im Kapitel »Gattin – ein Job für starke Frauen« vorgestellt wird. Ein Vierteljahrhundert lang hat Anita G. ihren Gatten eingekocht und seine Macken ertragen, heute leitet er die Europazentrale eines weltweiten Konzerns, und Anita residiert in einer weißen Villa mit Kiesauffahrt. Aber muss man sich als Frau denn immer freiwillig in den Schatten stellen? Beileibe nicht! Dem Kapitel »Karrierefrauen – im Businesslook zum Höhepunkt« hat die Hockenheim das Beispiel von Uschka F. vorangestellt, die sich aus einem kleinen Dorf an der Mosel innerhalb weniger Jahre zur erfolgreichen Produzentin von Fernsehserien gemausert hat. Uschka F. fliegt nach Los Angeles so selbstverständlich wie unsereins zum Supermarkt trottet, sogar George Clooney hat sie schon einmal die Hand geschüttelt. Bei Zwischenstopps in München trifft Uschka F. dann ihren Lebensabschnittspartner, der acht Jahre jünger ist und in einer ihrer Serien einen Rettungshubschrauberpiloten mimt. »Wir sehen uns zwar nur selten, aber das hält die Liebe frisch.«

Und ich?

Annalena J. aus Peekenburg, lebt mit einem gewissen Kinki in einer Zweizimmerwohnung mit Balkon und ist eine der Säulen des städtischen Kulturlebens. Setzt seit neuestem Speck um die Hüften an und hat ein graues Haar hinter dem linken Ohr entdeckt, welches sie in wilder Panik auszupfte und im Klo hinunterspülte. Der Mann ihrer heimlichen Träume werkelt als Tierarzt in der Pampa. In absehbarer Zukunft wird sich Annalena J. aus Peekenburg mit ihrer guten Bekannten, Frau Südbaum-Bechstein, in ein Stift für alte Jungfern zurückziehen. Sie hinterlässt eine Lücke in unseren Herzen.

»Kinki, jetzt bastle ich schon an meinem Nachruf«, sage ich zu meinem Mitbewohner. Kinki trollt sich unter die Heizung und rollt sich an der warmen Mauer zusammen, seinem Lieblingsplatz. Ich könnte mich auch zusammenrollen, in der Badewanne oder vor dem Fernseher, und dazu in dem neuen Fitnessmagazin schmökern, das ich mir im Supermarkt spendiert habe, mit der verheißungsvollen Titelstory »24 Gründe, um den November zu genießen«.

Aber noch kann ich es mir nicht gemütlich machen. Olli nervt mich schon seit Tagen wegen der Pläne für die Ausstellung bedeutender Bürger zum Zweihundert-Jahre-Jubiläum unserer Stadt, sogar aus dem Büro des Bürgermeisters ist bereits eine Nachfrage gekommen. Was habe ich mir da bloß aufgehalst! Wo soll ich beginnen? In der Ursteinzeit vielleicht? Oder bei den Raubrittern? Unter Bismarck? Ob ich im Telefonbuch nachschauen und die Nummer unserer alten Geschichtslehrerin, wie hieß sie bloß, heraussuchen soll? Ob die überhaupt noch lebt? Das Telefon klingelt, voller Erleichterung über die Ablenkung stürze ich zum Apparat.

»Jacobi.«

Wilma, auch das noch! Aber andererseits, gehörte Wilma nicht zu den elenden Streberinnen, damals, als wir noch für Abba schwärmten? Vielleicht kann ich sie ja für meine Zwecke einspannen, diskret natürlich, damit die hohle Nuss nichts merkt.

»Hallo Wilma, schön von dir zu hören«, säusle ich ins Telefon. »Ich habe gerade an dich gedacht, oder besser gesagt, an uns alle damals. Sag, kannst du dich noch an den Namen von unserer Geschichtslehrerin erinnern, du weißt schon, die mit den unmöglichen Gesundheitsschuhen, die uns immer das Schminken verbieten wollte.«

»Du meinst die Hansen«, antwortet Wilma wie aus der Pistole geschossen. »Und ich glaube, ich weiß auch, warum dir die eingefallen ist. Hängst du mit dieser Jubiläums-Ausstellung in der Luft, arme Leni? Geschichte war doch noch nie dein Fall. Ich verstehe ehrlich nicht, warum ausgerechnet du dafür verantwortlich sein musst.«

Wilma ist einfach die Pest. Vielleicht sollte ich ja eine Ausstellung zum Thema »Körperbehaarung der Peekenburgerinnen einst und heute« vorschlagen, gesponsert von einem Elektronikkonzern für Epiliergeräte. Wilma müsste dann überlebensgroß auf der Wand gegenüber vom Eingang abgebildet werden, so wie Godzilla. Kühl wechsle ich das Thema.

»Wenn du meinst. Warum rufst du eigentlich an? Ist etwas passiert?«

»Ach, nicht direkt. Aber weißt du eigentlich, dass ich eine Kusine habe, die in Baden-Baden als Masseurin arbeitet? Nein? Also, dass ich euch nie von der erzählt habe! Die Steffi, so heißt meine Kusine, kennt einfach die unglaublichsten Geschichten, zum Beispiel was sich in diesen feinen Hotels so alles abspielt! Weißt du eigentlich, dass solche Nobelorte DER Tummelplatz für Heiratsschwindler sind? Steffi sagt, dass sie schon total tragische Sachen erlebt hat.«

»Interessant«, sage ich mit einer Stimme so kalt wie Gletschereis.

»Aber wie kommst du ausgerechnet jetzt auf dieses Thema?«

»Aber ihr wart doch gerade dort, du und Marion, oder etwa nicht? Ich habe mir gedacht, ich gebe euch einfach mal einen kleinen Tipp, damit ihr nicht in irgend so eine blöde Geschichte hineinrutscht, man weiß doch nie, mit wem man sich gerade einlässt, außer man knutscht mit dem Nachbarsjungen. Nichts für ungut, Leni.«

»Danke, Wilma«, sage ich mit der Wärme eines hungrigen Piranhaweibchens. »Aber du musst mich jetzt entschuldigen, ich habe noch eine Verabredung.«

»Also dann, Leni, und grüß mir Marion. Und vergiss nicht, ihr von meiner Kusine zu erzähl...«

»Ciao Wilma«, sage ich und knalle den Hörer auf. Ob Wilmas Kusine uns beobachtet hat? Bestimmt, diese Familie überzieht Europa offenbar wie eine Spionageorganisation aus »Akte X«. Seufzend lasse ich heißes Wasser in die Wanne sprudeln und meine Klamotten auf den Boden fallen. Dann winde ich mir ein Frotteetuch mit dem eingestickten Namenszug »Parkhotel«, echt schick, um die Haare, hole mir mein Fitnessmagazin, »24 Gründe, um den November zu genießen« – hoffentlich ist wenigstens einer für mich dabei – und mache es mir in der Badewanne gemütlich.

*

Die Frau kommt mir irgendwie bekannt vor. Sie holt gerade ein Buch nach dem anderen aus ihrer Umhängetasche und stapelt sie fein säuberlich vor mir auf. Heute Vormittag habe ich Dienst an unserem »Ausleih-Schalter«, schon seit zwei Stunden tausche ich Krimis gegen Reiseberichte und nehme Voranmeldungen für unsere Harry-Potter-Warteliste entgegen. Die Frau vor mir bringt einen Stapel Erziehungsberater zurück: »Das schwierige Alter«, »Umgang mit Jugendlichen in der Pubertät«, »Söhne ohne Väter – eine Generation ohne Vorbild?«. Ach, jetzt fällt es mir wieder ein, vor einer Woche war sie schon einmal hier und hat Antonella um Rat gebeten. Ob sie ihn gefunden hat? Die Frau schaut noch immer ziemlich erschöpft drein. Offenbar eine Alleinerziehende, die mit einem vierzehnjährigen wandelnden Pickel gestraft ist. Wer weiß, was mir diesbezüglich erspart geblieben ist, vielleicht ist es ja doch ...

»Ich schaue mich noch ein wenig um«, sagt die Frau mit leiser Stimme und verschwindet zwischen den Regalen. Ob ich ihr einen lustigen Frauenroman mit Happyend empfehlen soll? So einen, der völlig an der Realität vorbeischrammt und deshalb so gerne gelesen wird? Geschiedene Alleinerziehende verbeult mit ihrem Fahrrad Luxuslimousine, worauf deren Besitzer, ein frisch geschiedener Staranwalt, sich prompt in sie verliebt. Nach einigen Missverständnissen findet sie im weich gekochten Frühstücksei einen Einkaräter, die Problemzwillinge werden vom Staranwalt, der zeugungsunfähig ist, begeistert adoptiert und alle ...

»Hätten Sie was über Litauen?«

Ich schrecke aus meinen Tagträumen hoch. Vor mir steht ein spitzbärtiger Rentner und blickt mich erwartungsvoll an. Höchstwahrscheinlich plant sein Seniorenheim eine Kaffeefahrt durch den hohen Norden, und jetzt will er die Damenwelt mit seinem Wissen beeindrucken.

»Einen Moment, bitte.«

Ich hämmere in die Tastatur, schwupps, schon nennt mir mein Computer zwei Bildbände und einen Kulturführer, ein weiterer Tastenklick, tuckertucker, schon habe ich dem spitzbärtigen Rentner die Liste ausgedruckt, meine Generation steht mit der Welt der Technik eben auf Du und Du, beeindruckt zieht der Litauenexperte in spe ab.

Ich genehmige mir einen Schluck schwarzen Kaffee und zwei Spekulatius. Ab Ende Oktober steht ja in den Supermärkten Weihnachten praktisch vor der Tür, überall wird man mit Plätzchen und Marzipan bedrängt, vielleicht wünsche ich mir vom Christkind in diesem Jahr eine Fettabsaugung. Ich setze mich gerade hin und ziehe den Bauch ein, ein alter Trick, der angeblich in Sekundenschnelle um zwei Pfund schlanker macht, der Tipp stammt natürlich von Marion. Warum ruft sie bloß nicht an? Muss denn dieser Rudi Stoltenberg nie aufs Klo, sodass die beste Freundin im Flüsterton über das Allernotwendigste informiert werden kann? Oder kniet er praktisch pausenlos vor ihr? Vielleicht ist der Mann ja ein verkappter Triebtäter, der vorzugsweise in anonymen Hotels nach zartgliedrigen Opfern Ausschau hält! Ob ich die Polizei informieren soll? Womöglich ist die Visage von diesem Kerl längst in einer Fahndungskartei gespeichert – und so einer gibt sich dann als Millionär aus!! Das Telefon klingelt, ich greife blitzschnell nach dem Hörer. »Na endlich, das hat aber lange ...«

»Frau Jacobi, sind Sie das?«

Die Südbaum-Bechstein ist in der Leitung, eindeutig erkennbar an ihrer zaghaften Stimme.

»Störe ich Sie auch nicht, Frau Jacobi? Ich wollte Sie auch nur ganz kurz fragen, ob Sie am kommenden Wochenende vielleicht Zeit hätten. Mein Bruder kommt zu

Besuch, und da habe ich mir gedacht, also, ob ich nicht vielleicht wieder einmal etwas Leckeres koche, so wie früher, einen Rinderschmorbraten vielleicht. Aber natürlich nur, wenn Sie nichts Besseres vorhaben, ich möchte Sie nicht überrumpeln, ich ...«

»Ach, das ist aber eine nette Idee, Frau Südbaum«, zwitschere ich in den Hörer. »Ich liebe Rinderschmorbraten! Zeit habe ich auch, doch, doch, das ließe sich schon einrichten. Und wirklich nett, dass Ihr Bruder ebenfalls kommt, Martin heißt er, nicht wahr?«

Wir tauschen noch ein paar Minuten lang Freundlichkeiten aus, die Südbaum und ich, dann verabschieden wir uns wie alte Freundinnen. »Bis Sonntag, ich freue mich schon.«

Das Telefon klingelt, kaum dass ich den Hörer aufgelegt habe.

»Stadtbücherei Peekenburg.«

»Leni, bist du' s? Ach, ich sage dir, das war vielleicht ein Wochenende. Ich bin so etwas von geschafft.«

»Marion, wo steckst du denn?«, blaffe ich in den Hörer. »Ich habe mir schon solche Sorgen gemacht, weißt du, dass ich nah dran war, einen Detektiv zu engagieren? Also, wie war es? Ich platze!!«

»Nicht am Telefon«, murmelt Marion, sie klingt ziemlich bedrückt. »Hast du heute Abend Zeit?«

»Natürlich, für dich doch immer. Bei Paolo?«

»Ich komm lieber zu dir. Bei Paolo stehen die Tische so eng, da hören immer alle mit. Ich bringe auch einen Rotwein mit. Ist dir das recht, Leni?«

»Gebongt«, sage ich. »Zum Essen lasse ich mir etwas einfallen, ich habe da in einer Illustrierten so ein Rezept für Lammkoteletts mit Kräuterkruste entdeckt, das würde ich ...

»Lieber nicht, Leni. Ich habe keinen allzu großen Appetit.«

»Na gut, dann ...«

Vor meinem »Ausleih-Schalter« hat sich ein streng blickender Herr aufgebaut, also verabschiede ich mich von Marion.

»Ciao, bis heute Abend.«

Der streng blickende Herr holt tief Luft.

»Ich möchte eine Beschwerde vorbringen. Es ist beklagenswert, ja, geradezu skandalös, wie sogar in einer Institution wie dieser öffentlichen Bücherei die Lyrik vernachlässigt wird. Glauben Sie vielleicht, dass Sie mit ein paar Bänden von Heinrich Heine und dieser Droste-Hülshoff Ihrem Auftrag gerecht werden? Also, wer ist hier der zuständige Fachreferent, bitte schön?«

»Die zuständigen Fachreferenten sind sowohl Frau Wilma Nolte in ihrer Eigenschaft als Leiterin der Literaturabteilung sowie ich in meiner Eigenschaft als stellvertretende Leiterin der Gesamtbücherei. Sie sind also an der richtigen Stelle«, lasse ich den strengen Herrn mit einem zuckersüßen Lächeln wissen. Manchmal macht Karriere richtig Spaß.

*

Liebevoll habe ich die Lachscracker mit Dill und Mayoklecksen garniert, Salate in Schälchen gefüllt und meine allerbeste Zimtduftkerze entzündet. Aber Marion sitzt bloß mit angezogenen Knien auf meinem Sofa und starrt vor sich hin.

»Also, jetzt red doch endlich!«, sage ich flehend. »Sonst mache ich mir noch ernsthaft Sorgen! Hat er dich irgendwie ... na, du weißt schon, war er ernsthaft pervers oder so ... jetzt sag schon was.«

Marion lässt ein Geräusch hören, das wie ein verächtliches Schnauben klingt.

»Pervers, dass ich nicht lache! Der ist doch nicht einmal dazu im Stande! Okay, ja, wir waren im Bett. Oder besser gesagt, wir haben es versucht. Grauenvoll, sage ich dir! Eine Nudel al dente ist potent dagegen!«

Das klingt ja nun wirklich nicht allzu romantisch. Obwohl, was wir an Millionären so lieben, das ist ja nicht gerade ihre Potenz, oder? Also, was hatte Rudi Stoltenberg sonst noch zu bieten?

Marion greift sich einen Lachscracker und zermalmt das unschuldige Häppchen, dass es nur so kracht.

»Leni, es war einfach schrecklich! Dir sage ich die ganze Wahrheit, du bist meine allerbeste Freundin, aber wenn ich je erfahre, dass du auch nur ein winziges Sterbenswörtchen weitergeplaudert hast, dann, dann ...«

Marion fällt offenbar keine Grausamkeit ein, die ausreichen würde, um meine mögliche Geschwätzigkeit zu bestrafen, aber ich bin sowieso schon eingeschüchtert: »Ehrenwort, nicht einmal unter Hypnose werde ich sprechen!«

Marion lädt sich einen Teller mit Krabbensalat voll, wenigstens scheinen ihre Überlebensreflexe wieder einzusetzen.

»Du wirst es vielleicht nicht glauben, aber weißt du, dass mich dieser Kerl sogar um Geld angepumpt hat? Man stelle sich das vor! So etwas passiert doch nur in diesen fürchterlichen Lebensbeichten, die man in den Illustrierten beim Friseur immer liest! Sekretärin verschuldete sich in Millionenhöhe, um Heiratsschwindler zu finanzieren. Und dann passiert mir genau das Gleiche, also, ich ...«

»Aber du hast ihn doch wenigstens auf Anhieb durchschaut«, versuche ich Marion zu besänftigen. Die blickt mich gequält an.

»Ja, das glaubst du vielleicht! Ich habe diesem Kerl doch allen Ernstes ein Abendessen im ›Dorfkrug‹ spendiert, du weißt schon, das ist dieser sauteure Schuppen Richtung Hamburg. Natürlich war es eine Einladung von ihm, bestellt hat er nur das Allerfeinste und Teuerste, dazu hat er sich vom Sommelier beraten lassen, dieser miese kleine Angeber. Wie dann die Rechnung gekommen ist, wollte er ausgerechnet mit der einzigen Kreditkarte bezahlen, die sie im ›Dorfkrug‹ nicht nehmen, irgend so eine Goldcard, stell dir mal vor. Das war vielleicht eine Situation! Meine gute alte Mastercard für Normalverdiener haben sie selbstverständlich akzeptiert. Also, ich glaube ja, dass der sich rechtzeitig informiert hat, mit welcher Karte er aus dem Schneider ist, und die hat er dann geschwenkt. Natürlich will man anschließend nicht gleich was sagen, du weißt schon, man will doch nicht als kleinkariert dastehen. Dieses verdammte Abendessen kostet mich jedenfalls ein halbes Monatsgehalt, dabei mag ich Hummer nicht einmal.«

»Ja, aber er wird das doch noch irgendwie regeln, oder nicht?«, frage ich ziemlich naiv.

»Ha, davon wüsste ich was! Am nächsten Tag, das war der Sonntag, hat er mir dann gestanden, dass er derzeit ein wenig in der Klemme steckt, von wegen Aktienmarktschwankungen und so. Dann habe ich natürlich nachgebohrt und wollte endlich etwas Konkretes wissen. Und weißt du, womit sich dieser Angeber in den letzten Jahren seine Brötchen verdient hat? Als Autohändler!! Der Mann ist Autohändler in irgend so einem Dorf bei Stuttgart, und mir hat er in Baden-Baden was von Hochfinanz vorgefaselt. Ein Autohändler!«

»Na, besser als ein Fischhändler«, gebe ich zu bedenken. Das Vorbereiten von Lachshäppchen und Krabbensalat hat mich offenbar zu diesem Hinweis inspiriert. Aber Marion scheint meine mitfühlenden Worte nicht als Trost zu verstehen, erbittert funkelt sie mich an.

»Ach, Leni, dein Sarkasmus ist manchmal schwer zu ertragen, weißt du das?«

»Ich hab's doch nicht so gemeint«, murmle ich beschämt, »ehrlich. Es tut mir wirklich Leid, dass diese Sache so geendet hat. Sie ist doch beendet, oder?«

»Na logo«, faucht Marion. »Soll er doch bei einer anderen Doofen sein Glück versuchen, diese weiche Nudel. Von den Männern habe ich jedenfalls genug, das sage ich dir. Verliebt man sich total und so richtig Hals über Kopf, dann trampeln sie auf deinem Herz herum. Will man es endlich einmal anders versuchen und so cool sein wie die ganzen Weiber aus den Illustrierten, dann entpuppen sie sich als bankrotte Gauner. Ich gehe ins Kloster.«

»Tu das nicht, Marion«, sage ich flehentlich. »Was wird denn dann aus mir? Du kannst mich doch nicht ganz alleine hier zurücklassen, mit all diesen Pappnasen.«

Verzagt nippen wir beide an unserem Rotwein. Ich würde Marion so gerne etwas Tröstendes sagen, aber mir will einfach beim besten Willen nichts einfallen. Zum Glück kommt Kinki unter der Heizung hervorgehoppelt und blickt so Mitleid erregend drein, dass Marion ihn einfach auf ihren Schoß setzen muss, obwohl sie doch eine Katzenhaarallergie hat. Kinki kriegt einen Cracker und wird ausgiebig gestreichelt. Ach, meine beste Freundin hat einfach einen Prinzen verdient! Wenn dieser Martin doch bloß einen Zwillingsbruder hätte!

*

»Unglaublich, wie diese Aktion einschlägt«, wundert sich Antonella. »Wie bist du überhaupt auf die Idee gekommen? Peekenburger Bürger sollen ihre interessanten Vorfahren vorstellen! Das kommt natürlich viel besser an als irgend so eine langweilige Ausstellung über semiprominente Heidedichter. Dieses Projekt ist praktizierte Volksnähe, schreibt das ›Tagblatt‹. Angeblich bekommen sie nach unserem Aufruf so viel Material zugesandt, dass die ganze Redaktion davon überquillt. Jetzt will sogar so ein

Fernsehmagazin darüber berichten, hast du schon gehört? Leni, du wirst noch bundesweit prominent.«

»Ja, das war schon immer mein heimlicher Traum«, sage ich flapsig. »Einmal zwischen Guido Westerwelle und Thomas Anders abgebildet sein. Supi.«

»Nein, im Ernst. Ich finde die Idee genial.«

Wenn Antonella wüsste. Der Aufruf im »Tagblatt« ist mir in höchster Not eingefallen, nachdem ich mich in meinen Träumen schon vom Herrn Bürgermeister höchstpersönlich aus Peekenburg ausgebürgert gesehen habe. Aber das halbseitige Inserat ist derzeit das Tagesgespräch der ganzen Stadt, jede Peekenburger Familie will wenigstens einen Großonkel oder eine Urgroßmutter in unserer Ausstellung zum zweihundertjährigen Jubiläum gewürdigt wissen. Da ich – gemeinsam mit der Pressereferentin des amtierenden Bürgermeisters – für die Auswahl verantwortlich bin, ist auch mein Ansehen in der hiesigen High Society sprunghaft angestiegen. Wildfremde Männer ziehen den Hut vor mir, wenn ich durch die Fußgängerzone schlendere, täglich flattern mir Einladungen zu Geburtstagsfeiern und Firmenjubiläen ins Postfach. Man könnte sich daran gewöhnen.

Dabei habe ich in unserer Bücherei schon Arbeit genug. Kühnlein steckt mitten in der »heißen Wahlkampfphase« und lässt sich kaum mehr blicken. Dafür strahlt sein Konterfei von jeder Plakatwand, untermalt von dem himmelblauen Schriftzug: Alfred Kühnlein – mein Handschlag gilt. Der zuständige Werbetexter hat Alfred Kühnlein gewiss nie persönlich die feucht-schwammige Hand geschüttelt, so viel steht fest.

Einmal bin ich sogar mitten in eine Wahlveranstaltung von Kühnlein geraten – oder besser geplatzt –, unter meinem knallorangen Schirm während eines heftigen Regengusses. Eine junge Hostess hat mich mit einem Kugelschreiber beschenkt, dann hat mich leider der Kandidat höchstpersönlich erspäht. »Ich darf doch auf Ihre Stimme zählen, liebe Frau Jacobi«, hat Kühnlein geschleimt und vergeblich versucht, unter meinen gesteppten Blazer zu spähen. Ich habe nur gehüstelt und den Kugelschreiber in meine Umhängetasche gestopft. Aber Kühnlein war nicht zu bremsen.

»Ach, was sage ich denn da, liebe Frau Jacobi. Nennen Sie mich in Zukunft ruhig ›Alfred‹. Ihre Ausstellung zum zweihundertjährigen Jubiläum unserer schönen Stadt ist ja in aller Munde. Also, darauf müssen wir unbedingt demnächst einmal anstoßen, meine liebe ... ähh Annalena, nicht wahr, also dann ...«

Seither hoffe ich inbrünstig, dass Kühnlein Bürgermeister wird, auch wenn dieser fatale Umstand die Stadt in ihrer Entwicklung um hundert Jahre zurückkatapultieren wird, mindestens. Aber der Gedanke, dass »Alfred« in Zukunft wieder mein Chef sein könnte, verschafft mir nervöse Pusteln am ganzen Körper, ehrlich.

So gerät unsere kleine Stadt also aus den Fugen, nur die Bücherei scheint ein Hort des Friedens zu sein. Nun ja, nicht ganz, das Jahresende naht bedrohlich, und damit verbunden die große Inventur unserer Buchvorräte. Zum Glück scheint in diesem Jahr wenig geklaut worden zu sein, die Harry-Potter-Bände sind sowieso ständig ausgeliehen, und unsere Kunden bezahlen brav all ihre Gebühren. Wilma und Olli hacken in die Computer, dass die Tasten glühen, Antonella betreut ihre Stammkundschaft aus jungen Müttern (»Alles, was Sie übers Stillen wissen müssen – eine Hebamme berät«) und früh pubertierenden Zahnspangenträgerinnen (»Das erste Mal – alles was du darüber wissen musst«). So bemühen wir uns täglich um den Wissensstand der örtlichen Bevölkerung, die Peekenburger Schüler wissen vermutlich alles über Oralsex, aber nur sehr wenig über den Dichter Heinrich Heine, da muss ich dem sauertöpfischen Beschwerdesteller von voriger Woche leider zustimmen.

Wilma eilt vorüber, in einem rosafarbenen Chenillepullover, der so eng sitzt wie eine Wursthaut. Sie sieht darin aus wie ein wandelnder Schinken, nicht unappetitlich, vermutlich fahren Männer ja sogar darauf ab. Wilma wirkt jedenfalls nicht allzu betrübt, vor allem, wenn man bedenkt, dass Bodo, der einzige Mann, der sich je an ihren problematischen Kiefer heranwagte, verduftet ist.

»Wie geht's denn immer so?«, frage ich betont harmlos.

»Super!«, gibt mir Wilma keck zurück. Na ja, sehr gefühlvoll ist sie offenbar nicht veranlagt.

»Echt super! Ans kommende Wochenende würde ich übrigens gern den Montag dranhängen, wenn du nichts dagegen hast, Annalena.«

»Also, von mir aus«, gebe ich mich als verständnisvolle stellvertretende Chefin zu erkennen. »Fährst du weg?«

»Ach, ich brauche einfach Frischluft. Sonst versumpft man hier noch völlig, findest du nicht auch?«

»Ooochh.«

Ganz so drastisch muss man unsere Situation als Peekenburger Büchereiangestellte ja nicht gerade beschreiben. Wir lernen eine Menge interessante Menschen kennen, bekommen die neuesten Krimis gratis zugeschickt und brauchen uns nicht mit aufsässigen Schülern oder querulantischen Patienten herumzuplagen. Ich bin selbst verblüfft, wie sehr ich plötzlich meinen Job preise, kaum dass Wilma sich so abfällig geäußert hat. Wo ist sie eigentlich abgeblieben? Offenbar ist sie schon wieder an ihren Computer verschwunden. Na ja, jetzt bleibt ihr eben nur noch der Beruf, der guten, armen Seele.

Ich schlendere hinüber zu Antonella, die ich in den vergangenen Wochen ganz schön vernachlässigt habe, hoffentlich ist sie mir nicht böse. Aber das Leben hat mich einfach gebeutelt.

»Hallo, Antonella«, sage ich. »Alles im grünen Bereich?«

»Ah, Annalena. Schön, dass du dich wieder einmal blicken lässt. Du hast mir nicht einmal ausführlich von Baden-Baden erzählt, dabei ist das doch auch schon wieder fast einen Monat her, oder?«

»Ach, vergiss es«, sage ich seufzend. »Viel heißer Dampf und tattrige alte Knacker. Dort heuert man am besten als Pflegerin an und erbt dann nach zwei Jahrzehnten Bettpfannenausleeren vielleicht den Mops. Da trifft man wahrscheinlich sogar am Ballermann interessantere Typen.«

»Ooch, schade.« Aber Antonella klingt nicht wirklich betroffen. Na gut, ein wenig Schadenfreude sei ihr von Herzen gegönnt.

»Wieso ist eigentlich Wilma so gut drauf?«, frage ich. »Allzu sehr scheint sie ihrem Bodo ja nicht nachzutrauern, dabei war dieser Kerl ja wirklich nicht, nun ja, also, von der Bettkante hätte ich den nicht gerade geschubst.«

»Die hat einen Neuen kennen gelernt, übers Internet. Aus Köln, angeblich arbeitet er als Gagschreiber für so eine Comedy-Show. Wilma ist völlig hin und weg. Und mit Olli ist sie ein Herz und eine Seele, weil der sie ja überhaupt erst zum Chatten gebracht hat. Jetzt tauschen sie sich am Vormittag in der Kaffeeküche immer über ihre nächtlichen Online-Sexgespräche aus, Olli ist offenbar an so einem Typ aus München dran. Ja, hier bei uns geht es lustig zu. Allmählich komme ich mir völlig vorgestrig vor.«

»Nicht doch«, beschwichtige ich die arme Antonella. Dabei kann ich es ihr ja nachfühlen. Wie es ihr wohl in ihrer unglückseligen Affäre mit diesem verheiratetem Typ ergeht? Ich habe schon so lange nicht mehr nachgefragt. Ziemlich zerknirscht stehe ich da.

»Antonella, wie wär's mit einem gemütlichen Abend bei mir? Oder wir gehen aus, endlich wieder mal ins Kino, und nachher versacken wir dann bei Paolo! Na, abgemacht?«

»Ja, warum nicht.« Aber Antonella klingt nicht wirklich enthusiastisch. Freundinnen müssen eben regelmäßig gepflegt werden. Sonst lassen sie die Blätter hängen.

*

Die Journalistin vom »Tagblatt« kling nervtötend jung und dynamisch.

»Sie schicken mir also alle Unterlagen über Frau Hockenheim zu und organisieren einen Interviewtermin, ja? Kann ich mich darauf verlassen, Frau Jacobi? Sicher? Abgabetermin für unsere Sonntagsbeilage ist allerspätestens Freitagmittag, das bedeutet also, dass ...«

»Machen Sie sich keine Gedanken«, unterbreche ich die Sabine Christiansen von Peekenburg. »Ich habe bereits alles mit der Presseagentin von Frau Hockenheim besprochen und in die Wege geleitet. Sie bekommen Ihr Interview samt Fototermin rechtzeitig für die Sonntagsbeilage vor der Lesung.«

Wir verabschieden uns betont cool, von Karrierefrau zu Karrierefrau eben, pfffhhh. Dann wende ich mich wieder meinem flimmernden Computerschirm zu. Sind alle Einladungen verschickt? Ist das Hotel gebucht? Natürlich nur das beste Haus der Stadt, das einen Indoorpool mit Gegenstromanlage aufweisen kann. Seitdem immer wieder über die Marotten großer Stars wie der Rolling Stones auf Tournee berichtet wird, haben sich auch Fuzzis à la Elise Hockenheim angewöhnt, ihre Gastgeber zu triezen. Suite mit Blumen und Obstkorb, bitte schön, aber nur Erdbeeren und frische Papayas, von Ananas bekomme ich immer Sodbrennen. Und zur Signierstunde bitte eine Kanne mit grünem Tee, aber nur aus südchinesischen Teeblattspitzen mit einer Temperatur von 197 Grad Fahrenheit! Literaturagentinnen, die schon völlig unbekannte Eskimodichter auf ihrer Lesereise durch den östlichen Chiemgau begleiten mussten, haben mir davon Lieder gesungen. Ich brauche die Hockenheim ja wenigstens nur einen einzigen Abend lang zu ertragen, und da wird sich gewiss Olli in den Vordergrund schleimen. Soll er ruhig.

Ich habe sowieso andere Dinge im Kopf, zum Beispiel die Einladung bei Frau Südbaum-Bechstein am Sonntag, also in fünf Tagen. Mindestens zwei Kilo müssen noch runter, aber hallo! Und was trägt man bloß zu einem Rinderschmorbraten? Nichts Aufgebrezeltes, so viel steht fest. Cordhose und Tweedjackett? Nein, das ist zu salopp, außerdem wird der Rinderschmorbraten ja nicht in Cornwall von Rosamunde Pilcher serviert. Eventuell das kleine schwarze Kostüm mit dem schwarzen Spitzenbody darunter, aber das sieht wieder nach Theaterpremiere aus. Dieser lässige Martin kommt sicherlich in abgewetzten Jeans und Pulli und wird darin aussehen wie ein griechischer Gott. Verzagt blättere ich in dem Modemagazin, das Antonella gehört. Styling-Tipps in allerletzter Sekunde: Binden Sie einen Schal schräg über die Hüften, das macht schlank!

Danke, liebe Redaktion, jetzt geht es mir gleich viel besser! Verärgert will ich das Heft zuknallen, da springt mir der große Psychotest ins Auge: Sind Sie bereit für die große Liebe? Oder haben Sie eine unsichtbare Mauer aus Frust und Enttäuschung um sich aufgebaut? Blöderweise hat Antonella bereits ihre Kreuzchen gemalt, fast immer in der Rubrik »C«, was auf eine empfindsame, vom Leben enttäuschte Seele hindeutet. Interessiert lese ich die diesbezüglichen Ausführungen von Diplompsychologen Prof. Dr. Othmar Holzbach, dann beende ich meine Lektüre. Man will ja nicht indiskret sein.

*

Der Rinderschmorbraten war einfach köstlich. Leider habe ich dazu völlig ungeniert zwei Kartoffelknödel verdrückt, die gegen meinen Rockbund drängen. Und nun kündigt Frau Südbaum auch noch Kaiserschmarren an, selbst gemacht, das Rezept stammt von einer österreichischen Tante. Martin sitzt mir gegenüber, lässig und vergnügt, und sieht natürlich umwerfend aus in schwarzen Jeans und einem dunkelgrünen Pullover über einem blendend weißen Hemdkragen, gerade füllt er unsere Gläser mit Rotwein nach. Der Tisch ist mit Frau Südbaums bestem Porzellan und Besteck gedeckt, die Servietten sind mit Kreuzstich gesäumt. Vor dem Fenster schimmert eine blasse Novembersonne, auf der Anrichte prangt ein roter Weihnachtsstern in einem Porzellanübertopf. Aus der Küche duftet es wie im Märchen. Beinahe bin ich versucht, die Augen zu schließen ... Wer hätte gedacht, dass ich ausgerechnet bei meiner guten, braven Frau Südbaum-Bechstein solche Momente erleben würde, die meinen heimlichen Träumen vom Glück so nahe kommen? Wenn ich bloß die Zeit anhalten könnte, dann würde ich hier nie wieder ...

»Meine Schwester hat mir erzählt, dass Sie gerade steile Karriere machen«, sagt der reale Mann meiner Träume mitten in mein Schweigen hinein. »Bleibt da überhaupt noch Zeit fürs Privatleben?«

»Oochh.«

Was soll ich bloß antworten? Die Wahrheit? Die klingt so aufregend wie eine Tasse Kamillentee vor dem Schlafengehen. Aber wenn ich mich nun zur umschwärmten Schönheit umdichte, dann riskiert er höchstwahrscheinlich überhaupt keinen Annäherungsversuch, eine fatale Situation.

»Also, so wild ist es nun auch wieder nicht«, sage ich und ziehe meinen Bauch ein. »Zum Glück habe ich gute Freundinnen, die mich ...«

Die liebe, gute Frau Südbaum erscheint im Türrahmen wie ein rettender Engel. Sie trägt vorsichtig eine schwarze Pfanne, in der sich ein vanillegelbes Gebirge mit Rosinen und Puderzucker türmt. Die nächsten Minuten schwelgen wir still vor uns hin, Martin lässt eine Gabel nach der anderen zwischen seinen blitzenden Zähnen verschwinden, ich kann nicht einmal mehr den Bauch einziehen. Frau Südbaum sieht uns so stolz und froh beim Futtern zu wie eine SOS-Kinderdorfmutter, die gerade Flüchtlingskinder aus Tschetschenien aufpäppelt.

»Kaffee?«

Wir nicken dankbar, und Frau Südbaum verschwindet wieder in der Küche. Diesmal muss ich dem Mann meiner Träume unbedingt zuvorkommen, ehe er wieder peinliche Fragen nach meinem Privatleben stellen kann.

»Wie läuft es mit Ihrer Praxis? Haben Sie sich gut eingelebt? Vermissen Sie eigentlich manchmal die Stadt?«

So, damit müssten wir für die nächsten Minuten beschäftigt sein. Martin grinst, als ob er mich durchschaut hätte.

»Mir geht es wunderbar. Und das Stadtleben vermisse ich überhaupt nicht. Außerdem ist Berlin ja bloß zwei Stunden entfernt, da kann man auch schon mal um die Häuser ziehen. Aber ich bin jedes Mal froh, wenn ich wieder zurück übers Land fahre. Ich überlege mir gerade sehr ernsthaft, ob ich den Bauernhof, den ich seit zwei Jahren gemietet habe, kaufen und renovieren soll. Ich glaube, von dort möchte ich einfach nicht mehr weg. Vielleicht kommen Sie ja mal vorbei und schauen sich alles an. Ich bin übrigens der Martin.«

»Annalena«, murmle ich mit einem Lächeln, das gerade noch als weltgewandt durchgehen kann. Dann schweigen wir ein bisschen und blicken zum Fenster hinaus. Warum habe ich nur kein Tuch dabei, das ich beim Aufstehen quer über meinen Bauch binden könnte? Warum bin ich in meinen Träumen immer so gewandt und im Leben so linkisch? Und dieser Martin lächelt mich schon wieder an, als ob er Gedanken lesen könnte.

*

Nie ist mir Peekenburg schöner vorgekommen. Der Mond schimmert durch die Wolkendecke, ein kalter Wind bläst mir ins Gesicht. Nur ab und zu kommen uns ein Pärchen oder ein eiliger Passant entgegen. Wir waren Pizza essen und Wein trinken, aber dann ist uns der Lärm im Lokal zu laut geworden, der Rauch zu dicht, und jetzt bummeln wir Seite an Seite durch die stillen Gassen. Ich lasse meine linke Hand wie zufällig baumeln, einmal hat Martin sie schon gestreift, ein elektrischer Schlag fühlt sich harmlos dagegen an.

»Ist dir kalt?«, fragt der Mann neben mir besorgt.

Ich schüttle den Kopf. Dabei wärmt mich alleine diese Frage bis in die Zehenspitzen. Ach Martin, gegen dich ist Heiner-Rainer eine lahme Ente, ein verschwommenes Traumbild, ein ...

»Morgen nach dem Mittagessen fahre ich wieder zurück«, sagt der Mann meiner Träume gerade, und mein Herz bleibt stehen, seltsamerweise kann ich trotzdem neben ihm weitergehen, ich bin eben eine zähe Person.

»Ach ja?«, sage ich, es klingt wenig originell und ziemlich kläglich, genau der Ton, der Männer Reißaus nehmen lässt.

»Hast du für die Weihnachtsfeiertage schon etwas vor?«, fragt Martin.

Du lieber Himmel, was soll ich nur antworten! Die Wahrheit gestehen, dass ich mit Kinki vor dem Fernseher sitzen werde und Kekse futtern? Oder eine lustige Schlittenfahrt im Allgäu erfinden, mit mir als heiß begehrtem Mittelpunkt? Wieder einmal habe ich keine Ahnung, wie ich mich verhalten soll, jede muselmanische Jungfrau ist eine Femme fatale gegen mich.

»Ach, nichts Besonderes«, antworte ich so beiläufig wie möglich. »Ich werde es mir gemütlich machen und ein wenig ausspannen.«

»Ja, natürlich.« Der Mann neben mir klingt irgendwie

enttäuscht. »Das kann ich gut verstehen, dass du Ruhe brauchst nach dem ganzen Stress mit dieser Lesung und deinem Chef. Da hast du wohl keine Lust auf eine Fahrt nach Mecklenburg, wo wir alle eingeschneit sind und nichts zu bieten haben außer Glühwein und Bohnen aus der Dose.«

War das etwa eine Einladung??

Oder besser gesagt, wäre das eine Einladung geworden, wenn ich nicht so belämmert reagiert hätte? Wo ist bloß Marion? Was raten die Frauenzeitschriften in so einer Situation? Wieso bin ich eigentlich überhaupt schon entjungfert worden, wo ich mich doch ständig so dämlich anstelle?

»Ach, also, so ein paar Tage in einer ganz anderen Umgebung, also, das stelle ich mir schon irgendwie ganz, also recht nett, irgendwie vor. Warum eigentlich nicht? Unsere Bücherei öffnet sowieso erst wieder in der zweiten Januarwoche.«

Pffffhhh, eine schwere Geburt. Auch der Mann neben mir scheint erleichtert, dass meine Antwort das Licht der Welt erblickt hat. »Ja, also, ich würde mich sehr freuen. Wir können ja noch telefonieren, und du gibst mir dann Bescheid, ob du Zeit und Lust hast. Wir könnten an die Nordsee fahren, und ich zeige dir Schwerin und Ludwigslust, das ist ein Schloss ganz aus Pappmaché, echt witzig. Vorausgesetzt, dass nicht gerade eine Kuh kalbt oder ein Schoßhund eine Kolik bekommt, aber das muss man bei meinem Job natürlich immer einkalkulieren.«

Martin grinst mich treuherzig-fragend an und legt einen Arm um meine Schultern. Es ist ja wirklich ungemütlich kalt, ich bibbere ein bisschen, damit er den Arm nur ja nicht wegnimmt. So stehen wir da, mit roten Nasenspitzen vom Wind, und ein Kuss scheint unvermeidlich.

Ein Kuss ist unvermeidlich ...

Martin schmeckt nach Rotwein und duftet nach Pfefferminz, Bartstoppeln kratzen über meine Lippen, als er sein Gesicht an meiner Wange reibt.

»Wer hätte das gedacht. Da fährt man seine Schwester besuchen und dann ...«

Wir küssen uns wieder, und mir beginnen die Knie weich zu werden. Nie hat mich Heiner-Rainer so geküsst, nicht einmal in meinen kühnsten Träumen. So stehen wir mitten in der Fußgängerzone von Peekenburg und schmusen wie zwei Teenager. In meinem Rücken klappern Absätze, ziemlich aufdringlich, aber ich rücke keinen Millimeter von Martin ab. Nicht einmal Carmen mit den Gorillawaden kann mich von diesem Mann noch loseisen.

*

Martin ist abgereist. Ich gehe durchs Leben wie auf watteweichen Abschminkbällchen, sogar Olli frage ich regelmäßig nach seinem Befinden. Nur Marion und Antonella gegenüber hege ich ein furchtbar schlechtes Gewissen. Noch immer habe ich meinen besten Freundinnen nichts von Martin erzählt. Warum eigentlich?

Weil ich mich nicht lächerlich machen will? Weil ich Angst habe, wieder einmal meine Träume mit der Realität zu verwechseln? Weil ich genau weiß, was die beiden sagen werden, nämlich: Ach Lenilein, mach dir bloß keine falschen Hoffnungen. Warum soll ausgerechnet dieser Martin kein Spinner sein? Warum läuft so ein Goldstück denn immer noch frei herum? Pass auf, dass du dir keine Schrammen auf der Seele holst!

Jaja, geschenkt. Gerade eben bin ich noch durch unsere Bücherei geschwebt, und jetzt stürze ich vor meinem Computer ab. Sind solche Stimmungsschwankungen eigentlich noch normal? Wann kommen Frauen heutzutage in die Wechseljahre? Nur noch sechs Monate bis zu meinem 35. Geburtstag – wer weiß, ob ich überhaupt noch in der Lage bin, einen kleinen Martin oder eine kleine Annalena zu gebären. Vielleicht muss ich mich sowieso schon klonen lassen!

Auf meinem Schreibtisch stapeln sich die Einsendungen für die Ausstellung »200 Jahre Peekenburg – 200 Jahre gelebte Geschichte«. Ernste Männer blicken mich von vergilbten Fotografien an, Frauen mit gescheitelten Frisuren in hochgeschlossenen dunklen Kleidern.

Meine Urgroßmutter war die erste praktizierende Ärztin in Peekenburg, sie ist eine der ersten Medizinstudentinnen in Deutschland gewesen.

Mein Großvater hat seinen jüdischen Schulfreund im Zweiten Weltkrieg jahrelang in unserem Kohlenkeller versteckt.

Unsere Großtante war als Krankenschwester auf einer Leprastation tätig, auf dem Foto sieht man sie rechts außen mit ihren Schützlingen. Sie ist in Indien begraben.

Gebannt und auch beschämt starre ich auf die Bilder

und Lebensläufe. Was haben diese Menschen bloß alles geleistet, ohne sich je in einer Talkshow damit zu brüsten und wichtig zu machen! Heutzutage reicht es ja aus, in Schokoladensoße zu baden, um bei Haribo-Thommy auf der Couch zu sitzen. Und was fange eigentlich ich mit meinem Leben an – außer die meiste Zeit in Selbstmitleid zu versinken? Wenigstens will ich alles tun, damit die Ausstellung ein Erfolg wird, ganz ohne Sarkasmus!

*

»Ich wünsche dir von ganzem Herzen, dass es gut geht«, sagt Antonella voller Inbrunst. Am liebsten würde ich sie dafür umarmen. Gerade eben habe ich ihr von Martin erzählt und mich gleichzeitig schon gegen kritische Kommentare gewappnet. Aber Antonella sieht mich beinahe liebevoll an, wie eine stolze Mutter, deren Kind endlich eine Schleife binden kann.

Wir sitzen bei »Paolo«, wo sonst, und wickeln Nudeln mit Pesto um unsere Gabeln. Das Lokal ist proppenvoll und der Geräuschpegel so hoch, dass man sich ruhig auch Intimes erzählen darf. Gleich zu Beginn habe ich Antonella nach ihrer, nun ja, Affäre gefragt. Aber Antonella hat nur müde abgewinkt:

»Lass mal, Leni. Die ganze Sache ist einfach trostlos. NIE hätte ich mir träumen lassen, dass MIR so etwas passiert. Eine Beziehung mit einem verheirateten Mann! Am Anfang glaubt man immer, dass man alles im Griff hat, seine Gefühle und so, na, du weißt schon. Man denkt sich, so ein bisschen Sex ab und zu kann doch nicht schaden, keine Verpflichtungen, niente. Und dann? Dann bist du natürlich total verliebt und hörst dir sein Gefasel von Scheidung zum geeigneten Zeitpunkt an. Nur sind die Kinder gerade in einer schwierigen Phase, und die Frau hat Migräne. Ach, ich sage dir, es ist einfach entwürdigend. Du glaubst gar nicht, wie oft ich schon versucht habe, Schluss zu machen! Wie ich damals das Rauchen aufgegeben habe, also, das war ein Fest dagegen. Glaubst du, dass ein Mann zur Sucht werden kann?«

Wir haben noch ein paar Weisheiten zum Thema »heimliche Geliebte« ausgetauscht, aber leider hat die Pharmaforschung bislang keine Pillen gegen dieses Leiden auf den Markt gebracht. Die wären bestimmt ein Renner! Dann habe ich meinen ganzen Mut zusammengenommen und Antonella von Martin erzählt. Sogar meine heimlichen Träumen habe ich ihr gebeichtet. Und Antonella hat mich NICHT ausgelacht!

Der Kellner serviert die Teller ab und füllt unsere Weingläser nach. »Noch ein Dessert, Tiramisu vielleicht?«

»Danke, vielleicht später.«

Wir schütteln einträchtig den Kopf. Zum Glück werden wir beide bei Beziehungsproblemen nicht von Fressattacken geplagt!

»Er hat mir erzählt, dass Frauen fast immer zusammenzucken, wenn er ihnen von seinem Leben auf dem Land erzählt«, sage ich. »Dabei ist Mecklenburg-Vorpommern doch nicht Sibirien, ich bitte dich.«

»Also, ich stelle es mir dort schön vor«, sagt die liebe, gute, wunderbare Antonella. »Außerdem, was unternehmen wir hier schon groß? Deine Abende vor der Glotze verbringen, das kannst du in Manhattan genauso gut wie in Vorpommern. Schau es dir doch einfach mal an.«

»Aber meine Arbeit hier«, sage ich fast trotzig. »Warum sollen immer die Frauen nachgeben? So wie es aussieht, stehen meine Chancen gar nicht mal schlecht, Kühnlein zu beerben.«

»Und was ist mit dem Glück?«, fragt Antonella.

»Ach, das Glück«, sage ich. »Das zahlt mir in dreißig Jahren nicht die Rente.«

Wir sinnieren vor uns hin und beobachten die Gäste um uns herum. Viele Frauenrunden, zwei Pärchen, eine Geburtstagsgesellschaft.

»Weißt du, was ich glaube?«, fragt Antonella. »Mit fünfzig werden wir sowieso glauben, dass wir alles falsch gemacht haben. Wenn du Karriere gemacht hast, dann trauerst du dem verpassten Familienglück hinterher. Und wenn du drei Kinder großgezogen und deinen Mann tapfer ertragen hast, dann weinst du all den vertanen Chancen im Beruf nach. Also sollten wir einfach das tun, wonach uns hier und jetzt zu Mute ist.«

»Antonella, du solltest einen Ratgeber schreiben«, sage ich ganz ernsthaft. »Der würde ein Bestseller werden, ehrlich. Und wonach mir hier und jetzt zu Mute ist, das ist ein Riesenteller Tiramisu. Bist du dabei?«

»Logo«, sagt Antonella.

Minuten später tauchen wir die Dessertlöffel in die flaumig-zarte Köstlichkeit.

»Wie geht's eigentlich Marion?«, fragt Antonella nach einer angemessenen Weile.

»Ganz gut«, antworte ich nach einem winzig kleinen Zögern. »Sie hat ein Angebot bekommen, nach Frankfurt zu gehen. Das würde beruflich einen unglaublichen Sprung bedeuten, sie wäre dort für den gesamten Großeinkauf im Rhein-Main-Gebiet verantwortlich. Aber so einen Schritt muss man sich natürlich überlegen.«

Wir kratzen fein säuberlich unsere Teller leer, beide in nachdenkliches Schweigen versunken.

»Übrigens, unsere Wilma hat sich wirklich und wahrhaftig schon wieder so einen tollen Typ an Land gezogen«, informiert mich endlich Antonella, ihre Lippen sind ganz dunkel vom Kakaopulver. »Ich habe gestern ein Foto bewundern dürfen, das er ihr via Internet geschickt hat. Also, wenn das echt ist, dann ist die Welt einfach nicht fair. Der sieht aus wie dieser Sänger, wie heißt er bloß, na, jedenfalls einfach phänomenal.«

»Aber das ist genau der Punkt«, sage ich. Endlich kann auch ich mit meiner Lebensweisheit punkten. »An so starke, tolle Frauen, wie wir es sind, trauen sich diese Kerle doch einfach nicht heran. Da baggern sie lieber die Wilmas dieser Welt an. So ist das nun mal.«

»Genau. Wir sind einfach zu stark und zu schön«, kichert Antonella. Darauf stoßen wir gerne an.

*

Ich stehe im Foyer des großen Rathaussaales und mustere mich verstohlen in einem Wandspiegel. Schwarzes Kostüm, schwarze Strümpfe, schwarze Pumps. Dunkelrot geschminkte Lippen in einem naturbelassen blassen Gesicht unter hochgesteckten Haaren. Eine wuchtige Bernsteinkette (natürlich nur ein Imitat) hängt schwer an meinem Hals.

Ob ich ein bisschen übertrieben habe? Sehe ich vielleicht doch zu aufgebrezelt aus? Oder besser gesagt »overdressed«, wie wir schicken coolen Kulturladys uns auszudrücken pflegen?

Aber ein Blick auf das hereinströmende Publikum genügt, um mich zu beruhigen. Die Lesung von Elise Hockenheim hat für Peekenburg offenbar den Status einer Wagner-Premiere in Bayreuth erklommen, die Creme de la Creme unserer Stadt quillt durch die weit geöffnete Doppelflügeltür herein. Sieglinde ist bereits an mir vorbeispaziert, wir haben uns auf beide Wangen geküsst und Artigkeiten ausgetauscht. Eigentlich wollte Sieglinde ja nach der Lesung »zu einem kleinen Cocktail bitten«, so ungefähr für dreihundert Personen, aber unser Stargast hat ihr einen Strich durch die Rechnung gemacht. »Unmöglich«, hat mich die Hockenheim gleich bei unserem ersten Telefonat wissen lassen, »einfach unmöglich. Was glauben Sie, wie mich so eine Lesung beansprucht! Da kann ich mich anschließend unmöglich noch dem Gedränge und all den Anfragen aussetzen, die ein Cocktailempfang mit sich bringen würde, so freundlich das auch gemeint sein mag. Nein, nein, vielleicht noch ein Glas Wein im ganz kleinen

Kreis, um die Anspannung zu lösen, aber bitte wirklich nur im intimen Rahmen.«

Sieglinde hat diese Botschaft mit einem tapfer-schmallippigen Lächeln entgegengenommen, jetzt findet der Cocktailempfang als zwanglose Plauderei der kulturbeflissenen Peekenburger Schickeria statt, nur eben ohne die zickige Hockenheim, und ohne Annalena Jacobi.

Der große Rathaussaal ist mittlerweile bis auf den letzten Platz gefüllt, sogar an den Wänden entlang drängen sich die Zuhörer.

»Klingel die Walze doch mal übers Handy an!«, zischt Antonella mir ins Ohr. »Wer weiß, vielleicht sind die zwei so am Schäkern, dass sie Zeit und Raum vergessen!«

Kühnlein und die Hockenheim? Beim Schäkern? Allein die Vorstellung lässt meine Magennerven revoltieren! Unser beurlaubter Chef und Bürgermeisterkandidat, Herr Alfred Kühnlein, hat es sich natürlich nicht nehmen lassen, die berühmte Autorin höchstpersönlich im »Heidehof«, dem besten Hotel der Stadt, abzuholen und zur Veranstaltung zu geleiten. Nur, wo bleiben die beiden bloß?

Plötzlich setzt Raunen vor dem Saal ein, Blitzlichter flammen auf, sogar der Reporter vom »Tagblatt« stellt das Kaugummikauen ein. Und dann erscheinen sie, Kühnlein und die Hockenheim, er wieselt zwei Schritte vor ihr her wie ein eilfertiger Leibwächter.

»Darf ich vorstellen, sehr verehrte gnädige Frau, meine Mitarbeiterinnen Frau Annalena Jacobi, Frau Antonella ...«

Die Hockenheim nickt huldvoll und rauscht an uns

vorbei, um ihren Hals weht ein lilafarbener Chiffonschal, an ihren Ohrläppchen baumeln Klipse so groß wie Fallobst. Applaus brandet auf, wir folgen unserem Stargast durch eine Wolke aus Parfüm und Energie.

Dann hat die Hockenheim das Podium erklommen, sie verbeugt sich dermaßen großartig, als ob sie soeben sämtliche Arien mit dem hohen C gesungen hätte. Die Damen im Publikum haben ganz rote Bäckchen vor Aufregung. Hier steht sie also vor uns, Elise Hockenheim, die Ikone der ewigen Jugend, so nah, so anmutig, einfach überwältigend!

Alfred Kühnlein bereitet der Hochstimmung ein jähes Ende, er klettert ebenfalls aufs Podium, räuspert sich ausführlich und beginnt seine Begrüßungsrede mit einem devoten Bückling:

»Sehr verehrte gnädige Frau, im Namen der Stadtbücherei von Peekenburg und im Namen aller Anwesenden möchte ich meiner großen Freude Ausdruck verleihen, dass Sie hierher ...«

Die Hockenheim hat sich an einem Bistrotischchen niedergelassen und nestelt profimäßig noch ein wenig am Mikrofon herum. Das Bistrotischchen steht kahl und ohne Tischdecke im Raum, wie es sich für eine intellektuelle Veranstaltung eben gehört, das gibt uns im Saal ausreichend Gelegenheit, die schlanken Beine der Hockenheim zu bewundern, welche sie mehrfach anmutig übereinander schlägt.

»... nun das Wort an Sie übergeben, sehr verehrte gnädige Frau. Ich wünsche Ihnen und uns einen unvergesslichen Abend in unserer schönen Stadt.«

Kühnlein verlässt das Podium unter Verbeugungen in alle Richtungen. Die Hockenheim blickt ihm nach, als ob ein lästiges Insekt endlich davonkrabbeln würde. Dann wendet sie sich ihrem Publikum zu und lässt einige feierliche Momente verstreichen.

»Guten Abend. Ich freue mich sehr, heute Abend bei Ihnen sein zu dürfen. Diejenigen unter Ihnen, die mich kennen«, – ein kleiner Scherz, haha, Kichern und Applaus für so viel Selbstironie flackern durch die Reihen – »wissen ja bereits, welch wahrhaft großes Thema mein Anliegen ist. Muss denn das Älterwerden in unserer Gesellschaft immer nur mit Frustration und Bitterkeit verbunden sein? Ausgerechnet jene Lebensphase, in der wir in voller Blüte stehen, mit all unserem Wissen und unserer Macht, ausgerechnet jene Lebensphase sollen wir nicht genießen dürfen? Damit muss endlich Schluss sein! Gestatten Sie mir dazu auch einige persönliche Worte. Niemals, niemals habe ich mich so stark und unbesiegbar gefühlt wie in den vergangenen beiden Jahren meines Lebens, den Jahren nach meinem fünfzigsten Geburtstag. Ich habe sie ...«

Räusper, räusper. Ich blicke verstohlen um mich, wer sich über diese dreiste Verjüngungskur der Hockenheim sonst noch mokiert. Aber sämtliche Anwesenden hängen geradezu an den Lippen unserer Vortragenden. Nun ja, viel älter als Mitte fünfzig sieht sie ja wirklich nicht aus. Kaum ein Fältchen durchzieht dieses Gesicht, das kastanienbraune Haar liegt in weichen, knisternden Wellen auf den Schultern, der Busen unter der Seidenbluse scheint so prall wie zwei Zuckermelonen. Entweder verfügt die Hockenheim über Gene wie Schneewittchen oder aber sie lässt sich halbjährlich in einer dieser verschwiegenen Kliniken am Bodensee aufpumpen und glatt bügeln. Oder ob es vielleicht doch am grünen Tee liegt, ich könnte ja mal ...

»Wo sind eigentlich die Blumen?«, flüstert Antonella in mein rechtes Ohr. Offenbar gehört sie zu den Hockenheim-Resistenten im Saal, sie rutscht schon die ganze Zeit eher unbehaglich neben mir hin und her.

»Um die hat sich Wilma gekümmert«, flüstere ich zurück. »Olli darf sie überreichen.«

Psssst, zischt es hinter uns. Wir wenden uns wieder der Vortragenden zu. Also, so viel steht fest: Elise Hockenheim hat völlig zu Recht dreimal die Goldene Kamera, das Goldene Rehlein und was auch immer überreicht bekommen. Sie trägt ihr Gebräu aus Reformhaus-Ratschlägen und Großtante Hildes Lebensweisheiten vor, als ob es ihr vom Dalai Lama höchstpersönlich diktiert worden wäre.

»... denn die innere Ausgeglichenheit wird auch in Ihrem Gesicht sichtbar, Falten können so auf völlig natürliche Weise zum Verschwinden ...«

»... täglich drei Liter grünen Tee, mindestens, mit einem Löffel Akazienhonig gesüßt, das bewirkt wahre ...«

»... nur wenn Sie sich selbst lieben und annehmen, werden auch andere Sie ...«

Blablabla. Antonella rechts neben mir gibt ein undefinierbares Geräusch von sich, es klingt wie eine Mixtur aus Gurgeln und Schnarchen. Wilma links neben mir hechelt ganz aufgeregt, offenbar ist sie vom Vortrag der Hockenheim bis ins Innerste aufgewühlt. Kühnlein sitzt zum Glück zwei Plätze weiter, Olli links außen zupft beständig am Blumengebinde herum, einem Ungetüm aus weißen Lilien, lachsfarbenen Rosen und stacheligem Asparagus. Wenn die Hockenheim noch lange quasselt, bekommt sie ein völlig entlaubtes Büschel überreicht.

»... gehören selbstverständlich auch Disziplin und das Wissen um die höchstpersönlichen Grenzen der Leistungsfähigkeit dazu. Niemals sollte man ...«

Die falsche Bernsteinkette hängt wie ein Mühlstein an meinem zarten Hals. Mit diesem Ungetüm könnte ich jederzeit ins Wasser gehen und mich ertränken – falls die Lesung noch lange dauert, zum Beispiel. Endlich brandet erneut Applaus auf, ich schrecke aus meinem Dösen hoch. Wie, was, haben wir's überstanden?

Mitnichten!

Jetzt beginnt erst der informelle Teil des Abends, sozusagen, Elise Hockenheim stellt sich den Fragen des Publikums. Eine solariumgebräunte Silberblondine wagt den Anfang:

»Was war eigentlich der Anstoß für Sie, von der Bühne ins literarische Fach zu wechseln? Haben Sie schon immer diese Neigung zum Schreiben verspürt? Ich möchte noch ganz persönlich hinzufügen, dass ich Ihre Bücher lii-iiebe. Es hat Augenblicke in meinem Leben gegeben, da haben Ihre Bücher mir einfach, also, einfach Trost gespendet, ich kann es nicht anders sagen. Vielen, vielen Dank dafür.«

Das Solariumsopfer setzt sich wieder, Damen aus dem

Publikum nicken heftig beipflichtend, die Hockenheim macht auf verlegene Konfirmandin.

»Diesen Dank möchte ich natürlich sofort und von ganzem Herzen zurückgeben. Was wären wir Schriftsteller ohne unser Publikum? Ein Nichts! Leider vergessen dies manche aus unserer Riege, nun ja, ich will nicht abschweifen. Der Anstoß für mein Schreiben war schlicht und einfach ...«

»Dass du keine Rollen mehr abgekriegt hast«, flüstert Antonella neben mir. »Wie hat diese schauerliche Serie bloß geheißen? Traumschiff oder Traumhotel oder Traumklinik? Da war sie doch die Oberschwester, nein, die Chefstewardess, ach was ...«

Pssssst, zischt es hinter uns.

Eine Dame mit Goldrandbrille hat sich erhoben, sie wirkt ein wenig schüchtern und dennoch entschlossen:

»Ja, also, ich möchte mich den Worten meiner Vorgängerin anschließen und sagen, dass Ihre Bücher mitten ins Herz treffen. Besonders gut gefällt mir und meinen Freundinnen, dass Sie auch persönliche Schicksalsschläge niemals ausklammern. Es tut so gut zu wissen, dass auch die Prominenten nur Menschen wie du und ich sind.«

Damit setzt sich die Dame mit der Goldrandbrille wieder, umtost von Beifall. Auch die Hockenheim ist sichtlich gerührt:

»Tausend Dank für diese Worte. Ja, wie Sie alle sicherlich wissen, ist gerade mir diesbezüglich nichts erspart geblieben. Aber wenn man im Rampenlicht steht, dann muss man die Aufmerksamkeit der Medien eben auch an schlechten Tagen ertragen. Diese Haltung hat mir sehr geholfen, die Schlammschlacht um meine letzte, ähh, um meine Scheidung zu überstehen. Aber ich bin fest entschlossen, keine negativen Energien in meinen Gedanken zuzulassen und ohne Groll zurückzublicken.«

Kühnlein ergreift dieses Stichwort, um wieder auf die Bühne zu klettern.

»Sehr verehrte gnädige Frau! Lassen Sie mich im Namen aller Zuhörerinnen und Zuhörer den Dank für einen großen Abend aussprechen. Es war bewegend, Ihnen zu lauschen. Wenn wir Sie im Anschluss noch bitten dürften, Ihre Werke höchstpersönlich zu signieren? Gnädige Frau, ich ...«

Olli schlottert heran mit unserem Strauß, aber er wird ihm gnadenlos entrissen. Kühnlein überreicht die Blumen mit einer tiefen Verbeugung und einem Handkuss, doch Elise Hockenheim leidet offenbar an einer Asparagusallergie, jedenfalls hält sie das sauteure Gebinde so begeistert wie einen tropfenden Säugling. Aber alles geht unter im tosenden Applaus, sogar Bravorufe ertönen, mitten zwischen tobenden Hockenheim-Fans steht die tapfer klatschende Marion und verdreht bloß die Augen zur Rathaussaaldecke.

Die nächsten zwanzig Minuten laufen ab wie bei einer Papstaudienz. Elise Hockenheim hält Hof, schreibt Autogramme und lässt sich fotografieren, wir treuen Knappen aus der Bücherei dürfen danebenstehen und uns im Blitzlicht sonnen. Endlich scheint unsere Starautorin ein wenig zu ermüden, sie erhebt sich und schleudert ihren lilafarbenen Chiffonschal mit großer Geste um die Schultern.

»So, ich denke, das reicht für heute«, sagt die Hockenheim. »Jetzt brauche ich aber dringend etwas zum Gurgeln, die Luft in diesem Saal ist ja eine Katastrophe, zum Glück habe ich morgen keinen Auftritt.«

Unser guter Olli blickt ziemlich verzagt drein, gleich wird er sich aufmachen, um eine Flasche »Odol« aufzutreiben. Aber Kühnlein schaltet natürlich geistesgegenwärtig, schon ganz unser nächster Bürgermeister, ach, was heißt hier Bürgermeister – unser nächster Bundeskanzler!

»Sehr verehrte gnädige Frau, ich habe mir erlaubt, in der Bar Ihres Hotels zu reservieren. Nur in kleinem Rahmen, ganz wie es Ihr Wunsch war, und selbstverständlich wurden ein paar Flaschen vom besten Champagner kalt gestellt. Meinen Mitarbeitern und mir wäre es eine große Ehre, Sie begleiten zu dürfen.«

Die Hockenheim blickt uns der Reihe nach etwas indigniert an, ich kann es ihr nicht verdenken. Polyester-Olli transpiriert vor Aufregung, dass eine Eintragung ins Guiness-Buch der Rekorde knapp bevorsteht, Wilma wirkt ebenfalls völlig entrückt.

Endlich kann sie bei ihrem Comedy-Heini in Köln mit einer Prominenten punkten, da wird heute noch das Internet glühen.

»Nun denn«, seufzt die Hockenheim. »Ich trinke übrigens keinen kalten Champagner, das ist mitten in einer solch aufreibenden Lesereise viel zu riskant. Mal sehen, was Ihre kleine Bar sonst noch zu bieten hat.«

*

Wir hängen in den Seilen, ähh, Sesseln der »Heidehof«-Bar wie die Verlierer nach einem Prominenten-Boxen. Kühnlein, Olli und Wilma sind ungefähr vor einer Viertelstunde k. o. gegangen, Antonella und ich werden gerade angezählt. Marion, die als meine allerbeste Freundin selbstverständlich zu diesem gesellschaftlichen Highlight eingeschleust wurde, schaut ebenfalls schon ein wenig glasig drein. Nur die Hockenheim triumphiert über uns alle, dabei hat sie die Bar praktisch im Alleingang trockengelegt, sozusagen.

»Wo sind wir hier eigentlich?«, will sie gerade von mir wissen. »Pekenheim, ach ja! Übermorgen bin ich in Kassel und dann ...«

Die Hockenheim verstummt und starrt ein wenig trübe in ihr leeres Glas. Wer weiß, vielleicht folgt auf Kassel ja Monte Carlo. Aber so wie die Hockenheim dreinschaut, muss sie wohl eher nach Tutzing am See.

Ich futtere diskret ein weiteres Schälchen mit Erdnüssen leer. Rund um mich herum schwanken die Flaschen und Barhocker bedenklich, aber schließlich musste ja irgendwer den gekühlten Champagner leeren, wo sich unser Stargast doch lieber an trockene Martinis gehalten hat, angeblich eine wahre Wohltat für geplagte Stimmbänder.

Verstohlen mustere ich die Frau mir gegenüber. Ihr Make-up ist verschmiert, und ihre Ohrklips hat sie längst abgelegt. Aber komisch – müde und vom Alkohol derangiert, wirkt die Hockenheim nicht mal unattraktiv, sie erinnert mich plötzlich an die großen französischen Chansonetten, die nach filterlosen Gauloises und Nächten bis zum Morgengrauen klangen, mit einem jungen Liebhaber zum Frühstück statt einem Croissant.

Marion sieht das offenbar ähnlich, sie scheint alle Vorbehalte gegen unseren prominenten Gast abgelegt zu haben. Die beiden unterhalten sich schon seit geraumer Zeit über Männer, so angeregt, als wären sie uralte Freundinnen.

»Wie schaffen Sie das bloß, immer so positiv zu denken?«, seufzt Marion gerade. »Ich bemühe mich ja, aber wenn ich an meine Ehemaligen denke, dann bin ich nur stinkwütend. Sie hingegen ... Dabei hat sich Ihr letzter Mann in Interviews doch auch nicht gerade freundlich über Sie geäußert! Und trotzdem sind Sie so milde, so ...!«

»Mein Ex? Dem wünsche ich Hodenkrebs, Kindchen!«

Kühnlein fährt erschrocken aus seinem Dösen hoch, das Stimmvolumen der Hockenheim bringt selbst nach Mitternacht noch die Gläser zum Vibrieren. Allmählich wird mir diese Frau richtig sympathisch.

IV. Alles wird gut

Unter meinen knöchelhohen Schnürschuhen knirscht der Schnee. Meine Jeans sind nass bis zum Knie, gerade eben bin ich in einer Wehe halb versunken. Aber der Mann, der neben mir geht, hat mir seine warme Hand gereicht und mich gerettet, so romantisch wie in einer Werbung für Erkältungstee, ach was, für Verlobungsringe von Tchibo, für ...

»Frierst du auch nicht?«, fragt Martin, und ich schüttle den Kopf, aber nicht allzu überzeugend, damit er nur ja seinen warmen Arm nicht von meinen Schultern nimmt. So stapfen wir über die verschneiten Felder von Mecklenburg-Vorpommern, mit roten Wangen vom kalten Wind und aufgesprungenen Lippen vom vielen Küssen. Seit Tagen scheint es mir, als ob der Rest der Welt hinter einer Wand aus weißen Flocken verschwunden wäre. Seit Tagen scheint es mir, als ob ich den Einen, Einzigen, Richtigen gefunden hätte. Wir sitzen in der Küche von Martins altem Bauernhaus und reden uns die Köpfe heiß, wir lachen und streiten und kochen und schmusen. Aber übermorgen muss ich wieder zurück nach Peekenburg, wir streifen diesen wunden Punkt nie, auch wenn wir spät in der Nacht zusammengerollt wie zwei Feldmäuse im Nest aneinander gekuschelt liegen. Und ich weiß ja auch, wie alles enden wird. Ciao, mach's gut, lass mal von dir hören. Aber sicher doch. Erst heulen, wenn der Zug abgefahren und der Mann am Bahnsteig nur mehr ein winziger Punkt sein wird. Zu Hause in Peekenburg Kinki bei Frau Südbaum-Bechstein abholen und beste Grüße vom kleinen Bruder bestellen. Marion und Antonella alles beichten, aber nicht zu sehr jammern, die beiden haben selbst Probleme genug. Tapfer sein. Carmen aus dem Weg gehen. Tapfer sein ...

Ein Hase hoppelt vorbei und schreckt mich aus meinen trüben Gedanken hoch. Ich lächle den Mann neben mir an, aber das Lächeln fällt mir schwer, wahrscheinlich weil meine Wangen so kalt vom Wind sind.

»Gehen wir zurück?«, fragt Martin, sein Atem bildet ein wattezartes Wölkchen in der Winterluft.

Ich nicke bloß, und wir stapfen zurück, über den Feldweg, der wie gesprenkelt ist von unseren schon halb verwehten Spuren.

*

Wir liegen in dem breiten Bett, das so herrlich unverschämt knarrt bei jeder Bewegung, und reiben unsere Füße aneinander. Das ist aufregender als jeder »Tatort«, zumindest wenn es sich um Martins Füße handelt.

»Morgen könnten wir nach Zitzwitz fahren, was hältst du davon?«, fragt Martin.

Ich kichere in sein seidiges Brusthaar hinein. Lübz und Züps, Zierzow und Zölkow, Krümel, Troja und Berlinchen. Die Städtchen in Mecklenburg-Vorpommern klingen wie aus den alten Märchenbüchern, die in unserer Peekenburger Kinderbuchabteilung vor sich hin stauben, weil alle nur noch Harry Potter ausleihen wollen.

»Gerne«, schnurre ich. »Gibt's dort etwas Besonderes zu besichtigen?«

Martin schweigt und trommelt ganz zart meine nackte Wirbelsäule entlang, dann rafft er sich doch zu einer Antwort auf.

»In Zitzwitz gibt es die beste Buchhandlung weit und breit, aber Leon, das ist der Besitzer, denkt langsam ans Aufhören, er hat es mir erst neulich erzählt. Also, ich fände das ja jammerschade ... So ein schöner alter Laden, man müsste natürlich renovieren, aber wozu hat man als Tierarzt so seine Beziehungen, und die Berliner, die sich alle hier Häuser kaufen, brauchen doch Krimis für die vielen verregneten Wochenenden, und da habe ich mir gedacht ...«

»Du willst Buchhändler werden?«, frage ich verblüfft und verschlucke mich beinahe an einem haselnussbraunen Brusthaar.

»Doch nicht ich.« Martin klingt, als ob er mit einer begriffsstutzigen Dackelbesitzerin reden würde. »Ach, vergiss es. Es war ja auch nur so eine Idee.«

Nur so eine Idee, ach ja. Ich beäuge aus allernächster Nähe einen perfekt geformten Männernabel, der aussieht wie ein blassrosa Marzipankringel. Marion, wo bist du?

Ich brauche dich, ganz dringend! Wasch mir den Kopf, bevor ich mich wieder in Träumereien verliere und am Schluss mein zersplittertes Herz verarzten muss.

Aber Marion ist in Frankfurt und offenbar auf dem Sprung zur großen Karriere. Unser letztes Telefonat ist auch schon wieder eine Woche her, Marion hat mir ganz aufgeregt erzählt, dass sie demnächst vielleicht sogar nach Paris soll, um dort im Stammhaus von »Orlanda« die Kosmetikpalette für den deutschen Markt zu testen. Wenn alles gut läuft, dann ...

Das Bett unter uns beginnt sachte zu knarren, wie von Zauberhand in Schwingungen versetzt. Martin beugt sich über mich und macht meinem Grübeln ein Ende.

*

Tropfen perlen über die Wände aus rohen Holzbrettern, ich puste ein Schaumflöckchen von meinem Knie. Martin und ich liegen verschlungen wie ein Notenschlüssel in dem heißen Wasser, nur ab und an durchbricht ein wohliges Seufzen die Stille.

»So könnte ich immer daliegen«, höre ich mich sagen.

Verdammt, Männer hassen solche Sprüche, wozu habe ich mir all die Jahre über tausende von Frauenzeitschriften zu Gemüte geführt? Ich könnte mich glatt in den Hintern beißen, aber der liegt so warm und prall auf Martins, nun ja ... Lenden, also ehrlich, ich könnte für immer so hier dümpeln, in einem Schaumbad in einem holzverschalten Badezimmer in einem alten Bauernhof in Mecklenburg-

Vorpommern, mit genau diesem Mann an meiner Seite. Bis wir alt und grau sind und die Kukidentsprudeltabletten miteinander teilen.

»Und, warum tust du's dann nicht?«, brummt der Mann an meiner Seite.

»Was?«

Bevor ich mir eine Abfuhr hole, stelle ich mich lieber doof. Alice Schwarzer kann mich ja zum Glück nicht hören.

»Dableiben. Hier bleiben. Und jeden Abend mit mir in die Wanne steigen.«

Jetzt muss ich meinen Po wohl doch ein wenig anheben, aber ich muss Martin einfach in die Augen schauen.

»Wie meinst du das?«

»Wie soll ich das schon meinen? Hier bleiben, arbeiten, zusammenleben, kochen, baden, Kinder kriegen, von mir aus heiraten, das ganze Programm, wenn du willst.«

Martin taucht unter und mit geblähten Wangen wieder auf. Ein Strahl schaumiges Wasser trifft mich mitten in mein fassungsloses Gesicht, der Täter grinst von einem Ohr zum anderen.

»War das jetzt ein Heiratsantrag?«

»Für eine stellvertretende Büchereileiterin bist du aber ganz schön schwer von Begriff!«

Das lasse ich mir nicht zweimal sagen. Ich werfe mich auf den glitschigen Mann meiner Träume und rutsche natürlich ab, so balgen wir uns in der viel zu kleinen Wanne, prusten und schnappen nach Luft und schlucken Seifenwasser. Ich will mich am Wannenrand abstützen, aber da steht ja noch die Proseccoflasche, klirrend fällt sie zu Boden, es scheppert ... und ich schließe die Augen. Der Schmerz in meiner Brust raubt mir beinahe den Atem. Jetzt ist es also wieder so weit, alles war nur ein Traum, ich bin wieder in meinem Bett in Peekenburg, ganz allein, und der Wecker hat geläutet. Aufstehen, Frau Jacobi, eine neue Woche beginnt.

Ganz langsam öffne ich meine Augen ...

Martin grinst und schneidet Grimassen: »Scherben bringen Glück.«

Und der Schaum auf meinen Lippen schmeckt plötzlich ganz salzig.

Verfilmt – ein Zweiteiler bei SAT1

Wieviel Mann braucht es, um Katharina an Heim und Herd zu fesseln? Weder ihr derzeitiger Lebensabschnittsbegleiter noch ihre beste Freundin wissen darauf eine Antwort. Katharina liebt ihre Unabhängigkeit und das Leben in der Großstadt Berlin. Bei einem Urlaub auf der Lone Star Ranch in Texas, bringt ein einfacher Cowboy ihr Leben gefährlich ins Wanken. Wider alle Vernunft wagt Katharina den Wechsel der Welten und zieht nach Texas zu Greg O'Neil – um Cowgirl zu werden, denn Cowgirls are forever!

ISBN 3-404-16257-9

BASTEI LÜBBE

Turbulent, urkomisch
und richtig was fürs Herz

Ein paar Wochen ausspannen, das ist alles, was Nella will. Ein Ferienhaus im sonnigen Süden mit Swimming-Pool – dazu ein paar Freunde und guten Rotwein. So weit so gut. Aber schon bei der Ankunft beginnt das Chaos: Der Typ im Haus nebenan ist ihr Ex-Freund. Ihre beste Freundin will sie mit einem Idioten verkuppeln. Und dann wird ihr noch vorgeworfen, den Freund einer Freundin verführen zu wollen ... – und eine Diebin zu sein. Viel schlimmer kann es nicht mehr kommen. Denkt sie.

ISBN 3-404-16258-7

BASTEI
LÜBBE